严复、王国维、梁启超、杜亚泉、蔡元培、胡适、周作人、弘一法师、辜鸿铭、林语堂、吴宓、顾颉刚、杨绛、沈从文、张大千、梅兰芳、高阳……

吴方 著

回响的
世纪风铃

生活·讀書·新知
三联书店

图书在版编目（CIP）数据

回响的世纪风铃／吴方著．—北京：生活·读书·新知三联书店，
2018.8
（三联精选）
ISBN 978 - 7 - 108 - 06184 - 3

Ⅰ．①回…　Ⅱ．①吴…　Ⅲ．①杂文集 - 中国 - 当代
Ⅳ．① I267.1

中国版本图书馆 CIP 数据核字（2018）第 018627 号

特邀编辑　吴　彬
责任编辑　王　竞
责任校对　常高峰
装帧设计　鲁明静
责任印制　卢　岳
出版发行　生活·讀書·新知 三联书店
　　　　　（北京市东城区美术馆东街 22 号 100010）
网　　址　www.sdxjpc.com
经　　销　新华书店
印　　刷　北京隆昌伟业印刷有限公司
版　　次　2018 年 8 月北京第 1 版
　　　　　2018 年 8 月北京第 1 次印刷
开　　本　850 毫米 × 1092 毫米　1/32　印张 11
字　　数　217 千字　图 31 幅
印　　数　0,001 - 6,000 册
定　　价　39.00 元
（印装查询：01064002715；邮购查询：01084010542）

目录
Contents

1

往日崎岖还记否：
为吴方《斜阳系缆》而写（代序）

斯人已去，开卷如在。

这是为吴方先生生前最后一部著作《斜阳系缆》所写，他早先的几本书是《世纪风铃》《末世苍茫》《中国文化史图鉴》和《仁智的山水——张元济传》。这些著作，除了《中国文化史图鉴》一种涉及甚广，包括本书在内的其他几种都是相对集中的话题，有着同一历史语境，说的是一百多年来中国人的文化境遇。按时下学界的说法，他的关注点在于近现代思想史、文化史和学术史。如今这是一个可以称之为"显学"的大题目。不过，吴方先生的想法里似乎并没有一种学科的架构，他不是从推动社会思潮的诸多理论入手，自然不急于梳理早年从西方输入的一大堆维新名词。他笔下是一些具体的人物和事端，诸如梁启超之多变，章太炎之"疯"与"不疯"，杜亚泉与陈独秀的论战以及俞平伯之倦说前尘一类，都是让人极感兴趣的话题。"戊戌"以来，推挽潮流的文化界人物几乎有一多半让他说到了，如康有为、梁启超、严复、林纾、谭嗣同、章太炎、蔡元培、王国维、辜鸿铭、张元济、李叔同、胡适、吴宓、陈寅恪、刘半农、赵元任、俞平伯、周作人、林语堂等。以旧时史家法眼，这些都该是儒林传和文苑传里的人物。确实，作者正是采用给人物立传的方法勾勒出时代的画卷。处于桑海革易之世，这些文士硕儒的言语、行状微妙地传递着时代的消息，记录了风俗人心的移步换形。作者很善于透过这些人物的心性、情调把握社会演进的脉络，揭橥个人与时势的相互作用。

学者葛兆光在评价《中国文化史图鉴》时说，吴方先生治史擅长体验，此语亦颇剀切。吴方先生自己也说过："当世间的道理太多，彼此不可开交时，体会一下'人情''事情'，不也好吗？"这近乎大白话的朴素言语背后是一份现代学者少有的哲思和才情。在他看来，历史的劫数首先不是理论的命运，而是实实在在见诸人的境遇。思想和主义有些是很可疑的，纠结在那上头的历史公案也实在太多。此亦一是非，彼亦一是非，而实际的文化建设及其长期进程，却远非"新旧""进退"之说所能道尽。吴方先生传述的对象，多数是所谓"半新半旧"的人物，身上带着"昨日之我与今日之我"相周旋的自我矛盾，如梁启超、蔡元培、杜亚泉等人就是典型的例子。又不乏被人视为"开倒车"的保守分子，如林纾、辜鸿铭、王国维辈。这些人物于新文化之构建有何关系，人们往往不能解悟。然而，如果真正体会当日的人情事况，就不至于简单地把这一问题放过。处于"新""旧"思想纷争之际，这些文化保守主义者未肯轻易退让，亦必是相信精神存在之合理。实际上，保守之于

2

变革，既是阻碍，又未尝不是一种规范。正如吴方先生在《吴宓与〈学衡〉的文化保守主义》一文中所说，文化保守主义"也未尝不表现着一种批判性的建设性的思维，是可以参与历史对话的不同声音"。可是，在风云变幻的世纪之初，任何一种守常的文化站位终将被淘汰出局，甚至也曾领一时风骚的某些"新派"人物转瞬又落于"保守"——回看那些"半新半旧"的人物，就是这般命运。真是时势弄人。这使人想起《三国志》记述的一则故事，《魏志·徐邈传》云：卢钦著书称徐邈"志高行洁"，或问"徐公当武帝之时，人以为通；自在凉州及还京师，人以为介，何也？"钦答曰："往者毛孝先、崔季珪等用事，贵清素之士，于时皆变易车服以求名高，而徐公不改其常，故人以为通；比来天下奢靡，转相仿效，而徐公雅尚自若，不与俗同。故前日之通，乃今日之介也，是世人之无常而徐公之有常也。"徐邈在人们眼里由通脱而为狷介，完全由于风气之转移，好在那时候有人能予理解。本来，以读书人的信念，精神之存在同时亦须表现为操守有常，这本身又是中国文人的古典理性精神。然而，当维新之日，局势竟容不得如此，于是便有抱残守缺的抗争或是无奈的沉默。吴方先生将此归结为一种文化性格对历史的抗拒，显然是有意提示其间的悲剧况意。不过，当他从故纸堆里检阅往事之际，想来不只一番唱叹，一定也会为那种"知其不可而为之"的精神而感动。

他说过，回忆是一份文化慰藉。

"往日崎岖还记否，路长人困蹇驴嘶。"这是吴方先生在文章里用过的苏东坡的一句诗。回顾一百多年来的文化行旅，不能不作如此感想。

李庆西

一九九五年九月四日识于杭

谭嗣同

长夜歌哭者：谭嗣同与晚清史

"戊戌变法"那一幕往事，弹指九十余年了，戛然终歇了末代王朝史的武昌起义枪声，也消逝了八十年。许多年间，关于戊戌变法的研究，史不绝书，更有小说、戏剧、电影，渲染搬演当时种种情景。情景种种，人们印象最深的，恐怕还是谭嗣同的死。也许人们未必了解戊戌变法的始末究竟，却不由得因谭嗣同那种为理想而殉身的任侠精神，深有触动。

谭氏有绝命诗："望门投止思张俭，忍死须臾待杜根。我自横刀向天笑，去留肝胆两昆仑。"又有绝命语："有心杀贼，无力回天，死得其所，快哉快哉！"其诗其言，注出其人格精神。

近读《学林漫录》所载许姬传《戊戌变法侧记》一文。文中写道："被捕的前一天（八月初八日），谭嗣同先到皮库营看林旭，随即由后门到上斜街徐宅，仅老（即支持变法的礼部右侍郎徐致靖，后被判绞监候，庚子年出狱后别号仅叟，意谓六君子被杀，自己刀下仅存）留他吃饭、饮酒，他对仅老说："变法维新失败了，任公（梁启超）我已托日本使馆掩护他到津，由海道赴日，贼党追捕康先生甚急，吉凶未卜。'仅老问："你作何打算？'谭用筷子在头上敲了一下说："小侄已经预备好这个了，变法、革命都要流血，中国就从谭某开始。'"这段话似可补证谭嗣同以"苦死"醒世的想法是不虚的："各国变法，无不从流血而成；今中国未闻有因变法而流血者，此国之所以不昌也。有之，请自嗣同始！"他的死当然既未感动以那拉氏为首的统治者，也未必能唤醒菜市口看杀头的人们，然而不论成败如何，这一股浩气就可以长留天地。虽败犹荣，不可说"死得不值"。

自一八九八年六月十一日光绪"诏定国是"，决定变法起，至九月二十一日政变发生，慈禧重新临朝，将光绪软禁于瀛台，共计一百零三天，史称"百日维新"，这一年是戊戌年。戊戌变法之幕旋升旋落。这一幕悲剧的主要人物，除光绪外，康有为、梁启超逃走于前，谭嗣同等"六君子"喋血于后，后来有辛亥之际出卖"孤儿寡母"大清朝的袁世凯这一次告密求荣。百日烟云，一个风波夏季，过程虽短，但毕竟可以说，清王朝自身扼杀了一个致力于使制度恢复生气的尝试。

谭嗣同以及康有为、梁启超均属于理想型的"士"，属于龚自珍所谓"我劝天公重抖擞，不拘一格降人才"的应运而生之辈。虽然都出自传统经史教育，却因受十九世纪的经世风气影响，受西学之影响，更因身处晚清"鱼烂"之局，方刚血气有所不忍，亟亟思考于救治之道，遂以经邦济世变法图强慷慨自任。其性格于出处进退之际，颇有异于只求向八股制艺中讨生活的一般士子，更不同于在俸禄中因循承命的一般官吏。说到这一层，便涉及了他们推动维新变法的性格动力。而这种相比之下近于"狂狷"的性格，正为与旧秩序息息相关的传统士大夫人格（如理学人格观所注重的"中庸"）所不容。

谭嗣同，字复生，号壮飞，湖南浏阳人。其父谭继洵官至湖北巡抚。谭嗣同性格颇有血气，义骨侠肠，曾自谓："块然躯壳，除利人之外，复何足惜。深念高望，私怀墨子摩顶放踵之志。"（《仁学自叙》）他的变法思想，多为忧患之心所激发："经此创巨痛深，乃始摒弃一切，专致精思。当馈而忘食，既寝而累兴，绕屋彷徨，未知所出。既忧性分中之民物，复念灾患来于切肤。虽躁心久定，而幽怀转结。详考数十年之世变，而切究其事理，远验之故籍，近咨之深识之士。不敢讳短而疾长，不敢徇一孔之见而封于旧说，不敢不舍己从人，取于人以为善。设身处境，机牙百出，因有见于大化之所趋，风气之所溺，非守文因旧所能挽回者。不恤首发大难，画此尽变西法之策。"（《谭嗣同全集》）他的选择未必一定正确，但上面这段话，实在可见衷怀诚朴，人格完整，肝胆俱在。

谭嗣同曾六赴省试，皆未中举，后承父亲之命捐为候补知府。戊戌时得徐致靖保荐，擢四品衔军机章京，参预新政，与杨锐、林旭、刘光第一起号称"军机四卿"，最为旧党忌恨。翁同龢曾在日记里称谭氏"杰出"，后涂改为"桀骜"，两字之差，一誉一毁。

已故著名戏剧家欧阳予倩是晚清湖南宿儒欧阳中鹄（字瓣蘠）先生的嫡孙。他曾说："我祖父有三个得意门生，都被清政府杀了：第一个就是谭（嗣同）先生，还有唐先生才常（唐才常与谭嗣同有刎颈之交，后死于庚子自立军之役），他是我的蒙师，还有一个姓王名孟南，号西湘。谭、唐都是烈士，只有孟南是一个专与官绅作对的著名讼师。"听他这么说，真觉得世事有奇缘，莫非正是"一时壮士出湖南"！

予倩先生又回忆幼时："次年戊戌，八月的某一天早晨，我正从床上揭开帐子，就看见我父亲抱着一封信，一面看一面哭；起来之后，又看见全家人都惶惶然窃窃私语。我悄悄地问母亲，才知道常来的谭七伯被杀了！"谭嗣同之死，实践了他给老师欧阳夫子信中的话："平日互相劝勉者全在'杀身灭族'四字。"也果然是"杀身以成仁"，他留下了一本书，叫作《仁学》。戊戌死难六君子，以谭嗣同最为慷慨任道。作为维新运动的左翼，他的死，可称"敢死""赴死"。比较之下，林旭、杨深秀、康广仁在精神、思想水平上远不及谭嗣同，可称"忍死"；而杨锐、刘光第名列新政四卿，实际态度始终犹豫暧昧，虽一并弃市，却不免有"冤死"之叹，张之洞幕僚梁鼎芬便说过"杨刘冤惨"的话。无论从哪方面说，杨、刘以及其他维新人物都不能和谭嗣同同日而语。

就思想内容、激烈程度以及人格力量而言，谭嗣同确乎是

"木秀于林"，一面富有时代启蒙意义，一面充满对自我和历史的挑战性。所以梁启超说他是晚清思想界的一颗彗星，"仅留此区区一卷（《仁学》），吐万丈光芒，一瞥而逝，而扫荡扩清之力莫与京焉"。（《清代学术概论》）熊十力氏亦称："戊戌政变，首流血以激天下之动者，谭复生嗣同。……自清季以来真人物，唯复生一人足当之而已。"（《读经示要》）

　　关于谭嗣同思想的来历和为人性情，有很多说法。予倩先生在回忆中叙道："我小的时候常常看见他。当时浏阳士子以他走过的地方最多，是邑中最能通达中外形势的人，……他可说是无书不读。经史词赋之外，于基督教义、神学、佛学，无不精研，而于政治、哲学，致力尤多。他于文事之暇，喜欢技击，会骑马，会舞剑。我曾见他蹲在地上，叫两个人紧握他的辫根，一翻身站起来，那两个人都跌一跤。他写起字来，喜欢用食指压住笔头。人家觉得他无论什么都有点与众不同；我虽是小孩子，也觉得每见他时，就不由得引起一种好奇心。总之，他是无处不表露才气纵横、不可一世之概。他绝无嗜好，我没有见他吸过烟、打过牌。"（《谭嗣同全集·附录》）

　　说到"才气纵横"，谭氏本人也自命如是。一封署名唐才常和谭嗣同的信，这样自述："才常横人也，志在铺其蛮力于四海，不胜则以命继之。嗣同纵人也，志在超出此地球，视地球如掌上，果视此躯曾虮虱千万分之一不若。一死生，齐修短，嗤伦常，笑圣哲，方欲弃此躯而游于鸿蒙之外，复何不敢勇不敢说之有！"（《谭嗣同全集》）说是人道主义批判精神或个性解放的狂飙精神，说是忧民淑世以天下为己任的执着情怀，或者说是大乘佛教"我不下地狱谁下地狱"的超越性境界，总之谭嗣同的思想气质，有清一代，难找到有如此挑战性的第二个。在政治思想上，他开了辛亥革命的先河，在文化思想上，则又开了五四运动历史批判思潮的先河。放言直论，不一而足，旧王朝之统治者实在不可能不杀他，尽管正是死得其所，或有重于泰山。

晚清四公子，湖北巡抚谭继洵之子谭嗣同为其一，另三位，一是湖南巡抚陈宝箴之子陈三立（即散原老人，史学家陈寅恪之父），一是广东水师提督吴长庆之子吴保初，一是四川总督丁宝桢之子丁惠康。时人称"四公子"，似乎代不乏出，从春秋战国时的孟尝、信陵、平原、春申到"明末四公子"冒辟疆、侯朝宗、陈贞慧、方以智，莫不有一定的宗风，如世胄气息、才学倜傥、义气清标等。而谭嗣同却像布衣书生、一介狂士，不像贵公子，其孤绝不群，深思求异，颇有别于朝野时流。

我们看他在"三十而立"之后"洒然一变"，写作《仁学》（写成于一八九七年），能感到他挣脱羁绊的求异性特色，"其思想为吾人所不能达，其言论为吾人所不敢言"（梁启超评语）。

《仁学》的内容很是苞笼，事义纷沓，"际笔来会"，包括着自然科学知识、宗教义理、哲学问题、社会政治思想，都汇集一起而交响。它的主要特色可能在于，它是晚清思想界"先锋"式的标本，反映了知识分子由传统型向现代型转变的急剧行程和思想状态，如何吸收新知识，重构新观念，反省和评估过去，以应对时势冲击下的心理危机。自然，《仁学》并非较成熟的思考和论述，谭嗣同行色匆匆。但说它不属于四平八稳的废话，是显然的。

《仁学》之作，特别揭示着一种有别于常规的异质性思维与文化精神在近代的艰难生长。

全面论述也许要费太多篇幅，姑且由一两个小问题来看看。比如前人多以为"道是体，器是用"，谭氏反论说："故道，用也；器，体也。体立而用行，器存而道不亡。自学者不审，误以道为体，道始迷离惝恍，若一幻物，虚悬于空漠无朕之际，而果何物也耶？于人何补，于世何济，得之何益，失之何损耶？……器既变，道安得独不变？"这至少对"中体西用"说是个有力质疑。

比如前人多讲"崇俭抑奢"。谭氏则言，照这么说，穿布衣就够了，劝蚕桑织丝绸又为了什么呢？通有无就行了，又何必开矿取金银呢？他认为有人崇俭，不过是欺世盗名，是"持筹握算铢积寸累，力遏生民之大命而不使之流通"，势必造成国弱民穷。谭氏还尖锐地指出有些如"崇俭"一类的传统观念正是我国工商业不能发展的思想根源之一。

又比如前人好言"忠义"，他却说："彼君之不善，人人得而戮之，初无所谓叛逆也。叛逆者，君主创之以恫喝天下之名。不然，彼君主未有不自叛逆者来也。不为君主，即詈以叛逆；偶为君主，又谄以帝天；中国人犹自以忠义相夸示，真不知世间有羞耻事矣。"

《仁学》，既论物理又谈人心，既引科学又导佛法，很难读通。后来有不少研究者在唯物主义还是唯心主义二者之间反复讨论，论说纷纭，大概谭嗣同自己也说不清楚。总归，他的思想框架以"仁—通—平等"为中心。唯其如此，他喊出了"冲决网罗"的口号。他毕竟是不肯"锢其心"的探索者，这种新的文化精神和使命感，正像他的敢死一样，已经闯入了历史，可能比确定他是什么主义更重要。

谭嗣同也正是把所思所言当作历史证词，知道难为名教所容，生前不能刊布，只能传之身后。"十年醉梦天难醒，一寸芳心镜不尘"，执着的人不免"无端歌哭因长夜"而已。想当初纵然"有约闻鸡同起舞"，终究可叹"枉凝眉"。秋雨年华，"灯前转恨漏声迟"。

保守的符号："老新党"林琴南

林琴南

七十多年前的民国初年，也就是"五四"前夕的时候，刘复（半农）与林纾（琴南）可谓势不两立的"冤家"，两人若在路上相遇，大约会彼此"哼"的一声掉头走开。一个新派，一个旧派，一个年轻人，一个老头子，自然沟壑很深的。当时因有陈独秀、胡适等人大力提倡，新文学运动正兴起，刘半农也是《新青年》的编者，正作了一篇《复王敬轩书》，把个新文学的反对派驳得淋漓尽致，捎带地把林琴南的翻译西洋小说也贬损了一番，而林氏也并不掩饰他对一班新潮人物和主张的反感，写了文章来攻击白话文运动，为古文辩护。那一场笔战，结果是林氏大败，五年后人也死了，详情便都记载在现代文学思潮史上。

不过，林氏死后不久，也加上五四运动过去了六年，刘半农却起了一点儿反省的意思。他那时正在巴黎攻读语言学博士，

13

读了《语丝》上周作人的文章便写信给周氏说："你批评林琴南很对，经你一说，真叫我们后悔当初之过于唐突前辈。我们做后辈的被前辈教训两声，原是不足为奇，无论他教训得对不对。"此话很有点儿意味。什么意味？大概是"恕道"吧，或者说"费厄泼赖""宽容"，确有那么一点。现在看来也是难得的。按说，照我们多年来（尤其"五四"以后）的斗争逻辑，像林琴南这种顽固派、保守派（就文化思想而言），是非得批倒批臭，叫他永世不得翻身的，这足以说明，现代文化变革过程中确存有一种日益占上风的倾向，即不大承认保持一些理性宽容态度的重要性，往往就把观点的分歧化成了你死我活的意气之争和攻击，亦往往形成对少数的压制，因而看起来若要分辨是非曲直，往往就会连带着一番"矫枉过正"，结果造成"不正常"的历史反复循环。晚清时的旧党曾廉将讲求改革的人咒为"名教罪人，士林败类"，要"斩康有为、梁启超以塞奸慝之门"，而康有为欲求变法成功，也说"杀二品以上阻挠新法大臣一二人，则新法行矣"，都是近代文化变迁中非理性倾向的反映。

后来人们会看到，武断和绝对化的文化意识倾向往往使进步付出许多代价。对于中国现代历史演变，五四新文化运动可以说功力巨大，影响深远，不过换一个角度看，也造成了一个"激进反传统"的文化特征。其影响，不能说尔后不断的文化革命与之没有关系；而不够宽容，也同它的启蒙精神有所悖离。当时陈独秀说："鄙意容纳异议，自由讨论，固为学术发达之原则，独至改良中国文学，以白话为文学正宗之说，其是非甚明，必不容反对者有讨论之余地，必以吾辈所主张为绝对之是，而不容他人之匡正也。"（《答胡适之》，《新青年》三卷三号）过几十年后来看，如果承认历史情况是特别复杂的，包括文化传统和社会进步的认识都不是简单地判断一个是非的情况，都会觉得陈独秀的话说得太绝对了。

比如说林纾反对提倡白话文，自是大不合时代之宜，但他的话恐怕也不是全无道理，即如所谓"总之能读书阅世，方能为文，如以虚枵之身，不特不能为古文，亦并不能为白话"（《论古文白话之相消长》）。所谓《水浒传》作者必有读《史记》之根柢，都是近于事实的。其实，像鲁迅、周作人都算得上白话文的高手，但他们的古文根基以及传统修养又何尝浅薄。只不过这里有个厚积薄发、推陈出新的过程。总之，说白话文不能成其为文学固属偏见，至若断言"白话为活文字，古文为死文字"，也一样过于武断的。关于"明察"，即不以情感之好恶来决定对事物的认识，林纾也说了一段不错的话，他说："但闻人言，韩愈为古文大家，则骂之，此亦韩愈之报应。何以言之？《楞严》《华严》之奇妙，而文公并未寓目，大呼跳叫，以铙钹钟鼓为佛，而《楞严》《华严》之妙处，一不之管，一味痛骂为快。于是遂有此泯泯纷纷者，尾逐昌黎骂之于千载之后。盖白话家之不知韩，犹韩之不知佛也。""报应"，大概就是一种"不正常的历史循环"，简单化地对待别人，别人也就会简单化地施之于你。"不宽容"，仍然刺激着"不宽容"，如此这般，恶性循环下去。多少明白了一点，故刘半农后来有一番自省，到他变得冷静些时，又很难避免一种命运——在时代看来，他由激进而变得不够激进以至于保守了。何以会如此呢？不妨说是历史的急骤变化予人以不能冷静的感觉。百余年间中国发生了不断更迭的改革运动，但每次改革失败后，人们容易认为，失败的原因乃在于不够彻底，因而普遍形成了一种越彻底越好以及矫枉必过正的急躁心态。这也是史书上对"保守"的阐释不大注意到的地方。比如对持有渐进改良主张的人，也一概视之为"保守"，对融合东西文化的主张视之为"落伍"，均意指不够"激进"。陈独秀就解释过"激进"的来由，在于必须矫枉过正："比如货物买卖，讨价十元，还价三元，最后结果是五元，讨价若是五元，最后的结果，不过二元五角。社会上的惰性作用也是如此。"（《调和论与旧道德》）这种文化上的"讨价"意识，益趋膨胀（比如破有余而立不足），那么，"左"倾就是名正言顺，宽容也就谈不上，历史便少不了留下教训，诸如批判马寅初"人口论"那样的教训。

所以尽管林琴南的错不少，刘半农那种"反省"确有些意味可寻。换句话说，它意味着，人是既有思想也有感情的生物，情感往往会把理性降到一个从属的地位。如果要使理性充分发挥作用，就必须学会宽容，不承认什么"全知"的假定。正如数学运算要推究命题的结果一样，从互相冲突的意见中必然可以得到越来越多的启发。这一方式的关键即在于，不能钳制表达不同意见的自由。

一般认为，林琴南在近代文化史上的作用与影响，体现在大量翻译介绍西方小说的劳动，而在某种意义上也可说是，因为他主动跳出来当了新文化运动的对立面（近于辩论比赛中的"反方"），使新思想批判的锋芒有了够级别的"靶子"，作用倒也不小。所以后来人写那段历史时得以增些声色。不是说"不破不立"吗？我们看钱玄同客串"王敬轩"，与刘半农演一出"苦迭打"（日文的外来语，意为政变。——编注）双簧戏，那情形便可明白。钱玄同后来不同意刘半农的"唐突前辈"说，仍抓住林琴南不放，说"他如果有荒谬无理的态度，一样应该斥责他，教训他，讥讽他，嘲笑他，乃至于痛骂他"，又说"实在说来，前辈（尤其是中国现在的前辈）应该多听些后辈的教训才是，因为论到知识，后辈总比前辈进化些，大概前辈的话总是错的多"。若无林琴南，钱氏之慷慨激昂或许就难得落实了，林琴南总归是扮演了一个必要而不光彩的历史角色，迄至其死后。

不过，也不妨承认，林氏绝对不是伪君子，倒是有什么说什么，如鲁迅评论陈独秀时所谓，"外面竖一面大旗，大书道'内皆武器，来者小心'！但那门却开着的，里面有几支枪、几把刀，一目了然，用不着提防"（《忆刘半农君》，《鲁迅全集》卷六）。坦率，心里也就没什么城府，就表里如一而言，似乎是比康有为强些，康氏也尊师重教，但一面主张一夫一妻，另一面却纳妾，一面好言人类平等，另一面又好役婢仆，有些假圣人的样子。林氏也不似梁启超那么善变。他固执，看起来未免是顽固，思想太不灵活，但人格的坚持却也不是可以假装的，总比一些朝三暮四、二三其德的人好些。

笼统看，"林琴南"就是个"保守"的符号，"盖棺论定"，而且是个失败的保守者。比如他要做清朝的遗老，反对以白话文通行取代古文，主张文学仍应"载道"等。但就其保守之大旨而言，诸如此类，恐怕也不是主要的。主要者，大约是卫护中国上千年的传统文化之道，忧患其失坠的心情特别强烈，所谓"七十之年，去死已近，为牛则羸，胡角之砺？为马则驽，胡蹄之铁？然而哀哀父母，吾不尝为之子耶？巍巍圣言，吾不尝为之徒耶？苟能俯而听之，存此一线伦纪于宇宙之间，吾甘断头，而付诸樊于期之函，裂吾胸，为安金藏之剖其心肝。皇天后土，是临是鉴，子之掖我，岂我之惭？"（《腐解》）。晚清以来这样真诚的"卫道者"实在不多了。至于其他新旧弃取，倒还尚能随缘，比如他一九一九年时也在报上写白话文章，其自解语云："今世人既行白话，琴南亦以白话为之，趋风气也。"有些地方虽不改趋古，思想作风也不总是拘泥，有些地方虽然固执不圆通，有时也还不失服善从实的性情，他的论敌陈独秀便说过："林琴南写信给各报馆，承认他自己骂人的错处，像这样勇于改过，倒很可佩服！"（《随感录》）他实在为人尚不失为可敬，一笔否定了，置之另册，怕是也有人替他呼冤枉。

林琴南自觉生于乱世，其世呈将死之病而不纳苦口之药，忧之甚殷，故出而捍卫孔孟之道。在他看来，纲常、名教，也就是忠、孝、仁、义以及礼、智、信等传统的行为规范、价值核心，社会无论怎样进化，也无论在西方东方，这些基本东西是像布帛菽粟一样不可抛弃的。但是林琴南未尝思考过，具有悠久文明遗产的中国何以在近代以来落伍于世界潮流，难以开发出民主和科学这类现代化的思想资源，现代化进程亦是挫折历历、步履艰难。因此，他对传统的维护，尽管有信念精神的支撑，对历史之理解却是笼统而不深入的，所以便难以应对新思潮的挑战。

五四时代，陈独秀正是由此去展开对传统伦理道德的猛烈批判："要拥护那德先生（民主），便不得不反对孔教、礼法、贞节、旧伦理、旧政治；要拥护那赛先生（科学），便不得不反对旧艺术旧宗教；要拥护德先生又要拥护赛先生，便不得不反对国粹和旧文学。"（《本志罪案之答辩书》，《新青年》六卷一号）这种激烈的态度，当时影响不小。林琴南与陈独秀一辈人的文化成长背景大不相同，其思想文化取向难免两相凿枘。林氏曾就近代史之困厄争辩说："晚清之末造，慨世者恒曰：去科举，停资格，废八股，斩豚尾，复天足，逐满人，扑专制，整军备，则中国必强。今百凡皆遂矣，强又安在？于是更进一解，必覆孔孟、铲伦常为快。呜呼！因童子之羸困，不求良医，乃追责其二亲之有隐瘰逐之，而童子可以日就肥泽，有是理耶？外国不知孔孟，然崇仁、仗义、矢信、尚智、守礼，五常之道，未尝悖也，而又济之以勇，弟不解西文，积十九年之笔述，成译著一百三十三种，都一千二百万言，实未见中有违忤正常之语，何时贤乃有此叛亲蔑伦之论，此其得诸西人乎？抑别有所授耶？"（《致蔡鹤卿书》）他说的话也不无道理，换句话说，中国难以走向富强的病根究竟在哪里？这一问题一直是近百年思想文化史的主题，也是历史和现实诸问题复杂关联难以作出简单回答的泥淖之域，变革势已不可避免，且为题中应有之义，林琴南之卫道诚不可取，但激进的全面反传统，其效果呢？未必就好。它一方面摒弃了进行渐进有序变革的可能，另一方面使现代化与传统完全对立起来，忽视传统也有转化的可能。同时它助长了一种"全权主义"的思想倾向，即对意识形态宗教神话的迷信，相信某种社会改造的全面计划是永远正确、是历史的必然，而一旦这种计划是不全面的或错误的，其贻害社会之深难以估量。

林琴南卫护传统，反对"骂祖"，尚有可贵之处，即在于仍然坚持了民族现代化进程中的道德关怀、道德继承问题。传统道德伦理体系显然需要批判的继承，也由于你不可能离开自己的传统（其中有好的遗产），去皈依别的什么，正如现代化变革也离不开传统与现代化的协调，离不开具有弹性而又相当稳定的价值取向。

除此之外，林琴南其实也并不是一个极为保守的人。如果翻看他的经历，会发现他原是一位"老新党"。他生于一八五二年，所受教育当然是旧式的，但因家道不裕，读书向学全凭刻苦。林氏一八八二年中举人，此后屡试不第，便没有做过官，一生皆以教书、著述为业。晚清世局内外忧患风雨鸡鸣，林氏虽非官吏，也曾三次上书朝廷，愤念国耻，倡举新政。他在一八九七年曾写过三十二首《闽中新乐府》，主张移风易俗，

变法图新。这是他出版的第一部著作,可以看出当时他思想的前进。比如《渴睡汉》(谈外交)一篇写道:

> 渴睡汉,何时醒,王道不外衷人情。九经叙自有柔远,加之礼貌庸何损。纵是国仇仇在心,上下一力敦根本。奈何大老官,一谈外国先冲冠,西人投刺接见晚,儒臣风度求深稳。西人报礼加谩词,又有大量能容之,所得不偿失,易明之理暗如漆。我闻西人外交礼数多,一涉国事争分毫,华人只争身份大,铸铁为墙界中外。……奉告理学人,不必区夷夏,苟利我国家,何妨礼貌姑为下。西人谋国事事精,兵制尤堪为法程,国中我自宗王道,参之西法应更好,我徒守旧彼日新,胁我多端气莫伸。群公各有匡时志,不委人为委天意,人为一尽天意来,王师奋迅如风雷,西人虽暴胡为哉?

此外,像《村先生》《关上虎》《兴女学》《破蓝衫》诸篇,大都切中时弊,议论是颇为开放的。以致胡适后来曾感叹说:"我们这一辈的少年人只认得守旧的林琴南,而不知道当日的维新党林琴南;只听得林琴南老年反对白话文学,而不知道林琴南壮年时曾作得很通俗的白话诗。"

对现代文学及文化变迁影响更大的,是林琴南译介的外国文学,开创风气,数量也大。他本不通外文,是由别人口述,再加以组织叙写润色。自一八九七年与王寿昌合译法国作家小仲马的《茶花女遗事》起，先后翻译出版小说一百三十二种。这些小说虽许多不算名著，却也可说是大开眼界的。他用有风味的古文叙述外国小说，现在看来不免别扭，开创功绩却不可没，以一不谙外文的旧式书生，能积累如此，当时收到不小的社会文化效益，也算得上奇观了。后来有不少人指摘其翻译中的毛病不少，也有人说，不管怎样，林氏"为新文学探出一条外国的通路"。郭沫若曾在《我的幼年》中说过他所受的影响："林琴南译的小说，在当时很流行的，那也是我最嗜好的一种读物……《迦茵小传》……这怕是我所读过的西洋小说的第一种。这在世界的文学史上并没有什么地位，但经林琴南的那种简洁古文译出来，真是增了不少的光彩！"钱锺书亦在他的"学问文章"中称："林纾的翻译所起'媒'的作用，已经是文学史公认的事实……我自己就是读了林译而增加学习外国语文的兴趣的。商务印书馆发行的那两小箱《林译小说丛书》是我十一二岁时的大发现，带领我进了一个新天地，一个在《水浒》《西游记》《聊斋志异》以外另辟的世界。"（《七缀集·林纾的翻译》）钱先生的评论以"通达"著称，他对林琴南作为"媒"的描述，十分剀切。当然，这个"媒"人也是有活生生和老化的区别。林氏的翻译前期精神饱满，后期则不免"老子颓唐"了，反映出一个"老新党"心理上的老化。那种由"开新"向"守旧"的变化，大概是生命的普遍现象，也许属于一种难以超越的人类宿命。

一九二四年十月，林琴南在北京病故。这一年年初，他曾手写春联："遂心唯有看山好，涉世深知寡过难"，亦是近于彻悟之语。人非圣贤孰能无过？他这一生，大体上不重名利，所谓"夫据非其的，而甚重名美利，乡党誉之，朋友信之，复过不自闻而竟蹈于败，天下之可畏者，孰大于此？"。故其书斋自号"畏庐"。陈石遗曾戏称其室为"造币厂"，因其写作速度甚快，译述多多，再加上擅书画，勤于笔砚，收入是可观的。但林氏为人慷慨，常常周济友朋，四十年间曾帮助抚养友人遗孤七八人，使他们能够读书成才，他是个很讲义气的人，林氏的子女也很多，因其好义而不留恒产，自谓"竭我绵薄，几蹶而不起"，不忘幼时所尝够的"穷滋味"，襟怀倒也洒然不俗。他死后，曾出版过他许多书的商务印书馆主持人张元济、高梦旦等曾发起募集"林纾遗族教育基金"，辅助他的孩子能求学不辍，时人称之为"种瓜得瓜，种豆得豆"。

像他的两位老乡严复与辜鸿铭一样，林琴南被视为近代以来立异鸣高、个性倔强、落后于时代潮流的"怪物"。林氏确有一种耿直之个性，不易索解。比如他曾十一次去光绪皇帝陵上祭拜，自称"清室遗民"，却又是赞成共和制度的人，民初他毅然剪去辫发，又反对张勋复辟。对于这种矛盾，他自己解释说："我中过举人，已受前清功名，所以自觉已是一个遗民了。我承认我的思想太落伍，但是做人的方法不可不如此。"（见陶菊隐《六君子传》）时势是一回事，人格又是一回事，林琴南所坚持的做人的方法，大概就是他所不肯放弃的传统人格精神和道德价值。这一点，在近百年来的中国文化变迁中已经一次次被淡化，它影响到了林琴南的"保守"，也使悲观的王国维终于赴水自沉。因而有人说，文化的转型也产生了价值的断裂，实用理性压倒了价值理性。在这个意义上，林琴南的那一份"血性""真诚"并不是完全没有意义的，尽管是悲剧性的意义。

不是吗？当现代知识分子深深陷入价值迷失的危机时，也许会丧失应有的学术真诚和更高的理论导向，于是如费希特当年所言：

> 本来应当成为民族的教师和教养者的人们，怎样沦为甘愿自己败坏的奴隶，本来应当对自己的时代发出明智和严肃声音的人们，怎样谨小慎微地听命于专断的愚蠢和最专断的恶行所发出的声音。(《学者的使命》)

严复

铁马叮当入梦来：

关于严复

北宋诗人苏东坡曾写给他兄弟一首诗，题为《和子由渑池怀旧》，曰：

> 人生到处知何似，应似飞鸿踏雪泥。
> 泥上偶然留指爪，鸿飞哪复计东西。
> 老僧已死成新塔，坏壁无由见旧题。
> 往日崎岖还记否？路长人困蹇驴嘶。

成语"雪泥鸿爪"即由此诗化出。人生途中回首，若念及此，正如苏东坡一样，最易触动难以形容的感怀。

有时，读读历史，也会有如此况味罢。说是千年往事、历代烟尘，好像早已有案有鉴，有来龙有去脉，转而想其实也不过"雪泥鸿爪"，所窥所辑者不免什一，而历史的神髓、底蕴亦如天地苍冥中来去的飞鸿，究竟难以把捉了。

分开说，粗读历史——比如一般的历史教科书和读物——印象很可能清晰明确，好像看一部解说分明的纪录影片。如果深入下去，企图探触其内在的秘密，则可能情况又不一样。或许那情况近于灵魂的探险，越深入越会感到进入"若明未明"之境，甚至敏感到自身的历史理解结构有某种危机。这不仅是由于被重组的历史事实会震动我们的既成理解框架，而且由于这种理解在发展着的古今对话之中，不免负载了自身的困惑。危机感倒也不是坏事，往往伴生着历史理解的新方向与新程度。这种情况又常常发生于读一本有分量的专题著作时。前几年，我曾读到黄仁宇教授的《万历十五年》，一时有"柳暗花明"之感。最近读到本杰明·史华兹教授的《寻求富强：严复与西方》，也正是滋味重到心头。此书为"海外中国研究丛书"之一种，作者乃远在哈佛的"老外"，但于中国近代史研究，显然并不是外行。

以一种取微用宏的方式进行比较思想史的研究，进而窥斑见豹，属于另辟蹊径，同时给观察历史打开一扇窗户，这首先已有了思维方法上的启发意义，好像在历史分析活动中为求深入透辟，值得选择不同的"刀具"来试试才好。所谓"微观"，自然是指严复这个人的活动与精神现象。而宏观呢？大概除了指向严复现象发生的时代背景，还萦回于一个复杂的问题域，即不妨想想，在近代历史舞台上，一百年来，中国人是如何面临和思考"走向现代化"这一问题的，其动态和结果又如何？

显然，关于"西方文化的撞击"这一说法，已常在耳目间流行，但究其实质内涵，又往往隔靴搔痒。如果进一步追问："一种文化影响另一种文化的渠道及效果是怎样的？"这个问题可能比关心严复个人的遭际，比耽于热闹的文化讨论，更令人感到迷惑而又有兴趣。换句话说，一个近代历史文化的景观，一个至今仍值得寻味的问题域，一个作为焦点的严复的思想形象，三者共同复合了历史理解的一个取向，即我们仍然不能不面对近百年来丛结的意识危机，是全面反传统还是寻求传统的创造性转化，如何面对和把握改革的历史趋向，基本的课题仍然一脉相承，悬于目前。问题犹在，历史上的严复也便成了历史的一面"镜子"。

"镜子"不妨分两面去看，一是严复的"人"，一是严复的"文"。先看"人"，以往有"贴标签"的办法，不一定好，可以先搁在一旁。简历是：名复，字又陵，又字几道，福建福州人，生于一八五四年，卒于一九二一年。其生六十七年间，正是历史极为动荡，像"甲午""戊戌""庚子""辛亥""五四"，总赶上大事迭出。不过从世俗观点看，严复一直没有机会或者未能指望成为当要或显赫一时的人物。这恐怕与他未能走科举入仕的传统正途有关。少年时正值"洋务"渐起，他得以入福州船政学堂，学习"格致之学"及舰船驾驶，毕业后又去英国留学，算是最早一代留学生。那时洋务派的打算也是培养人才"师夷长技"，但严复学成归国后，却没能成为直接参与型的角色，大抵在北洋水师学堂等处闲职上倥偬岁月，所谓"不预机要，奉职而已"。

甲午战争前后，民族危亡之秋，按常情说正值读书人拂衣振起，恨不投笔从戎的时候，严复的际遇却只是世事蹉跎，事既不可为，而胸怀又"格格欲吐"，转向笔耕之域正属自然。宣传西学，鼓吹变法，有时代契机也有他个人的倾向。一方面他比当时的其他先进人物接触西方社会更多，所受影响更大，使他能从新的理论角度认识老大中国之衰败原因，思考使国家走向富强的答案。在这一点上，他比别人更清醒地意识到必须以先进者为师。另一方面，甲午战争的失败，深深地刺激了国人，有识之士痛感必须从"中体西用"的老路中走出来，另寻自强之策。时势造运会，在这种"运会"中，严复的思想终于得到公开表达，并进一步为国人瞩目所呼唤。论文《论世变之亟》《原强》《辟韩》等，译著《天演论》《原富》《法意》等，正是使严复成为当时中国知识界思想发言人的标志。如石投水，许多年后，人们仍能感到余波。其核心凝聚的问题：中国怎样才能富强？一直震荡于近百年的历史。在问题面前，一个基本观点是在比较思想的渠道中显现的："西方强大的根本原因，即造成东西方不同的根本原因，绝不仅仅在于武器和技术，也不仅仅在于经济、政治组织或任何制度设施，而在于对现实的完全不同的体察。因此，应该在思想和价值观的领域里去寻找。"（《寻求富强：严复与西方》）不论这一观点在世事变动和人们的意识中曾发生怎样的忽略、误解和偏执（"技术救国"论、"全盘西化"或"文化革命"的理论和实践），总归是无可回避的。所谓"运会"，严复自己说道："运会既成，虽圣人无所为力。"这么说，个人和他们思想、意志有"应运"的一面，也有"不应运"的一面，所谓理想是一回事，实际可能又是另一回事。中国的事情常不免"急中风等不得慢郎中"，这也成了严复的尴尬。一八九八年"百日维新"失败，正表明了"运会"无情的另一面，即当改革的内、外部条件尚欠充分时，意识对存在的作用必然相当有限。如理乱丝，有没有痛快的拯——救乱办法呢？严复从西方社会发展的整体动因来反观，恐怕也只能承认自己是个慢郎中。"戊戌"之后，他虽因未深卷入得以自保，却也不得不压抑了亟盼本治标举的希望，避入书斋，从此"摒弃万缘，唯以译书自课"。他对翻译事业，从此专心致志，并寄托了主张变革同时主张渐变（进化）的社会历史思想。尽管严复的工作有重大的意义，他对时事的忧虑也不都是杞人之忧，但历史的回答毕竟是无情的—— 一种思想探索只能是思想试验室中的探索而已。但毕竟也留下了难以磨灭的精神印迹。

断鸿声里斜阳暮。

严复遇到最明显的矛盾之一是，坐而论抑或起而行？比如他主张从教育、科学、风俗上去治本，以为求富强的根本在于"鼓民力、开民智、新民德"，也不算错，但时代有它的急务，又似乎等不得。一九○五年严复与孙中山在英国有一次谈话，严复说："中国民品之劣，民智之卑……为今之计，唯急从教育上着手，庶几逐渐更新也。"孙中山则回答："俟河之清，人寿几何？君为思想家，鄙人乃执行家也。"一个是"知而后行，知易行难",一个是"行而后知,知难行易",让人深感其解决的两难。

辛亥革命后,严复虽非遗老,却为自己"渐进"主张的一再受挫而百感消沉。有一个污点也确实不易洗刷,虽然他后来列名筹安会六君子为袁世凯劝进,是被杨度硬拉扯上的,却也与他"反对共和"的态度有关系。严复一直坚持"渐变"的道理,倒也不是仅仅顽固,然而其道理既无法实行,又焉能不被撇在一旁呢!也许人们印象中严复的落伍、倒退,缘在于此。比如说他一面以为应立君主,另一面又承认"孰为之主乃为绝对难题"。既然不能产生合适的君主,那么这种君主体制岂非已空虚到无可依靠了吗?思想变成了神话。"四条广路夹高楼,孤愤情怀总似秋。……辛苦著书成底用,竖儒空白五分头。"这已是暮年严复的嗟叹了。

其实,从青年到老年,严复的思想性格是一贯的。如果说有从超前到滞后,从启蒙到复古的悲哀,原因可能更多在于这个人与时代生活的关系。好像时代的"帆"毕竟要把岸边的树抛在后面,尽管可能是驶向历史的未知之海。也许,那已经超出了一个冥思者的有限视野。在新与旧之间、本土与域外之间、理想与现实之间、传统人格心理的变与不变之间,一方面严复是个沟通者、成功者(译介新学的主要意义在于此),另一方面,他又是脱节者、失败者(其幻灭多在于此)。这种因袭了历史的内在矛盾与选择困惑的状态,正是一个现代思想探索者的形象,形象地映现了处在历史夹缝中的良知、文化意识的典型困境。

历史的夹挤也许还会使他成为逃避者，以逃避来面对与历史脱节的迷惘、无归属感。到一九二一年，严复已自述"坐卧一小楼舍，看云听雨"而已。

是否是"过渡的一代"？史华兹教授就此写道："他和他同代的文人学士在旧文化的框架内度过了青年时代……旧文化渗入到他们骨髓里，他们的个人生活方式完全是由旧文化模式铸成的……就像他们自己被套在长袍马褂里一样。然而他们是放眼世界寻找新智慧的第一代，是从思想上向旧社会的一些基本价值观念提出挑战的第一代；当然，从另一方面又要看到，他们不是从传统主义和反传统主义是显然对立的这一角度来看问题的。"（《寻求富强：严复与西方》）

除开这一客观的看法外，我还想到另一说法可补充描述严复的形象："有两种不同思想气质的人：一种人常认为可以找出些简单的办法来解决他们所面临的问题，另一种人却常感到事物通常是复杂的，或在极端情况下以哈姆雷特似的性格对待事务，对所遇到的情况有多种考虑，并且又考虑到各种相互关系的复杂性，因而便感到压抑和恐怖。"（罗维乔伊：《存在的伟大链条》）两种人，谁是成功者，谁是幸运者？

其次该说到"文"。严复"弃武从文"，功力主要用在以古文译介西方（主要是英国）的有影响的社会科学著作。译得苦也译得严肃不苟，虽然现在肯耐心卒读的人数不出几个。但他不是一般意义上的翻译家。那种工作可以说是渗透着与之俱来的主体愿望和睿智眼光，仿佛借火种来燃烧自己和同胞的思想，而且在一个西方人看来，具有与"他山石"类似的文化比较交汇的意义。在一个比较广阔的背景中，严复的主题始终是"寻求富强"。当然，它涉及了广泛的社会生活领域，从政治、经济到伦理、宗教、思想方法、科学知识论，因而问题的线索亦不免交织芜杂。过去对严复的研究已经涉及了其思想旨趣中的爱国主义成分，弘扬民主和科学的成分，而且评说过他体认社会达尔文主义（"物竞天择"式的生存竞争），既有警钟般的启聩亦有对现实的妥协。显然，真知与谬误并存，在严复也是不能免的。诸如此类姑且抬手放过，还可以说几条别的特色。

比如说到爱国主义思想，仅仅从本能情感出发是一回事，关门自大是另一回事，而认识民族及文化共同体的历史与现状去促进它发展富强，则又是一回事。严复的思想主题与此相联系，不仅在于需要赤子般的情怀，而且在于放开眼光使认识探索超出狭隘的政治范围，去寻求"自觉之爱"——这在当时，促使他去追究近代西方文明的实质。"与他的一些较浅薄的后继者不同，严复并不从通常所谓实利主义的西方和超脱世俗的东方之间来发现两者的关键性差别。严复清楚地知道超脱世俗的思想成分在显示西方强大生命力的滚滚浪涛中所扮演的角色。他也深深意识工业主义、近代国家政治、法律制度和军事机构，是不可能由对直接的物质满足感兴趣的人创造出来的……关键性的差别不是一个物质问题，而是一个能力问题。"（《寻求富强：严复与西方》）这样，严复怎能不热切地希望在传统的变革（特别是在民族个性和文化心理及教育、科学现代化上）中发挥中国人的潜力呢？"寻求富强"的主题意向，最终落到对"集体能力"的认识上，同时包括深入地理解个体与群体、私心与公心、自由与凝聚力等的关系。

又比如在"渐进"还是"激进"的选择冲突上，严复的声音虽不免成为历史中的不和谐声部，但到了百年激荡后的今天，也应该承认，他所主张的"渐进"是基于变革的整体观、协同意识及其与传统的衔接的。尽管过去种种已成过去，但历史总归渐渐让人们学会要听听不同的声音。

也许，一种思想的命运是不能以成败而论的。搁下正题，寻味弦外之音，想起帕斯卡尔所谓"人是会思想的芦苇"，隐隐觉得失去思想能力那种无声的可怕。思想显然不能来自人云亦云或者以时髦速效为根基，它有传承有检验的标准，但真伪之分乃首先在于是否是创造性的思维活动，是否敞开自我、面向世界。在这个意义上，严复的许多思想尽管力量有限，仿佛只是试验室、博物馆中令人徘徊的默默魂灵，却可以说，至少不是简单再生产式的。

"入而不入，离而不离"，这似乎处于"知"与"行"的矛盾之间。在这里，思想的作用首先在于"忘掉"一时可能的成败，力图客观地说明人们所处身的问题境况，并找出来自现实和历史中各种相互联系的规律性认识。至少我们可以看到，严复思想形象的一个特征正在于：它不是按照某种"意志导向"或"实用理性导向"来开展和驾驭的。

严复晚年曾感叹："男儿生不取将相，身后泯泯谁当评。"

其实未想到不仅有人评，而且有"老外"的专门研究；他曾从里面看出去，人家又从外面看进来。看来看去仍不免尚存"泯泯"。好在为了未来总需要回顾过去，恰如苏东坡诗语："往日崎岖还记否？"

说
『
士
』
：
仰
梁
以
思
章
太
炎

章太炎

冬日长闲，偶理杂物。狼藉中，捡得一册前年的《读书》旧本。按说"器唯求新"，书却不一定新的才好，只是家中零散而来的旧杂志，毕竟不免阅后轻掷，况且自己也改不了零乱无章的毛病，弄不好总到岁尾收拾时，付之打捆秤斤被小贩携去，无如之何。但这一回却起了一点儿"睹物思昔，再见犹怜"的心情，好像弃之有所不忍。虽不到落花衔草不胜依依，重抚旧文，也近似朝花夕拾一般。这一册旧刊上载有《〈士与中国文化〉自序》一文，想起当初过眼，曾打算俟此书行市后有所裨益，不想过后因心思漶漫而忘记了，再读不由一憾。不过，当下重新细看了一遍"自序"，发现作者讨论"士"的问题，虽为简要指点，正同自己近日傍炉而读的几本杂书有关，引起我仰梁以思，这倒是初读时未能意会的。

案头几本杂书，共同点是都论述或涉及章太炎。章氏殁去已五十余年，消息渐远。好在有人在当时和嗣后来回忆他研究他，专题积累，叩集成编，成书还不止一种，关于章氏的做人、学问等，书已在，可能读者不会多，但就研究历史或了解点儿历史的愿望而言，正不妨尝鼎一脔。前辈形逝而神留，尚有不能遮拨、火尽的价值，正如往昔有黄梨洲作《宋元学案》《明儒学案》，证诸若干学术思想史迹的缘起离合，继有民初梁启超、钱穆分别作《中国近三百年学术史》，综说缕析各家专题。关于章太炎的专题，篇什主题似散漫了些，却宜于漫览，亦不妨别作"章氏学案"——学术思想史的个案研究——来看吧。

有了"案"，但不一定能"断"，因为这同"办专案"不是一码事。另，虽然人们常以为历史学家往往有"后见之明"，也并不尽然。比如就习惯于给活人或死人定性这一点来讲，说章太炎一生蹈厉而且浮沉究竟是个地主阶级反满派，还是属于资产阶级民主革命派，或者定他为"法家"还是"儒家"，官司总就打不清。倒是《自序》中关于"士"的一条意见令我引为同感："我们所不能接受的则是现代一般观念中对于'士'所持的一种社会属性决定论。今天中外学人往往视'士'或'士大夫'为学者-地主-官僚的三位一体，这是只知其一不知其二的偏见。以决定论来抹杀'士'的超越性，按之往史，未见其合。"接着该说，转按之章太炎，也恐怕未见其合。虽然他称得上传统迄至近代之际一个兼有代表性和特殊性的"士"。总之，这意思无非说，书上的论述归论述，看过还可以再想想、再研究。

端茶打卯，该补说几句"士"。《自序》作者以为历史上所谓"士"，从孔子最先揭示的"士志于道"开始，便是天地人伦间基本价值的维护者、文化使命和宗教精神的承当者，这同现代西方所谓被视为"社会良心"的知识分子极为相似。当初范仲淹起而提倡士当"先天下之忧而忧，后天下之乐而乐"，做得到做不到是另一回事，影响不可谓不深远。若分别言之，这种规范性解释，乃侧重于"士"这一称谓承载的价值功能，并不仅仅表示一个人的社会职业与身份（包括他的学历、职称等）。诚然，从此一特定意义来言说"士"，已经意味着：读书人在做人和做学问（知与行）上是否该向上一路，秉取其理想的典型性格！即以"立心励志"和于言行上行志的修养实践为前提与归宿。自然，应该承认有主观和客观上的种种限制，臻于理想并不容易。但有人肯努力去做，章太炎也是其中一个。他活动于十九世纪末到二十世纪初的中国历史舞台，若能作一鸟瞰，正似"大棋盘"中的伶仃一"子"，棋局开而复残，残而复醒，了犹未了。这在他，有显身手的时候，也有受绳制、遭坎坷的时候。个性禀赋、时代际遇、传统背景，若干因素碰撞而且合力来塑绘其并非单纯的色彩。于是，了解章太炎的生平与学术，又等于了解怎样一个执着而最终并不理想的志士形象以及百年中国史由古典传统向现代选择转型的一个侧影。

章太炎，初名学乘，后改名炳麟、绛，字梅叔，另作枚叔，"太炎"是别号，号既广为所闻，反掩其名字。蔡元培有挽章氏一联云：后太冲炎武已二百余年驱鞑复华窃比遗老；与曲园仲容兼师友风义甄微广学自成一家。上联道出署号"太炎"之由来：倾慕黄宗羲、顾炎武，寄志于承绍先贤不泯的民族精神。下联述太炎既为自成一家的学者，其治学的由来与因缘。德清俞曲园（樾）、瑞安孙仲容（诒让）都是清末国学宿老，长于治小学、群经、诸子，太炎于其间多有师承沐惠，抉发旧旨或立新说，确认自家的学术规模、根柢。广学，亦即兼容传统学术尤其是清代朴学的本末大致，而其基本意脉启瀹开来尤在史学（钱宾四曾语及此）。这一入手的旨趣、气象，当然与今天的情形相当隔膜，在当时却是与奔竞于场屋八股之间的文士有大不同，细论则有知识构成上的区别，有将理论理性转化为文化实践与闭门觅句不问时艰的区别。再说"风气"，其时士林有康有为、梁启超一流振起于仕途，参与维新，卒至颠踬；章太炎则一闾巷之人发为不平之鸣，亦不免去国流亡屡扑屡起，正是平民中一有识之士。这些不同之处，大约也见出章太炎作为传统中一"士"，仍然是中国文化传统中一个相对的"未定项"。所谓"未定项"，即承认"士""有社会属性但非社会属性所完全决定而不能超越者"。有论者指出太炎思想性格对世界态度的二重性——切近与腾离。以此去看太炎本身，倒也仿佛。时代运数选择人，人也选择"我之所以为我"，在人与历史之势的推挽中，章太炎承当他所认为于时于远的迫切的文化使命，他的《訄书》就有迫切而言的含义。这种承当还不免带有他拂衣高蹈、不囿流俗的特色，带有成功和失败。

太炎的评论者，口吻间莫不率先推许太炎一生作为"志士"的意义，即以民主革命的呐喊往来于戊戌之后的思想界，与当途斗与乡愿斗，七被追捕，两入牢狱，而革命之志终不屈挠，要之确为太炎本色。也正是"士不可以不弘毅，任重而道远，仁以为己任……死而后已"的话，被太炎的言行所诠释了。述其为"侃侃直言"一士，也不过一形容语，待到被形容成"并世无第二人"（鲁迅语），却正不易到，虽然也不免多获訾议。除了鲁迅所说"战斗的文章乃是先生一生中最大、最久的业绩"，史籍所载行状，多见"披靡"。纸短，只能聊为补注一二。在我想，太炎之为"志士"，贵在"向上一路"，即表现其挚情、理性、抗议精神的积极和义无反顾；表现其人格浣洗的真率、彻底及其"狂士"的一面；表现其并不得志亦不丧其志，等等。

史家吕思勉先生也有看出太炎为志士"向上一路"的意思。说到太炎以叛逆精神抗拒种种专制者，事实颇多，而吕先生却说："从来冒犯权贵易，得罪朋友难"——这就有超出常见的理解——"因为权贵虽然是权贵，和我们的关系其实是疏远的，朋友就不然了。太炎和康长素一辈人，非无雅故，然因学术上的歧异，即不恤称长素为妄人。蔡元培在五四时代，是一个很有名的人物，他不但以学问见尊，而且以名节见重，太炎却说他'国安则归为官吏，国危则去之欧洲'，元培是否如此，我不欲推论，然太炎为取巧立名者戒之意，则可谓至深切了。"（《从章太炎说到康长素、梁任公》）历史间常不免恩怨是非，殊难定夺，但诸如此类，好在太炎坦白襟怀不苟且委俗。所以他的"革命"遭老师俞樾的痛斥，也不出偶然。据说一九〇一年他在苏州趋奉先生，遭先生骂，责其"不忠不孝，非人类也"，卒不为所动，执意独行，并有《谢本师》一文发表。"吾爱吾师，吾尤爱真理"的精神，可见他的敢于自试。按说，背师拂礼原非读书人所愿为，但以不能调和原则为无可奈何。一叶知秋，太炎的不肯以俗累殉理想，至于大端，便可不复多论。

既述其直节一二，予人印象较深的是章太炎的两次被囚。一为辛亥革命前一为袁世凯当国时，却都见出志不可夺而弥坚的性格。其一，一九〇三年，章太炎与邹容在《苏报》刊载《革命军》《驳康有为书》等犀利文字，清廷震怒，力挟上海租界当局拘捕章、邹。某日巡捕至学社搜查，章太炎即挺身而出："余人俱不在，要拿章炳麟，就是我！"邹容其时乘乱从后门走脱。太炎的不寻常还不仅此，事后他还要写一字条给邹容，要他不必躲避，勇于以自己的牺牲为后来者作楷模。想来这也不怪，因为他唯求大义，是甘心彻底行事，勇于承当的。于是亦随之有邹容的决然赴狱。太炎于西牢中赠诗给邹容："邹容吾小弟，被发下瀛洲。快剪刀除辫，干牛肉作糇。英雄一入狱，天地亦悲秋。临命须掺手，乾坤只两头。"大有后尘谭嗣同血流燕市的气概。

民国后，既可说太炎的奋斗，志已有达，也可说终究不得其志，要之为本色乃在仍不堕其志。于是舍身赴难既已有一，更不惜有二有三。鲁迅所谓"以大勋章作扇坠，临总统府之门，大诟袁世凯的包藏祸心者"，就是纪念太炎二次被囚前冒危入京的孤胆孤愤。"时危挺剑入长安，流血先争五步看。"这种抗议姿态，虽不免被视为"愚""狂"，却诚然顽强地表现于太炎被囚两年、数度绝食的困境中。人世间真诚与虚伪、直节与矫情的分别，往往既不容易立辨，又终究可以判然。清兮浊兮，可叹太炎之苦心。怪不得白居易会叹息："朝真暮伪何人辨，古往今来底事无？但爱臧生能诈圣，可知宁子解佯愚！"（《放言》）

太炎自况："蒿邪识麻直，弦急知韦柔。"他的使酒骂袁，以死抗争，在旁人看来，无异"现代祢衡"，但太炎却还有他深一层的悲哀："观其（袁世凯）所为，非奸雄气象，实腐败官僚之魁首耳，呜呼！苟遇曹孟德，虽为祢衡，亦何不愿，奈其人无孟德之能力何！奈其人无孟德之价值何！"

关于太炎的狂士行径，当时舆情有"章疯子大发其疯"之语，未免皮相之见。"疯"与"不疯"，似乎也是个历史心理研究与文学描写的主题。我们不能否认章太炎的"狂"，有传统人格的狂狷成分，也有性格气质上怪僻的成分（如他后来鄙薄白话文的过分，并戏评自己的弟子有如太平天国的五王，其中钱玄同为翼王，因为他曾经"造反"。又如他的讽刺弟子顾颉刚[1]），但究其要谛，原是个精神哲学的问题。适见澳籍华人学者谢樱宁的《章太炎与王阳明》一文（《章太炎年谱摭遗》）。说到太

[1] 顾颉刚在欧洲学成归国，拜老师章太炎，大谈科学证据，强调事物以亲见为可靠。不料章太炎极不耐烦，问："你有无曾祖父？"顾答："老师，我怎么会没有曾祖父呢？"——"那么，你亲见过你的曾祖父吗？"

炎思想中的"儒侠"成分，正可案此备一解，他说："试观太炎一生行径，但凡'义有未安，弹射纠发，不避上圣'，原是这种他所高调的'特立独行'精神的散发。……章太炎在斟酌'大独''大群'之际，如此推重侠者的古风，恐怕正因他们分享着追求正义的共同心理（'正义'的认识是否正确，是另一个问题）与'悍然独往'的共同气质。事实上，他自己便是一个精神上的独行侠！我们从他的'依自不依他'的哲学，到他对许多实际问题的议论——诸如批判公理（刻薄寡恩，凌藉个人），反对朋党……倡敢死论……都不难察出其间共同的心理基础及一定程度上的思想联系……未尝不也隐含着一种积极的思考。"

还不仅此为止。其实，章太炎要说，除开"疯"与"不疯"的某种区别（如他所谓："大凡非常的议论，不是神经病的人断不能想，就能想也不敢说了。"这神经病应该打引号），"疯"与"疯"也还有不同："兄弟看来，不怕有神经病，只怕富贵利禄当面现前的时候，那神经病就立刻好了，这才是要不得呢！"（章氏出狱后东渡日本在欢迎会上的演说）如若这意思在今日耳闻，犹觉痛受针砭，便证明还有道理，能破破寻常故实假面衣冠，更为"做得狂士"下一明心见志的转语，并非只是怪论。何况还有另一面，即"太炎对于阔人要发脾气，可是对学生却极好"（周遐寿：《鲁迅的故家》），还有他与孙中山先生的始而分歧误解，终而捐嫌推诚，都还可作怪而不怪的证明。

如果说章太炎是新旧两个时代之间的过渡者，我想似乎比较给他戴别的帽子更合适些。回过头去看，他的学术思想活动姿态与他的社会政治参与不完全是一回事，虽然其间不无关系——或仍不妨称为"切近与腾离"的二重姿态。学者与志士、知识与道德、物理与身心、求是与致用、训诂与义理，看起来是颇难调和折中的矛盾，但面临这一矛盾，毕竟已成学术思想史推至近代、"拆解"和"重建"的文化使命提上日程的境况。在这一境况中，太炎的思想形态中存在上述两极对峙的概念，虽不免曲折摸索难保其不陷于矛盾错综，却正是太炎之所以为过渡者的太炎，为与当代意识有所斟酌对谈的意义所在。就此而言，了解太炎学术思想活动的演变本身（如《訄书》变为《检论》的数度修订变化），可能比以往那种就人就事论褒贬更有意思。其实可作一"历史文本"来读解，也可联想同样具有两重性格的当代士夫如何面临同样的"两难处境"（例如如何承当文化使命）。这就有了一点儿读史的"镜子"意味。至于是否"立雪""国学大师"之门，原也无可无不可。

　　不过，容或插一句老实话，章氏的著述也有和人作对让人别扭之处，一来择字冷僻糅以古雅文言，不免令后学望畏；二来每常博骛渊深，较难索解，难啃之余敬谢而已；再三，有些问题，如涉及经今古文之论争，以民族主义为旨趣的史学考训等，既难用以经世致用，有所暌隔亦不待言。这都是很自然的。若不以此废彼，钱穆曾引太炎自述的学思理路："少时治经，谨守朴学，遭世衰微，不忘经国。寻求政术，历览前史，独于荀卿韩非所说，谓不可易。因系上梅，专修慈氏世亲之书，以分

析名相始，以排遣名相终……居东释《庄子》，癸甲之际，厄
于龙泉，始玩爻象，重说《论语》。又以庄证孔，知其阶位卓绝。
古近政俗之消息，社会都野之情状，华梵圣哲之义谛，东西学
人之所说，操齐物以解纷，明天倪以为量，割制大理，莫不逊顺。"
(《余杭章氏学别记》)

　　一个"平实"，一个"博大"，一个阡陌纵横，自铸体系，
仅就学力、读书的本事来说，就难追。如果要判断这是否过甚
其词，恐怕也需要相当的学力。

　　博，就很难把握，包括把握太炎学术思想中由博而来的矛
盾。如道、释、儒怎样糅合？如怎样从"非儒"到重新体认儒
学的价值，如怎样从否定又到肯定王阳明的"良知"，如怎样
理顺矛盾中的"内在理路"、自性与外受的关系，等等。问题
不少，要旨何在？又比如，近代学人常有史家及传记作者所谓
"滑坡"现象，即如章太炎晚年的由"革命进步"滑至"复古倒退"
（这一说法亦被运用于严复、钱玄同、刘半农等）。迷惘的原因
何在，仍感到流行解释公式的不够充分。以章太炎论，晚年渐
与现实隔绝，自然难以对现实产生积极的反应，即给"半截子"
论以一注解。但同样可以理解的是：民国后不理想的现实环境
给予他的理想以极大抑制，逃避也便往往成为一种反抗。而更
重要的因素还在于作为学者，其学术思想、价值选择的演变自
有其内在理路，何况已处于一个反思的阶段。这样，所谓"倒退"，
如果不仅仅从政治态度上去看，也不妨视之为一种"自我修
订"——看来也像是由"切近"转向"腾离"，由致用、事功

转向求是和学理本身了。这当然易导致顾此失彼之患，可惜难得具体分析，唯以"倒退"二字定谳，实不尽然。

谢樱宁先生通过具体分析，得出一些立意不同的解释，也启我同感。也就是说，从思想看，由早期到后期，章太炎经历了从破坏到建立，从分析到综合，从排斥到兼容的学术发展方向。一方面给"全面的反传统主义"以质疑，另一方面追求自身哲学视野的开展、思想装备的融合。也可以说是由"静观的人生"去反观"行动的人生"，由现象去求本体。也不妨说，思考会带来些有意义的成果，如对"传统的创造性转化"的寻求，体认超越以往的知识论、道德论的努力以及由"高调"转向"平实"。与其说章太炎后期学术思想的综合、兼容气象为"倒退"，毋宁说，乃是其批判精神和道德勇气流衍的内在逻辑归宿，倘若这精神和勇气不是浮浅无根的话。自然，还不排除思想格局（如"体用""名实"等两极对峙及联系的范畴运用）的影响与历史沧桑的铭感。

太炎曾自述："自揣平生学术，始则转俗成真，终乃回真向俗。"（《菿汉微言》）

"真"与"俗"这两个字可能包含了非常丰富的文化阐释、历史秘密、人与世界的关系。由于有二者的分别对待，便有章太炎思想中的矛盾起点：真为理想，为宇宙究竟，人事本然，为"无我""断执"；俗为现象界与历史片段，为"众生之我"。真为求是，俗为致用，便有知识与道德的分途并进。在章太炎看来，俗是真之动，真是俗之体，二者的相互联系依存又表明两个世界原不能分离。这使我想到：中国的"士"不仅要热烈地改造世界，还需要冷静地解释世界，还有，就二十世纪的现实而言，或许不再迷信人类的问题单凭"乐观的理性"便能得到满意的解决。"转俗成真"与"回真向俗"的双向流程，大致勾勒了章太炎思想的历程，谢樱宁先生难得对此作了耐心的考察，轻叩缓发，契知底蕴，助人仰梁以思一个前驱者暗中徘徊的心语。其言谓："章太炎在构造自己的哲学体系时，一度走上'真界'的高峰，企图树立一种绝对的是非与价值，超越现实与常识、超越法律与公理。然而他内心深处又很明白这种孤绝的价值与世俗之间的巨大矛盾，他只好借着《齐物论》的枢纽，开始'回真向俗'，试图'以不齐为齐'来调和真俗之间的冲突。最后，还是只好把是非价值的树立与选择，交到社会中的个人手里，让个人的内心来认识，让个人的行动来实践。"（《章太炎年谱撷遗》）诚然，我们也将无法回避章太炎所开启的思索历程，他对人生深挚的道德关注。

　　静夜思之，又念"述往事，兴来者"。

　　　　　　　　一九八九年末日——一九九〇年元日，北京东四

春秋知罪两难辞：
笔谈梁启超的「笔」

梁启超

　　一般的看法：中国近代史起自一八四〇年，由此开始了一个历史大变局。其中再细分，"甲午"又是极重要的年头，那一年（一八九四年）中国在战争中败于日本，此后有三十年的思想大变局。甲午之后，天下风气大开，新思潮踵至，新观念不胫而走。风气之启荡，大概同学堂、学会、报纸这三种传播媒介的出现关系极大，其中尤以新型报纸影响为巨。如维新喉舌《时务报》销于南北十五省，"一纸风行，海内观听为之一耸"。《时务报》的总撰述就是梁启超。

　　戊戌维新运动虽然举未数月已化前尘，但其思想解放的风貌，却凭着它的影响留存下来。戊戌变法予人印象深刻的事，也十分独特，当推康有为的"策"（屡屡上书）、谭嗣同的"血"，还有梁启超的"笔"。

　　梁启超（一八七三——一九二九），字卓如，一字任甫，

47

号沧江，又号饮冰室主人，广东新会人。据说他六岁读史，八岁为文，十六岁中举，后入京会试不第，遇康有为，遂心折而师事之，学于万木草堂。梁氏少年英华，才思敏捷，颇有雏凤清声之致。尝自谓"性禀热力颇重，用世之志未能稍忘"。自一八九五年参与公车上书后，他致力于报刊笔政，因发表于《万国公报》《时务报》上的热情犀利文字而声名大著，以至"通都大邑，下至僻壤穷陬，无不知有新会梁氏者"。如此情形，表现着梁氏笔下带有历史的新鲜朝气，与暮气相扑，守旧派也自然诬之为"离经叛道，惑世诬民"。也因此，人言变法，多并称"康梁"。

一生都很能写的梁启超，颇有追步陆放翁"六十年间万首诗"之概。他有《读〈陆放翁集〉》一首云："辜负胸中十万兵，百无聊赖以诗鸣。谁怜爱国千行泪，说到胡尘意不平。"虽然他主要用笔墨来写政论文章以及学术著作，但与借笔来抒发襟抱的意思是相去不远的。三寸之管能否抵得十万甲兵，当然得看怎么说了。不过，梁氏之笔委实为近代以来最健的一支，其文思墨涌几如风雨骤至，流水汤汤，亦如泉之奔涌，不择地而出。常常是日试万言，倚马可待。

例如军事家蒋百里著《欧洲文艺复兴时代史》，请梁启超作序。梁一着笔，便由欧洲文艺复兴联想到中国近代的学术复兴，一发而不可收，数天工夫便草成六万余字，篇幅与蒋氏本著差不多了。他自己也觉得这样的序未免太长，因而独立成篇，就是颇有名的《清代学术概论》一书。

也不光是笔头来得快，且能保持水平，言之有物，下笔有神，这就很不一般。算起来，从一八九二年起，到一九二八年病危搁笔，一共三十六个寒暑，没有哪一年不曾留下文章和著述。用他自己的话说："平昔眼中无书，手中无笔之日绝少"，"一离书卷，遽如猢狲失树"。他的《饮冰室合集》计一百四十八卷，虽然收录不全，已达一千四百万字左右。不要说一格一格地爬写下来，就是粗读而下也不胜眼花手倦。我们不能不佩服这个精神开拓者的用功之勤、笔力之广大。且不说其人学术综括古今、兼及中外，可资参鉴，就从梁启超以一介书生参与晚清至民国几乎所有主要社会历史活动，文章遍涉政治、经济、思想和文化各方面的问题来说，他的笔墨遗存非为一般过眼烟云、断烂丛碎，而是可以当作重要的历史资料、思想资料来看。尽管其中不免有谬误、芜浅。

作为"舆论界之骄子"，梁启超在戊戌前后有两次开风气的"演出"。一为《时务报》时期，大力宣传维新变法；一为流亡日本后的《清议报》与《新民丛报》时期，功在启蒙。语云"学而不思则罔，思而不学则殆"，可以说梁氏为文的长处，即在好学勤思。其学综合了旧学根柢与对西学的多方面了解，思想又敏锐流动不拘一格，善于抓住问题，往复论析，加以笔端常带感情，叙议畅达，往往使文章气势贯通、一气呵成，不乏论辩的锋芒。

处在一个情况错综复杂问题丛结的政治思想环境中，加上改良派的背景和不大沉静的性格，梁启超文章对世事时潮的反应往往由于近切，缺乏必要的提炼和"热处理"，因而显得芜杂，以致表现出他自己所谓"不惜以今日之我与昨日之我战"。（虽然他在取"饮冰室主人"为笔名时，已意识到这一点："朝受命而夕饮冰，我其内热欤？"）但是，如不必苛求于前人难免的局限，估定梁启超的思想贡献及其为启蒙的先驱前路，似不为过。

姑举一二而言，例如读梁氏的《新民说》，我感觉其眼光深远处在于言人所不能言，即于器技和制度的现代化之外，首先提出了"人的现代化"课题。他关于"国民资格"的议论，听来固然不大顺耳，却是一方面批评数千年专制社会造成的弊端，另一方面提出为建设现代民族国家所必需的国民文化性格改造的目标。对于国民文化心理性格的弱点，比如"爱国心之薄弱""独立性之柔脆""公共心之缺乏""自治力之欠缺"，又比如说到"奴性"——"二千余年俯首蜷伏于专制政体之下，以服从为独一无二之天职。抚我而后也，固不忍不服从，虐我而仇也，亦不敢不服从"。他勇于正视，又比如所谓"自由权者必非他人所能夺也，唯有弃之者，斯有夺之者"，都是很沉重的话。有些意见，今天看也还有道理有意义："然必集多数有权之人，然后国权乃始强。若一国人民皆无权，则虽集之，庸有力乎？……故医今日之中国，必使人人知有权，人人知有自由然后可。"

有的史论著作，批判"反动的"梁启超借《新民说》污蔑人民，替统治者开脱。事情恐怕并非如此。关于中国群治不进的原因，梁启超固然说过"人民不顾公益，由自居于奴隶盗贼使然"的话，但他还说："其自居于奴隶盗贼，由霸者私天下为一姓之私产而奴隶盗贼吾民使然也。"可见病根子还在专制统治者所造。何尝就是反动！梁氏还说过："为政治家者，以勿摧压权利思想为第一义；教育家者，以养成权利思想为第一义；为一私人者，无论士焉农焉工焉商焉男焉女焉，各以坚持权利思想为第一义。"怎么看都称不上"反动"观点。拿一把"革命或者即反动"的尺子，并不适宜衡量在一个变动而且过渡的时代中所发生的"梁启超现象"。

思想与文体的解放，大概是同一精神的两面。梁启超的"新文体"（或曰报章体）之风靡一时，恐怕亦不仅有形式意义，它的逻辑的、情感的力量，甚至包括其擅长的排比、设问、比喻等修辞手段，都发自时代的朝气以及正在寻求超越传统的个性。

吴其昌氏述其读任公之文："读时则摄魂忘疲，读竟或怒发冲冠，或热泪湿纸，此非阿谀，唯有梁启超之文如此耳。"郭沫若也说："在他那新兴气锐的言论之前，差不多所有的旧思想、旧风习都好像狂风中的败叶，完全失掉了它的精彩。"都是那个时代过来人讲的实话。

戊戌政变后，康有为和梁启超被迫远走异国，那拉氏主宰的清廷不仅对他们救亡扶倾的苦心不领情，而且要严加缉拿。直到一九〇五年预备实行立宪特赦戊戌党人，仍不包括康、梁在内。同时，康、梁在海外宣传君主立宪及保皇主张，又受到革命派民主共和主张的猛烈冲击，改良主义立场在顽固派与革命派之间的夹缝中，不免进退维谷。当时梁启超的心情难免带有了苦闷、彷徨。他在人到中年时感慨着：

> 一出修门已十秋，黄花见惯也应羞。
>
> 无穷心事频看镜，如此江山独倚楼。
>
> 何处平芜下秋隼，却怜沧海着沙鸥。
>
> 尊前百感君休问，哀乐中年未易收！
>
> （《戊申初度》）

另有一作，更添叹时伤己：

> 入骨酸风尽日吹，那堪念乱更伤离。
>
> 九州无地容伸脚，一盏和花且祭诗。
>
> 运化细推知有味，痴顽未卖漫从时。
>
> 劳人歌哭为昏晓，明镜明朝知我谁？
>
> （《庚戌岁暮感怀》）

长达数年的政治低潮期、穷达冷热的滋味，在梁启超感觉中，不同于他的老师康南海。师徒二人的政治主张固然出于一辙，但就思想底色和性格而言，师父偏于保守凝滞，徒弟倾向活跃流动。因此南海自谓"吾学三十岁已成，此后不复有进，亦不必求进"。而梁启超敏于接触新事物，亦有虽处寂寞不甘寂寞之心，身处社会思想斗争旋涡的边缘欲起不能欲罢不能，便不免胸中常有"坚持"与"开放"的冲突、新我与旧我的冲突，其诗思心情反映出其人彷徨而求索的不理想状态。既是求索，难免挫折、失误，梁氏之"多变"，像是处于夹缝中而意欲从中解脱的努力，困难甚大。世事多变而中国的事情又往往表面多变凤根难变，这也是梁启超之探索的基本困境，也多少反映近代中国思想文化的命运。

梁启超的"多变"，一边遭到他那"不复求进"的先生的训斥，一边也与更激进的思想行为不合拍。同时，一方面招致若干史家对他的政治批判（如斥之为"反革命伪装"，这种批判往往单纯以"革命"画线，很少对近代思想文化的复杂进程及其与梁启超的关系作出深入分析），另一方面，也给准确评价这一位历史人物带来相当大的困难。

后人评价梁启超，有"五五开"的（半褒半贬），有"三七开"的（三功七罪），不等。功罪之判，大抵在于能否顺应革命的时代潮流，比如以一九〇四年为界，说他政治生涯的前期还算进步，后期则堕落为"反动"。褒，谓其思想言论启蒙牖新，开一代风气，为晚清一代之文宗良师；贬，称其为"一代之鬼才"，"其为人行动稍失于反复无常，未免缺操守，失人望"。褒或贬，看来都同他的复杂多变有关系。也有人惋惜道：梁启超本不适于搞政治，特别是在辛亥以后，若能"绝迹仕途，埋头著述，则其所贡献于中国学术者当如何？乃不出此，挟其历史上宝贵之地位，旋进旋退于军阀官僚奸雄宵小之间，卒无补于国，而学亦荒，岂不惜哉"。

"万世祸为福所倚，百年力与命相持。立身岂患无余地，报国唯忧或后时。"这种悲剧性的状况，既含有梁启超理想化的自觉选择，也决定了选择其实是很有限的。他的"多变""善变"因此同时具有正负两面的意义。清代思想史正是在他的身上困惑地结束了。

事情可能正是这样："虽然先生育于此种学问饥荒之环境中，冥思枯索，欲以构成一种不中不西即中即西之新学派，而已为时代所不容。盖固有之旧思想，既深根固蒂，而外来之新思想，又来源浅觳，汲而易竭；其支绌灭裂，固宜然矣。先生题其德育鉴曰：'不为圣贤，便为禽兽，莫问收获，但问耕耘。'此为曾文正公语，先生最服膺者也。一生之努力，不顾其目的者，尽于此数语矣。"（王森然：《梁启超评传》）

这么说，一生大义正在于不辞为一历史的过渡性人物，春秋功罪正无所泾渭分明。借忠寅氏挽梁启超诗，要语不繁，亦得此意，姑为录次：

天道无常更莫论，康强奄没病夫存；
铭章本拟烦宗匠，泪眼翻成哭寝门。
一死一生疑是梦，九天九地欲招魂；
只知此别私心痛，俎豆千秋未是尊。
万派横流置此身，平生怀抱在新民；

十年去国常望楚，一语兴邦不帝秦。

最有昨非今是想，几为出死入生人；

羊昙忍过西州路，零落山丘不复春。

四海风声诚远矣，一时讥谤亦随之；

早年手定熙宁法，晚岁名题元祐碑。

朋党异同何足论，春秋知罪两难辞；

区区未觉阿私好，从小文章入肾脾。

论学差如井灌园，一时黄槁变青繁；

彼天本以人为铎，举世相忘水有原。

积粪偶然金可没，斯文未信火能燔；

沧江千古清无改，不必巫咸下问冤。

　　自然，梁启超的多变，总联系着一定的是非因果。比如一九〇〇年他悖离康有为的保皇立场，大倡自由平等天赋人权之新说，愿同孙中山合作。一九〇二年发表《保教非所以尊孔论》，表示"昔也为保教党之骁将，今也为保教党之大敌"，作《新民说》，甚至提倡革命排满。后又"悔过自新"。又比如民国后他曾与袁世凯等北洋军阀同流共事，袁氏称帝他又愤起讨袁；他几次宣布脱离政治又一再热衷于仕途。

　　不过也应看到，梁氏尽管多变，却始终有个改良主义的思想基础，一直在为使中国走上改良道路而进退沉浮，手段更张，目的却大致如一。他在《饮冰室自由书》中自白："大丈夫行事磊磊落落，行吾之所志，必求志而后已焉。若夫其方法，随时与境而变，又随吾脑识之发达而变，百变不离其宗，但有所宗，斯变而非变矣。"倒也不全是自饰。

有变有不变，梁氏后来具体解释他的"与境而变"和"但有所宗"，依据的是一条："只问政体，不问国体。"他心中所念的政体也就是立宪民主制度，至于国体为君主国抑或共和国都不是绝对的，"而唯以已成之事实为其成立存在之根源"。表面看也说得通，但这个"制度第一"论，恐怕又经不起讨论。比如问一下，制度再好也得靠人来设立，假如皇帝、总统之类都根本不想要你那个好制度，又怎么办呢？又怎么可能不问国体？梁启超之与现实不合拍，往往如此。当然，用更激进的办法，也未必能把现实改造得理想。近代史的这一思想困境，正可谓"百年力与命相持"。

不以成败而论，总之，在梁启超的思想矛盾中，仍然可以清理出"忧国爱国"的线索以及在困顿中不断寻求新知和济世之道的倾向，其天真热情多少也影响于时代。自然还不妨承认，他有急切的功名心和表现欲，有时便像战国时代的纵横之士，奔走以售其才识，所谓"天下正多事，年华殊未阑，高楼一挥手，来去我何难"。他的多变，也有几分是缘于一种实用心理的。梁氏终因从政屡屡失败，不得其志，晚年遂转向学术研究，治哲学、史学、佛学、文学，皆有创获，著述甚富，且有"拼命著书"之致，但亦被人批评为"浮光掠影"，也与他的性情有关。康有为太有成见，梁启超太无成见，因其太无成见，往往徇物而夺其所守。梁氏对此亦有自知，故其题长女令娴日记云："吾学病爱博，虽用浅且芜，尤病在无恒，有获旋失诸，百凡可效我，此二无我如。"

了解梁启超遗文往事，最值得思考的，是近世思想者的思想命运问题。换句话说，他的变与不变、成与不成，也是在叩问那一页历史的底蕴。好多人把好多想法，直接地绕着弯儿地以至拼着命试它一回，结果如何，恐怕还是不免"春秋知罪两难辞"。然而余音绕梁，启后人深思。

一八九五年梁启超入京会试落第，他的考卷因有维新气味，被守旧的阅卷官员当作康有为的卷子而摈落。考官李文田因赏其文采，在卷尾批道："还君明珠双泪垂，恨不相逢未嫁时！"梁启超一生笔底风雷，也许，他在政治上的不得志正应了这两句谶语呢！

蔡元培

昨夜启明之星辰：
蔡元培先生的「内
在理路」

如果你将石子投入平静的水面，涟漪就会从此中心向远处扩展开去，在五朝京都的千年古城北京……维新的浪潮已经消退成为历史。在这平静的古都里，只剩下一些贝壳，作为命运兴衰的见证者。但在北大聚集着含有珍珠的活贝，它们注定要在一代人的短暂期间为文化思想做出重大贡献。把叛逆知识分子的石子投入死水的，便是一九一六年成为北大校长的蔡元培先生。（蒋梦麟《西潮》）

一些年来，断断续续读过若干笔谈"蔡元培先生"的文字，有成本的纪念集、人物传记，也有老字辈如沈尹默、周作人"杂碎"式的忆旧，自觉广见闻之外，每每有所感想。上引数语也是那么偶然读到抄来的，窃以为是形容简洁中肯，而且凝聚一片情怀的认识。蒋梦麟作为蔡元培的学生、老朋友，曾几度因

58

蔡氏辞职或出国代理北大校长。他这一段话，讲得也许很平常，也许又浓缩了几分历史感，深意寄于言外。说起来，不知几度风雨几度春秋，今天北京古老皇城外，河边上的垂柳依然掩映着故宫的角楼，去其不远是"沙滩"，老北大的"红楼"也还默立路旁。七十多年了，当年健者俱往矣。天涯谈往，比如谈蔡先生，也只剩文献可寻觅了。晚生者无亲识之幸，也无往事可伤，但可以借识得蔡元培先生的身影，温习历史；反过来说，借助对过去的陈述—— 一种集体的回忆，论世而知人，进一步理解到蔡先生之所以如此"山高水长"。

从"戊戌"到"辛亥"到"五四"，中国历史很少有那么几页像这一段这样变化大、有意义。变，或风生萍末或斗转星移，而一个人立身其间，与时俱进、启发新潮，又不因循故我、随波逐流，这是蔡先生。他不曾大声疾呼什么，却影响深远。这样的人不好找。所以蔡元培是特别的，也是典型的，他代表了爱国主义和文化启蒙的时代精神、未竟的"五四"传统之一部分。

日脚刚刚移过去，今年的三月三日，正值蔡元培（一八六八——一九四〇）逝世五十周年纪念。再一想，中国历史上划分时代的第一次鸦片战争，距今也整整一个半世纪了。相当长久的动荡史，外强侵凌，中国像一艘风雨飘摇中的大船，船上的人不得不面临从古以来未有的紧张思考：在弱肉强食的世界中，中国如何生存下去、富强起来？这也是严复译《天演论》时给国人意识以冲击的问题情境。怎样图自强？鸦片战争后有洋务运动，搞洋务的如李鸿章讲"师夷长技"，张之洞讲"中

体西用"，工夫也费去不少，一场甲午中日战争，使言技以自
强的梦顿成泡影：黄海波涛沉战骨，受降城外角声悲，国恨能
不痛心？甲午之后有戊戌百日维新，中心转为"变法""言政"，
终究因走不出旧结构的巨大阴影而失败。直到辛亥革命起，把
旧王朝推倒，看来彻底了，仍不过如鲁迅所谓"城头变幻大王旗"
而已。袁世凯窃国，张勋闹复辟，倒退还不仅诸如此类，使有
识之士不能不考虑，也许得从深处、从思想文化的兴革（"言教"）
上去考虑中国的问题。救国，其实还内在着一个"救人"的主
题，也就有了产生五四运动的历史逻辑。这等于从一次次的失
败中才得以明白：历史情况本是个十分复杂的问题域，现代化
之路得失成毁，不可能单纯依赖理想、情绪、意志来展开所谓
"运作"。事实的后面隐约有一个内在理路，呼唤着现代理性（包
括并非"单元决定"式的思想方法）之启明。回过头看，国势
危亡令人翻思振作的关头，身居士林而又倾向维新，蔡元培是
比较冷静地把握到历史之内在理路的一个。

　　"戊戌"之际，在他看来：以中国之大，积弊之深，不在
根本上从培养人才着手，要想靠几道上谕来从事改革，把腐败
的局面转变过来，是不可能的。"康党之所以失败，由于不先
培养革新之人才，而欲以少数人弋取政权，排斥顽旧，不能不
情见势绌。"（唐振常：《蔡元培传》）治标不如治本，或者治标
不忘治本。这么说不难，难的是唯恐缓不济急，"俟河之清人
寿几何"？"欲速"心理正反映了历史情境的紧迫，同时也
可能产生"误导"。实际上，表面的紧张还隐含着"内在的紧

张"：传统社会结构、文化心理结构与变革的时代要求，旧与新、近与远、救国与启蒙，都持续纠结于一种"内在紧张"的关系。现在看，许多悲壮的努力都不免销蚀在这种紧张的困境中，也包括蔡元培先生。然而蔡元培显然注意到避免"不动"或"盲动"这两种态度倾向，以为社会革命与文化启蒙这两大任务正不可以互相替代。他的眼光不见得特别犀利，却可能比较深远，从根本上看，便落到教育上——兴亡重温百年计，虽然一个人的寿数未必来得及见效。救国也好救人也好，怎么救？"救之云乎，其循之有序，导之有术。"什么是有序——"江流之盛，原于滥觞；王道之易，观于一乡，有序之谓也。"什么是有术——"玻璃之热，骤冷则折；孺子之睡，骤呼则惊；习惯之久，骤革则格，此术之谓也。"（《蔡元培全集》第一卷）"有序"和"有术"，这么看，多半该从教育兴革上着手。蔡元培的思路虽然在当时不免成为空谷足音，却是他接触中国事情内在理路的一个体现。革命和建设不能不以教育为基础，教育本身也是艰苦繁难并无刀光剑影的革命。蔡元培后来曾对爱国学生们讲"救国不忘读书，读书不忘救国"。其精神一脉相承。这是一贯正直朴实、不尚空言浮行的蔡先生。"远路不须愁日暮"，其为蔡先生写照，不亦宜乎！

记得林毓生教授在批评"全面反传统"的意识弊病时，提出我们也需要"比慢"精神。"比慢"当然不是比懒比惰，也许更在如何持守理性的努力和踏实的工作。蔡先生九泉有知，也许仍然会认同"比慢"精神的吧！

一八九八年，蔡元培挂冠出都，回到南方兴办教育，开始他自此以后的教育拓荒与革命启蒙生涯。在这之前，他曾顺利地沿着科举之路进入京城，点了进士，做了翰林。按常情论，儒林人物此生大愿、光耀门楣已不过如此。不过这搁到蔡元培，倒是拿得起放得下，顶戴花翎并不能决定什么。这大约也是蔡先生不断超越"昨日之我"的一种气度。以进士出身不肯为供奉食禄的官僚，进而为大义存于心的叛逆者，见出蔡先生的人格本色，他曾以孟子所谓"贫贱不能移、富贵不能淫、威武不能屈"来阐释"自由"的含义，颇有几分"以意逆志"的独特。当然，点过进士而又不做遗老的也不止他一个，比如还有一位谭延闿，但谭后来做大员以能吃会吃出名，远不能与蔡相提并论呢！

回首世纪初那一页，论及世局忧患及中国知识分子的意识危机，蔡元培的选择给人留下明确而不浮躁的印象。站在时代前面，他倡言民主革命，发起和参与光复会、同盟会的革命宣传、组织活动。同时，办新学校、培养新人才，更是以长远的眼光呼应时代的根本需求，尽管这是得付出笨功夫的长期行为，急功近利者所不取。更进一层说，如此态度乃是为看待历史和现实，贡献一种并非"一元决定"的思想方法，虽然这一思想姿态常常被视为"书生气"，难以伸展，但先生之理性价值正在于此，至今仍可为历史教训所检验。"志在民族革命，行在民主自由"（周恩来送蔡元培挽联语），始终倡导以科学民主救国，任重道远，蔡先生非领袖，也非一般学人，但可以称通人。通，一为开风气，一为能转益勤学，会通中西，眼光深远。

关于深浅远近，还是说教育。教育是干什么的？有说为这个有说为那个，"这个""那个"的也去办了，到头来未必真去关心"百年之计树人"。蔡先生却老早就说透："教育是帮助被教育的人，给他能发展自己的能力，完成他的人格，于人类文化上能尽一分子的责任；不是把被教育的人，造成一种特别器具，给抱有他种目的的人去应用的。"（《蔡元培全集》第四卷）这意见，到现在看，也还不错。说"对"，因为它合于人类文化发展的内在理路。民国成立，蔡元培应孙中山之招，首任临时政府教育总长。当时局面未安，便着手延揽人才，意图对教育体制、教育思想来一番改革振作。究竟能有何作为？当然就时势而言，答案常常是无可奈何，逼得人袖起手来走路。但蔡先生发表于一九一二年二月的《关于新教育之意见》，仍见出眼光深远、不囿流俗。他认为，专制时代的教育，按政府方针而定，隶属于政治。共和时代的教育，教育家能够站在人民地位以定标准，是以超轶乎政治。本此概念，提出教育方针五项为：军国民教育、实利教育、道德教育、世界观教育、美育教育。前三项与社会政治有关，后二者则超越政治，五项宗旨互相补充，不可偏废。提出军国民教育和实利教育，在于强兵富国，但须教之以公民道德，以避免兵强而变为私斗和侵略，国富而成为知欺愚、强欺弱、贫富悬绝。最终教育的目的则在于求"无弃无执"、领悟自然人生之真谛的世界观培养。在腐败观念与实利主义的时髦之间，蔡先生信念不渝却不免难遇知音。他是否是一个坚持独立思想，以"观念"为生活的人？也许他会说：常识并不平常，这道理几人能晓？

一九一六年，袁世凯死。蔡元培由欧洲返国，出任北大校长。由此迄至五四运动发生，一段文化史事，多与蔡氏有关，以至史家也无法低估蔡元培于中国现代史进程的影响，数十年来无数关于"五四"的"寓言式"的纪念、阐释，都以各自的方式不断提到他。蔡元培重入古城，似乎准备在这里辟出一处现代意义的"学园"。将对教育和科学目标的向往带入北大，以开明而令人耳目一新的方式改造了北大，使北大成为思想文化变动的中心。变动，还是以教育观念、体制的改进为枢机，狭而言之，使人抛弃那种追逐升官发财的陋俗；广而言之，解开了种种旧意识对人的束缚——面向世界，反观自己。也许蔡元培治校图新的苦心，只在力图使这所大学像个样子，以便为长期的社会改革和文化建设打下基础，而结果却纲举目张，迅速为"五四"一代新的社会活动和文化精神开辟了道路。

"有蔡子民先生的主持北京大学，然后有五四运动以来风气的转变。"进而论之，"子民先生主持北大，所以能为中国学术界开一新纪元，就其休休有容的性质，能使各方面的学者同流并进，而给予来学者以极大的自由，使与各种高深的学术都有接触，以引起其好尚之心"（吕思勉：《蔡子民论》）。这一番评论，不用拔高法，也不空泛而论，宛然樽酒摆谈其时"兼容并包、学术自由"的情形。蔡先生这八个字，货不二价，以至于人们说到北大一时之盛的师资，从陈独秀、李大钊、胡适到辜鸿铭、刘师培、黄侃，从"五马三沈"到周氏兄弟，都会赞一声"雅量"。这八个字说来容易做来难。其实，蔡元培所坚持所维护的，还不仅仅是学者个人的学术自由，在与林琴南的论辩中他指出："无论为何种学派，苟其言之成理，持之以故，尚不达到自然淘汰之命运，虽彼此相反，而悉听其自由发展。"理直气壮之外还意味着：启蒙也好、学术也好，意义不单在新知识的传授，它还改变着人们的思维方式与文化态度。这种改变也许在于让人明白：如果对（可能）不正确的学说，总觉得不经争鸣讨论尽可排斥，那么，对（可能）正确的学说也就未必能容纳了。

这是和而不同、有容乃大的蔡先生。

谈到真理，他说："一种思想之产生，一种科学学说之成立，断非偶然之奇迹。吾人如能基于纯正研究学术之立场，则无论为附和或为反对，但于此种思想学说都应切实研究，唯研究乃能附和，亦唯研究乃能反对，盖真理唯研究乃能愈益接近也。"

关于"五四"之际"白话"与"文言"之争："我敢断定白话派一定优胜，但文言是否绝对地被排斥，尚是一个问题。照我的观察，将来应用文一定全用白话，但美术文（指有艺术性的美文——引者注）或者有一部分仍用文言。"（《蔡元培全集》第三卷）我想，这意见就比较通融，甚至练达，正如革故鼎新原不一定要抛弃传统的精华。

五四运动起来了，蔡元培与青年们的心是相通的，然而他始终认为救国与读书不能互相替代，也不能对立起来。救国运动唤醒了国民，莘莘学子的责任还有待于"树吾国新文化之基础，参加于世界学术之林"。他说："一时之唤醒，技止此矣，无可复加，若令为永久之觉醒，则非有以扩充其知识，高尚其志趣，纯洁其品性，必难幸致。"（《蔡元培全集》第三卷）

心怀坦诚，不失良知，这是蔡先生。

也是不忘致理智和热忱于青年、不忘千里之行始于足下的蔡先生。

不弃不执，也就是既不悲观自弃又不急功近利。这作为一种艰难的选择，使近代以来的读书人一面投入时代生活的潮流，一面努力想守住学术和思想的领域。平心而论，这不容易。蔡元培说自己是个理想主义者，在某种意义上他守住了"不弃不执"的理想，然而他的抱负，挫折总是多于实现，大到济世明道，小到自己的学术志向。他可能在精神上保持了独立，却难以在具体的生活中逃避不理想状态的限制。他的屡屡去国、归国，似乎正表明他与现实的痛苦关系：有所离而又无法离、无法大有所为而又要有所为。他还不断地辞职又常常辞不掉，像是进进退退的角色，不得不承担起一种矛盾的双重命运：一方面是参与型的"行动人物"，另一方面又是超越型的"观念人物"；一方面是思想和知识的固有理路，另一方面是现实社会问题的紧迫要求；一方面是现代价值观念的吸引，另一方面又是非理想状态的"牺牲"。这两难的冲突，造成难以摆脱的心理焦虑和岁月蹉跎。

"寒冰烈火更番过，地狱原来在我身。"这是自我写照的蔡先生。

不过有一点能肯定，他毕竟留下了一份历史遗产，不论评价如何，回响尚未消逝。

一九九〇年三月末，北京小街

张元济

浮出百年沧桑的价值：
张元济与商务印书馆

据说，一九二〇年曾来华访问的英国哲学家罗素说过：中国是一种文化而不是一个国家。

他的话当然并不严谨，却突出一种不无深刻的观感，即对于中国特质的认识：虽然东方式的中国社会乃是由多民族构成，曾经历了悠久的变迁，在文化上却具有相当高的同质性与延续性，这产生了一种凝聚力，也可以说，传统文化予以社会历史整合的作用至大。因而研究发展问题的学者，一般是把传统中国的变迁归入"适应性变迁"的类型。不过，时至十九世纪中叶，西潮开始冲击晚清中国，情形便不同了。一八四四年，有一位扬州秀才黄钧宰敏感于此，他称西方人的到来是一大"变局"，但在二十年间很少有人对此有所体会。迄至一八六〇年到一九〇〇年，内忧外患频生，人们的感觉始趋强烈，先后有四十多位学者和官员对此发表了评论，包括大臣李鸿章等。

变局以及如何应变，涉及社会生活与思想价值观念等许多方面，就文化形态而言，确乎意味着一个"转型期"的开始，即由传统的"适应性变迁"转变为"非适应性变迁"，中古文化不能不向近代文化演变。如王韬所言，"中国一变之道，盖有不得不然者焉"。然而此一转型过程并不顺利，回头看，自甲午（一八九四年）中日战争的极大刺激而引起维新运动，经过戊戌、庚子、辛亥，一系列思想和政治震动，转型往往充满了紧张和挫折，其中包括"权威危机""文化认同危机"难以克服，还有新与旧、改良与革命等种种矛盾缠绕，以至于几十年后仍难以清理变革中的许多问题。

简单说，如何实现以"自强"为目标的变革，思想观念的转变（追求现代化的文化精神条件）显然是极重要的准备。当时一些前进的知识分子，大体是在西方信息、思想资源的考察和引进基础上来探索、实践并影响于近代中国文化变迁的，其媒介主要就是新式学堂、学会尤其是新式报刊与出版物。清末民初，传媒与思想的开放活跃，也使政治权力控制较弱的大商埠上海成为相当长时间内文化集散传播的中心。据不完全统计，不算官办或外国人所办事业，二十世纪初年，上海一地已有民营报刊七十八家先后出现（戈公振：《中国报学史》），一八九七年时民营出版社已有二十二家（李泽彰：《三十五年来中国之出版业》，《中国现代出版史料》丁编），数量和影响均大大超过国内其他城市。就现代出版史而言，商务印书馆的创立，无论在导引潮流、文化品位上还是在历史长久、市场影响方面，均处于突出地位，也可以说是处在变动不居的政治、经济、文化环境中自我发展担当其文化使命的典型事业。关于此一独特而又并非偶然的现象，这里的追溯试图说明：一、商务印书馆是近现代文化转型的一个侧面表现；二、商务印书馆与近现代文化转型的关系。

一

一八九七年初，商务印书馆始开办于沪滨。最初是一家小型印书坊，赁屋于江西路北京路南头德昌里。创办者主要为夏瑞芳、鲍咸恩、鲍咸昌、高凤池几位，距今已近百年了。几位创办人皆是基督教会教友，夏氏、鲍氏在西文报馆里做一份排字工作，他们曾在一起商议想自己合伙来办一家印书坊，于是加以计划和集资，便正式开办了商务印书馆。创业时股本只有三千七百多元，但经过一段时间勤恳经营，生意渐见起色，还盘入了一家日本人所开的小型书馆，印刷设备逐渐配置，除印刷业务外，尚能出刊《华英初阶》等若干书籍，以光纸铅印，颇有销路。总经理夏瑞芳有干才且具眼光，商务印书馆的基础得以奠定，有赖于此，同时也是维新时代对新式印刷物的需求增长，亦给予这间不大的印书坊以发轫的时势机会。

不过由此还很难设想，商务印书馆尔后会成为中国出版业的重镇，其延续下来的名称本身，或许能说明它当初的格局是很有限的，也许会很平常，也未必与近代文化变迁有重要关系，事实上有很多民营书坊与报刊是寿祚不永、谈不上长期发展的。使商务印书馆有幸超越同流的因缘，发生于一九〇二年。这一年年初，张元济应夏瑞芳之邀正式加入商务，同时商务始设立编译所，开始走上以专门人才为本，文化兴业的路子。

张元济，字菊生，为浙江海盐人。他后来主持商务几十年，原本却非书商，而是一学者型知识分子，他是晚清以来能超越知识分子社会角色限制，另辟途径努力承担现代文化的一个典型人物。张元济在"戊戌"以前也不过是传统的士大夫之一，他于一八八九年中举，一八九二年得中进士，入翰林院庶常馆，一八九四年散馆后官任刑部主事，因其思想倾向维新，论事不拘故常，并曾兴办通艺学堂，推介西学，遂于一八九八年维新变法期间被徐致靖保荐，受到光绪皇帝召见，并就变法事宜上折有所建议。旋因戊戌政变发作，六君子被杀，康、梁逃亡，张元济亦被"革职永不叙用"。由此迁居上海，得盛宣怀安排，被聘为南洋公学译书院院长，主持出版严复译著，并与蔡元培等创设《外交报》。不久，张元济辞去南洋公学职务，进入商务印书馆，开始了他的出版家生涯。

离开仕途而投身一家民办书馆，这在张元济，显系一大转变，既非夙昔所可逆料，又不是偶然的，大概能表明，近代以来一部分知识分子有可能脱离旧体制，也脱离了或官或隐的模式，寻找到另外一种安身立命的场所，为其生存和文化精神的空间。晚清科举制走向衰亡，政局动荡，新式教育与出版，恰好为一部分知识分子提供了有经济保障的文化活动天地。自张元济进入商务后，先后有一批学者进入商务，包括夏曾佑、高梦旦、蒋维乔、杜亚泉、伍光建等人，商务印书馆出版活动的文化素质明显上升。

一八九八年戊戌变法的失败，等于是清王朝自己扼杀了使制度恢复生气的尝试，也是现代化努力的一次大挫折，并且使近代知识分子群体迅速分化，由中心向边缘移动。仅就比较前进的知识分子而言，便出现了三种倾向：一是主张民族民主革命的革命派；二是以康有为为代表的激进改良派，主张君主立宪；三是持较为温和渐进立场的启发民智派，强调有必要推进教育普及，从而为改革奠定更普遍的基础，如蔡元培、张元济，在"戊戌"时便认为政治改革不宜操切从事，因为困难很大而人才与思想准备尚嫌滞后。张元济曾劝说康有为"韬晦一时，免撄众忌，到粤专办学堂，搜罗才智，讲求种种学术，俟风气大开，新进盈廷，人才蔚起，再图出山，则变法之事不难迎刃而解"。(《张元济诗文》)蔡元培亦曾评论说："康党之所以失败，由于不先培养革新人才，而欲以少数人弋取政权，排斥顽旧，不能不情见势绌。"选择，与其说是个人的，不如说是时代的，却似乎处在急进与渐进、政治变革与文化启蒙的矛盾中间，前者弊在不能治本（这从辛亥以后的情况也可看出来），而后者似不能解决迫切的社会现实危机，这也是中国近现代文化变迁进程中一种很典型的两难处境。但张元济始终坚持需要有人去从事基础性的文化建设，既出自一种理性态度，也多半包含着对政治的失望，同时是放长远的眼光去看待世事。他在给盛宣怀的信中说："国家之政治，全随国民之意想而成。今中国民智过卑，无论如何措施，终难骤臻上理。国民教育之旨，即是尽人皆学，所学亦无求高深，但求能知处今之世不可不知之事，便可立于地球之上，否则岂有不为人奴，不就消灭者也。"（《张元济年谱》）这个思路的结果就是张元济与夏瑞芳于一九〇二年所约定的——"吾辈当以扶助教育为己任"。亦可以解释"戊戌"风波后，张元济等一批知识分子来到上海这个得风气之先的城市，投身于文教事业的动机，同时，商务印书馆也获得了一个航道和可以依靠的领航人。一种新的结合出现了，是士与商的结合，义与利的结合，技术、市场与文化建设的结合，这当然是旧的时代不能给予的安排，是文化转型期颇有意义的事情。

在二十世纪初十年间，商务印书馆获得迅速发展，形成局部现代化的成功，也还有另外一类重要条件，即资本、技术和管理上的大胆引进。商务引进外资，是在一九〇三年。前此数年资本已有所积累，即迄至一九〇二年计股本为五万元，加以张元济、印锡璋的参股，遂成立股份有限公司，但仍嫌实力不足，难以使编译、印刷、发行进一步扩充改进。适日本有一家大出版社金港堂，正谋求在华投资置业，经介绍接洽，商务采取了合资合作形式，各出资十万元，合约议成，经理和董事均为中国人，日方出一监察人并派出技师襄助印务技术。合作的条件，对商务比较有利，原因是当时金港堂有些干部在日本涉嫌"教科书受贿"案，正好需要安排到中国来避风，如加入商务编译所的长尾桢太郎、小谷重等。合资合作后，商务印书馆发展加快，印刷技术和设备的改良最为明显，原先只能印凸版，后增加了影写版、雕版、木刻彩色套印、彩色石印、珂罗版，又添置新式机器，遂大大领先于国内同业。与日本商家合作较早，至一九一四年收回日股，正是商务发展的黄金时期，过去讳于提到这一点，无非因民国后民族爱国反帝浪潮高涨，社会上发生排日运动和舆论的关系。实际上这是两回事。应该说，商务的引进策略是现代化的要求，是正确的选择。如果它仍停留在传统作坊式书业的常规水准，不试办带有资本主义特色的管理结构和方针，势必不能适应已经出现的市场和风气趋于变化的人文环境。

一九〇二年至一九一一年间，清王朝走向解体，也是社会文化景观杂驳异动的十年，商务印书馆却得以迅速成长。此一不协调现象，大致源于近代文化转型期所形成的"土壤"，诸如科举制废止与西方思想文化输入，使社会知识、教育产生新的取向，中央政府政治和经济控制的削弱与民间社会活力的增长以及地方资源的再分配等。商务印书馆的出版活动，应和了变动期的社会文化需求。故王云五（一九二一年进馆，一九三〇年任总经理）在一九二七年时总结说："最近三十年，为我国政治上最多事之时期，亦即我国文化上最活动之时期。自甲午中日一役，我国丧师失地，遂引起戊戌之新政。虽不久即召反动，然庚子创深痛巨之后，反动派亦渐趋于革新方面。辛丑张百熙奏拟各级学堂章程，而育材之法一变；辛亥国体改革，而国民之思想一变；民八五四运动，而文化之倾向一变，由是以观，则政治上每经一度之变动，文化上辄伴以相当之改进。而对此改进之工作，三十年间不绝赞助且赞助最力者，其唯我商务印书馆乎。"（《商务印书馆九十五年》）

二

以出版活动影响于近现代文化变迁，论者评述商务印书馆的努力，归于八个方面，即：一、关于教科书之编印；二、关于文体之改革；三、关于西洋文学之介绍；四、关于社会科学之介绍；五、关于自然科学之介绍；六、关于古籍之整理；七、关于各类杂志之改进；八、关于工具书以及教育辅助仪器之供应和对于图书馆事业的帮助。这八个方面均属于基础性文化建设，是张元济与进入商务工作的一批开明知识分子注意于提高国民文化素质，为现代文化调整提供养料的具体实践，以今视昔，不失为太史公所谓"与其徒托空言，不若行事之深切著明也"。

夏瑞芳与张元济合议设立编译所于北福建路唐家巷，最初重点即在编辑学校用教科书。此前的一八九七年至一八九八年间，虽然已有一两种蒙学读本问世，但或为译自外国或内容陈腐不适用，故有蔡元培新编教科书之创议。商务所编教科书是"按学期制度编辑修身、国文、算术、历史、地理、格致诸种，每种每学期一册，复按课另编教授法，定名为《最新教科书》，此实开中国学校用书之新纪录。当时张元济、高梦旦、蒋维乔、庄俞、杜亚泉诸君围坐一桌，构思属笔，每一课成，互相研究，互相删改，必至多数以为可用而后止。最新国文第一册初版发行，三日而罄，其需要情形可以想见。自此扩大编纂，小学而外，凡中学、师范、女子各教科书，络绎出版，教学之风，为之一变"。（庄俞：《三十五年来之商务印书馆》）由于许多学者的参与和认真工作，商务版教科书的发行覆盖面很大，虽然后来有中华书局等起而竞争，商务仍不断改进，先后在辛亥革命后推出《共和教科书》，五四运动后推出《新法教科书》，改用语体文，又于一九二二年推出《新学制教科书》，参加编辑的有叶圣陶、顾颉刚、吕思勉、竺可桢、周予同、刘海粟、陈衡哲、萧友梅等人。人才荟萃可见一斑。教科书不仅给商务带来良好的经济效益，也集中体现商务于社会的贡献，是在教育上开创重视与服务的风气。商务本身还开办了小学师范讲习所、商业补习学校、艺徒学校、国语讲习所、国语师范学校、师范讲习社等十余次，馆内设有尚公小学、平民夜校等。后来人谈到晚清以来科举的废除、学校的创设、新式教育的改进和扩展，不能不归功于革新运动，而革新运动有此成绩，当时的出版业与有力焉，尤其是商务印书馆。该馆亦以此而成为出版业之巨擘。下面是营业方面的几个统计数字：

资本：由一九○三年的二十万元增至一九二二年的五百万元。

营业额：由一九○三年的三十万元发展为一九一一年的一百八十一万余元，到一九二二年，增至六百八十五万余元。

分支机构：从一九〇五年起，至一九二七年，先后在北京、香港建立印刷局，在全国各地及海外建分馆二十六处，支馆四处，支店六处。

设备：初创时只有几部手摇机、脚踏机，接盘修文书馆后，计有铜模数副、切刀机、烊字炉、大号印刷机等，一九〇二年火灾后进口新机器，如购办英国潘罗司大照相架，当时为世界第二大照相机，专供印刷全张地图之用。一九一四年后建立机器制造部，专以制造印刷、装订、铸字、轧墨等机器，制造中文打字机，又购置铅印滚筒机及米利机，各种机器至三十年代初约有一千二百余台。

商务的主持人夏瑞芳、张元济都曾赴国外进行考察，其业务骨干亦有不少在国外培训过，因而眼界比较开阔，无保守因循气象。

就出版物而言，商务从一九〇二年起正式出书，数量由当年的十五种二十七册起步，至一九〇七年为一百八十二种四百三十五册，迄至一九二三年高峰时达到六百六十七种二千四百五十四册（李泽漳：《三十五年来中国之出版业》，《中国现代出版史料》丁编）。粗略估计，商务每年新出书约占到国内出版业的百分之四十到百分之五十（王云五：《十年来的中国出版事业》，《中国现代出版史料》乙编）。所出版书籍中，社会科学方面的最多，文学次之，然后次序是史地、自然科学、艺术、应用技术、语文、哲学、宗教。

显然，由于西方文化的影响，随着社会变革之需要而增大，在二十世纪头三十年，商务印书馆的翻译出版物亦成为主要的传播渠道之一。即以翻译出版的东西洋文学作品而论（截至一九二九年三月），总计约有五百五十种，其中商务出版了约二百二十种，大体占到一半比重［蒲梢（徐调孚）:《汉译东西洋文学作品编目》,《中国现代出版史料》甲编］。其中如林纾译外国小说及译印《说部丛书》，是早期翻译作品影响颇大者。此外，影响深广者如严复译《天演论》《法意》等，亦在商务出版。几乎一代人的思想成长，不可能不与它们有关，并直接或间接地关联着趋于变动的社会心理。叶圣陶先生曾回忆说："我幼年初学英语，读的是商务的《华英初阶》，后来开始接触外国文学，读的是商务的《说部丛书》；至于接触逻辑、进化论和西方的民主思想,也由于读了商务出版的严复的各种译本。我的情况绝非个别的,本世纪初的青年学生大抵如此。可以说，凡是在解放前进过学校的人没有不曾受到商务的影响，没有不曾读过商务的书刊的。"（叶圣陶:《我和商务印书馆》,《商务印书馆九十年》）叶先生说了饮水思源的意思，历史诚然如是。

如果说商务印书馆的事业形象不是狭隘的、一帮一派的，也不是唯利是图的，也许差不多，会使人联想到蔡元培先生在教育和学术上采取"兼容并包"的方针。张元济与蔡元培据说有"六同":同庚、同乡、乡试同年、殿试同年、同事于南洋公学、同办《外交报》，而"第七同"则是更重要的，即思想文化性格上的相同——开明与开放，他们在文化态度上，往往前进而不激进，稳健而不守旧，一方面于中西文化皆有较深的学养与领悟，另一方面又不以此废彼，作简单化的肯定或否定。这在中国近现代思想文化史常常出现"矫枉必须过正"的情况下，不能不说有几分难能可贵。在张元济的主持下，商务印书馆亦表现了具有充分开放性的文化姿态。比如林琴南是早期商务的主要译著者，改革前的《小说月报》也曾以发表旧派文人作品为主，但随着新文学兴起，商务一面仍保持了旧的关系，一面给文学研究会这样的新文学团体提供出版的方便。张元济曾亲自赴北京大学组稿，商谈合作事宜。对于许多学术团体的专著和丛书，商务尽可能予以兼容并包，使之广为流通。中国最早的两个科学团体——留美学者的中国科学社和留日学者的中华学艺社，都有中坚人物在商务编译所参加工作，都有刊物或丛书由商务出版发行。商务是各方面知识分子汇集的中心，若一一枚举，名单是很长的。又比如，商务既重视介绍域外新知识和西方思想资源，又花了很大力量去组织整理出版中国文化古籍，以保存传统文化遗产为职志，苦心孤诣，存亡继绝，这方面的工程，著者有《续古逸丛书》《涵芬楼秘笈》《四部丛刊》《道藏》《百衲本二十四史》等，其辑佚、校勘、印行皆由张元济主持。再比如《辞源》及一大批辞典、字典的编纂，几乎都是开创性的，功不唐捐，显示出学风严谨、实力不虚，如陆尔奎所体悟的"国无辞书，无文化之可言也"。

总的来看，商务版图书和杂志，举凡古今中外、文史政哲、理工农医、音体艺美，无所不包，有极其专门的，也有非常通俗的，如《万有文库》《中国文化史丛书》，不管男女老幼，哪行哪业，都可以从商务找到所需的书刊。服务对象之广泛，出版物种类之多，加上又设立大型民营公共图书馆——东方图书馆（后毁于一九三二年"一·二八"战火），不仅出售国外书刊、各种文具和体育器械，还制造仪器标本和教学用品，甚至还摄制影片，此种气魄，是任何一家出版社不可相比的。在动荡时世的夹缝中间，商务印书馆代表了中国文化人不甘于萎缩、精进而大度的文化精神。

三

如果说一国一时的文化与书籍的传播有成比例的关系，此话对也不完全对。就认识和了解世界与本国文化传统而言，商务印书馆的努力（这里主要谈的是商务创立前三十年的情况），对于中国近现代文化变迁，产生了理性主义的推动和支持。所谓"理性"，乃是与"感情用事"相区别，着眼于有序性的建设而不是无序性的破坏，其努力之效果已难以抹杀。但是，从另一方面来说，中国近现代文化变迁是一个非常复杂而且充满挫折的过程，正如现代化进程需要新型的政治制度框架和经济的迅速发展等，这都不是书生们在纸上能体现出来的。甚至社会思潮的起伏，包括中西文化冲突、启蒙与救亡的冲突问题等，因其难以理清，必然都需要付出不小的历史代价。因而商务印书馆与近现代文化变迁的关系又是有限的。随着尔后战争与社会革命的急剧发展，商务印书馆的文化使命亦随之走向衰落。

不过，张元济以一过渡时代的知识分子，投身并主持商务印书馆，惨淡经营，开辟草莱，又确确实实践了一种有价值也仍有意义的文化思想，即通过提高国民文化素质的努力为社会变革奠定一个基础。这个思想可以追溯到严复那里，即国家的强弱存亡决定于国民素质，素质如何要看民力、民智、民德的水准高低。尽管看来有些"远水不解近渴"，但这个问题最终是无法回避的。如果不作高论，为提高民族知识教育水平而做具体的有益工作，也许正是知识分子的岗位所在。尽管可能被看作"点滴的改良"，张元济等人却不辞涓滴之劳，始终坚守了自己的岗位。

从近现代文化史去看，张元济及商务印书馆的不懈努力，还包含了一种值得注意的思想倾向，亦即在文化思想态度上取融合论而不取冲突论。这有点儿像罗家伦在一九一九年挖苦《东方杂志》时说过的："你说他旧吗？他又像新；你说他新吗？他实在不配。"（罗家伦：《今日中国之杂志界》，《新潮》第一卷第四号）就精神而言，杜亚泉、张元济及商务的出版方针，确是主张中西文化是可以取长补短互为融合的，既不主"全盘西化"又不主寰守传统。这个融合过程当然并不简单，但率然斥之以保守，恐怕是中国现代反传统潮流过于强大使然。如何处理传统与现代化的关系，现在人们已觉得有重新梳理与认识的必要。倒退一百年，张元济也是变革的热烈拥护者，但由于他和他的同道倾向于把历史变局看得更复杂更艰难一些，不可能在急功近利中完成，因而持有渐进改良主义的文化态度。这种理性态度曾经不被时代所理解，因而只是在商务印书馆的出版活动中得到体现，但它的价值已浮出百年沧桑而日益显现出来。正如西方学者艾森斯塔特指出的："日本现代化获得成功的一个重要原因，是在于形成了一种具有弹性的、稳定的价值取向。在这种价值取向中，对社会的根本性的改造有时是在传统的名义下进行的。反过来说，传统在很大程度上起到了保护现代化的作用。传统与现代化之间这种较为协调的关系的形成，一方面固然取决于传统对现代化的客观适应能力，另一方面也取决于现代化推进者们协调和处理这种关系的能力。与此相反，在中国现代化的过程中，却没有形成这样一种具有弹性而又相当稳定的价值取向。"

一九九四年初，北京小街

万山不许一溪奔：
杜亚泉及其前进与
保守

杜亚泉

杜亚泉其名其人，今人知之甚少。约七八年前"文化讨论热"泛起，见过一本旧文集子，是把"五四"前后关于东西文化价值比较的若干争论文章编在一起。其中收了陈独秀与伧父辩论的文字，才知道伧父即杜亚泉，当时是《东方杂志》的主编。印象里大概是一位类似林琴南头戴瓜皮帽的老先生，不大合潮流的样子。其实也还是知之甚少。沙淘浪过，历史的造影常常并不清晰。那本集子如今手边也寻不到了。

一九九三年深秋，在浙江上虞杜亚泉家乡举行了一个小型学术讨论会，正值杜氏诞辰一百二十周年和逝世六十周年，两个"甲子"。这样的事情自然也还是知者甚少，好在又有一本旧文的集子出版，即《杜亚泉文选》，对于关心近百年来中国文化思想史的人来说，一段沧桑，不能算没有意义的事情。

七八十年前的民国初年，按说，商务印书馆的《东方杂志》

在海内的影响可谓首屈一指，它的内容、样式革故鼎新，都算得上中国现代期刊界发展的先头军。但随着二十世纪一二十年代社会文化思想的急剧演变，新潮音阵阵，相形之下，杜亚泉主编的《东方杂志》不免显得面貌"保守"了，其实也可以说不够激进，因而一时成为思想新潮的对立面。杜亚泉之由一个"新人物"变成一个"旧人物"，缘故端在于这一时代背景的转换。王元化先生说："把杜亚泉看作是一位反对革新的落伍者，这种误解要归之于长期以来近代中国历史上发生的急骤变化。……百余年来不断更迭的改革运动，很容易使人认为每次改革失败的原因，都在于不够彻底，因而普遍形成了一种越彻底越好的急躁心态。在这样的气候之下，杜亚泉就显得过于稳健、过于持重、过于保守了。"（《杜亚泉文选·序》）关于近代以来思想人物的由新变旧的现象，这种解释似乎比其他说法有说服力，至今回思，也较有普遍性。

与之相联系，是长期以来文化思想史有个"套子"，即"革命与保守相对立"的"套子"，作为解释的基本线索，横竖来套一下，于是仿佛泾渭分明，至于是否简单化，就很难说了。简单化到一定程度，人与思想便难逃"贴标签"的命运。

就《杜亚泉文选》中若干旧文来看，历史情况可能要复杂得多。

杜亚泉原名炜孙，字秋帆，号亚泉，后以号行，写作亦署名伧父、高劳等。他生于一八七三年，与蔡元培、张元济约属同代人。蔡、张二位均是光绪十五年中的举人，光绪十八年中了进士。杜亚泉因年轻几岁，只是在光绪十五年考中秀才，嗣后一次应乡试落榜，便未再走科举之途。他二十二岁的时候，因受甲午中日战争中国战败的刺激，毅然改辙，舍国学而习历算。赶上戊戌变法失败，蔡元培南归兴办绍兴中西学堂，杜亚泉便被聘为算学教员。这个人接受新知的能力、自学的能力可以说是超群的，短短几年间，到他二十五岁时，先后自学了物理、化学、动植物、矿物诸学科，而且自学了日文，借此积极接触了自然和社会科学方面的许多新知识新思想，并由此致力于提倡科学教育事业。他个人创办的亚泉学馆及《亚泉杂志》，在一九〇〇年的中国，可谓凤毛麟角的新事物。后亚泉学馆改为普通学书室，编译发行科学书籍及语文、史地等教科书，《亚泉杂志》则改为《普通学报》，注重普及科学知识。像晚清以来的华蘅芳、李善兰、徐寿等人所做的科学启蒙一样，杜亚泉也是"引进"的先行者之一，而且往往独立承当，不乏古道热肠，蔡元培在《杜亚泉君传》一文中说："人有以科学家称君者，君答曰非也，特科学家的介绍者耳。"可见其人敬事之勤谨实在，并非只好"指点江山"的一类，如其诗自谓："鞠躬尽瘁寻常事，动植犹然而况人。"也与"好标榜"不一个路子。

一九〇四年杜亚泉应夏瑞芳、张元济之邀进入商务印书馆编译所任理化部主任。当时商务正走上发展的正轨，经理夏瑞芳和主持编译所的张元济比较重视延揽人才，估计杜亚泉之入馆也是出于蔡元培的介绍，此后他独当一面，事实上成为商务出版业务的骨干之一。他主持编著的教科书、工具书，在数量和质量上颇为可观，有功教育与科学普及，自不待言。一九一一年杜亚泉始兼任《东方杂志》主编，思想视野扩展到时代生活的多方面，著述不辍，发为言论亦多针对时世，遂与民初社会思潮相与沉浮。

《东方杂志》创刊于一九〇四年，在旧中国延续出刊时间较久，而影响较大，则同杜亚泉任主编时的革新有关。因为此杂志原系文摘性质，只是剪辑每月报章杂志上的记事、论文，分类刊登，供留心时事者查考，先后编者为徐珂、孟森。在杜亚泉倡议下，杂志扩充篇幅，改三十二开本为十六开本，模仿当时日本最畅销的《太阳》杂志形式，除最后一部分仍留有时论摘要和中外大事记外，刊载自撰或征集的论文和译文，用纸全部改为道林纸，革新以后，销量迅增。

看来，清末民初时的杜亚泉，不仅不是守旧的冬烘先生，相反，倒是一个具有超越传统色彩的革新人物，其思想进境领先于同时代的知识分子。他的个性与其说以激进的意态参与社会变革运动，毋宁说更在于把握自己和时代转换的大趋向，于超越传统读书人的角色之际，对现实和未来，既注意普遍民智的开发，又持有一种民间智者的照察。在这一点上，杜亚泉的社会文化变革观念，与守旧不同，亦与进化论传播以后的思想主流有距离。当时有人批评他："你说他旧吗？他却像新；你说他新吗？他实在不配。"这"画像"他也姑且认之。

如同清末许多思想前进者迫切地呼唤改革，杜亚泉亦以改革为急务，所谓"积五千余年沉淀之渣滓，蒙二十余朝风化之尘埃，症结之所在，迷谬之所丛，不可不有以扩清而扫除之……改革云者，实吾侪社会新陈代谢之机能，而亦吾侪社会生死存亡之关键矣"（《杜亚泉文选》）。但如何改革，乃一绝大之历史难题。由"洋务"时期到"戊戌"到"辛亥"再到五四时期，社会变革的动机虽然逐渐在加强，又等于在一次次挫折中一次次改变改革的重心，却不免仍处于"适应性变迁""边际性变迁"和"总体性变迁"三种模式的复杂矛盾中，难以找到中国现代化变革的合理机制。研究现代化问题的西方学者艾森斯塔特认为，社会政治变革具有上述三种模式，而在历史上的中国，则主要是适应性变迁和边际性变迁。前者意味着在不改变基本制度框架的前提下通过自身内部的调整以适应变化，后者则主要表现为农民的造反和王朝的更替。而且在中国历史上，往往在适应性变迁中会伴随着边际性变迁，但很快这种边际性变迁就会失去它的影响力，然后被重新整合到政治制度的基本框架中去。情况也许正是这样，但到了近代以后，情况则不免大变，原来习惯的模式已不适应变革的需求。总体性变迁的要求随之逐渐凸显出来。

不过，清末立宪改革失败和辛亥革命发生以后，虽然总体性变迁的要求加强了，许多变革的条件却不具备，而且还产生了转型期的许多矛盾、困难。因而有所谓"现代化挫折"发生，如艾森斯塔特所概括的："在这些社会中，这些进展，特别是在政治领域中，并没有使现代制度体系形成能够吸纳连续不断的变迁和解决多样化的问题与要求的能力。在现代化初期就已建立起来的制度框架中，有些已经解组，无法履行其功能。"民国初年的现实，对于包括杜亚泉在内的不少主张改革的人来说，忧虑胜于欢欣，不得不在价值迷茫的思想危机中寻找出路。也许是"戊戌"和"辛亥"的挫折引起反省的方向不同，一种人转而寻求更激进、更彻底的政治与文化变革，包括进行反传统的斗争；另一种人则持渐进的温和的变革立场。杜亚泉显然属于后者。在为这一立场进行申说时，他提出了"接续主义"和"协力主义"作为变革取向的概念基础：

> 国家之接续主义，一方面含有开进之意味，一方面又含有保守之意味。盖接续云者，以旧业与新业相接续之谓。有保守而无开进，则拘墟旧业，复何所用其接续乎？若是则仅可谓之顽固而已。……反之有开进而无保守，使新旧之间接续截然中断，则国家之基础，必为之动摇。盖旧时之习惯既失，各人之意见纷呈，甲以为然者，乙以为否，丙以为是者，丁以为非。此时虽有如何之理论，绝不能折中于一是，……而失普通人民之信用耳。

> 夫自然界中生存竞争之学说，固吾人所耳熟能详者也。然而有与之并峙之学说焉，即生存协力是也。试思单细胞之生物，何以进而为复细胞之生物乎？独立之个体，何以进而为社会之群体乎？……此协力之进化也。自然界中，协力者为优胜，不协力者为劣败。故协力之范围愈广，

协力之方法愈备者，则竞争之能力愈大，生存亦愈安全。

杜氏的关于社会变革的思想并不是深入周到的。比如在面对传统与现代化的关系方面，他未曾深入考虑——朝向现代化的变迁会对传统体系造成什么样的冲击，这种冲击的性质是什么；传统秩序会在何种程度上影响人们对冲击的感受以及对处境的认识；历史遗产能在多大程度上形成处理和解决冲击所带来的问题的能力，是在不根本改变中心制度的情况下适应新环境，还是为了适应新环境而必须从根本上改变这些中心制度与象征，诸如此类。也未必是回避问题，也许只能说，当转型与变革进程尚处于比较混乱的阶段，还来不及作更深入思考。而且占据杜亚泉主要思路的更多的是现实层面的问题，如国际国内大势、战争、外债、教育、民国前途及社会心理等。既怀忧世望治之心，其思想文化评论故不欲流于偏宕而每好持重，不欲作情感奔放的爆破之言，而是力求以理智省思为那个王纲解纽和意识迷茫的时代提供一些可能没有什么效果的意见。但这并不妨碍他的态度是诚恳的，尽管并不现实，却愿意以一种理性为导引，调和新与旧的冲突，朝向现代化的冲击与传统的冲突，也调和东西文化的冲突。由于有这个调和折中的基点，故在观察历史现象时往往不以开进而废保守，不以竞争而废协同，亦不以分化而废凝聚，不过分强调工具理性和机械文明的力量而否定价值理性以及道德精神的积极作用。在别人看来是根本矛盾的，他却认为并非不可调和、折中，因为他对自然、社会活动的性质，抱有一个二元统一的认识，即所谓无接续也就谈不到开进、无协力也就谈不到竞争，反之亦然。比如他认为发展是有代价的，必须辅以一定的限制："欲使生活费增多，而不侵夺他人之生活费，非分配均等不可；否则绝贫者之饘粥，以供富者之膏粱，剥贫者之褴褛，以制富者之文绣，诚不如限制之为善也。然乌托邦之理想，既不能实现，欲灭科学、毁机器，绝膏粱文绣，以返于太古淳朴之世，又与人类之进步背驰，将纯任自然，听其相争相夺弱肉强食以终古乎？于是调和于理想与事实之间，而折中论以起。"

看起来，像是一个吸纳新知的传统主义者，或者温和渐进的改革思想家。说是"前进中的保守"，也未尝不真实，杜亚泉曾无可奈何地比喻世事已如战场，然犹应有红十字队员，救死扶伤，"行慈善于硝烟弹雨之中"，也是可以理解的。

"前进中的保守者"，这一类为数不多的知识分子，也往往是那时超越型的士大夫，是受传统影响较深而又肯于接受西学的一些过渡时代的过渡人物，如杜亚泉，也如蔡元培、张元济、高梦旦等致力于教育、出版事业的一些开明人士。他们持有温和渐进的变革观，主要是由于在戊戌维新时期就意识到，朝向现代化的改革，不能不先从传播新知、普及教育入手，即注意治本，注意推进现代化的精神素质和民族能力问题，庶几为器、技、制、道几个层面的变迁与改良奠定一个基础。反之，如蔡元培所云："不先培养革新人才，而欲以少数人弋取政权，排斥顽旧，不能不情见势绌。""戊戌"后罢官南归从此与官场、政治疏离的张元济，也怀有类似的想法。不管怎样说，近百年来的中国变革历程都不可能取消他们所注意的问题。

基于这一长期的关怀，辛亥革命以后，杜亚泉的社会评论，往往是力辟"虚伪的进步"，诉求"真实的进步"，其中包括抨击官僚腐败、道德沦落，主张扩大社会自由空间，主张从个人的改革做起以推进社会改革，主张加强凝聚力以及智识阶级担当起维护正义的责任，甚至三弹"精神救国论"，为其时世之忧虑张本："物欲昌炽，理性梏亡，中华民国之国家，行将变成动物之薮泽矣。旧道德之强制的协力，与宗教之超理的制裁，既不能复施于今日之社会，吾侪今日，唯有唤起吾侪之精神，以自挽救而已。"人们多半会怀疑，精神之提升（即所谓心理向上，超越生理之牵掣）是否真能救国，但却也并不能否认提出此一问题的意义，至少还在于为持续的变革提供一种非功利主义的文化精神条件，在一定程度上促进社会意识的整合而不仅仅是分化。不过，虽然杜亚泉声明这并非回到传统旧道德上去，还是具有向儒学价值取向回归的色彩。因此，在他进行东西文化比较并持调和论立场时，也更明显地转向了倚赖传统的思想资源。由于他的观点发表在影响较大的《东方杂志》上，不久便引起陈独秀在《新青年》上的抨击。

陈独秀于一九一八年和一九一九年先后写出对《东方杂志》记者的质问，针对杜亚泉的，主要是杜氏《迷乱之现代人心》一文。此文首揭民初以来"国是丧失""精神破产"之现象，确系自己对现实纷乱的惶惑，亦如后来的思想史家在分析中国走向现代化进程中的"意义危机"时，也使用了"精神迷失"这个词。由于杜亚泉抱有一观念，即"进化之规范，由分化与统整二者互相调剂而成"，也就是特别注重"社会整合"的意义，但问题在于什么样的中心价值可以拿来"整合"。杜亚泉对全面输入西洋文明是有疑虑的，他认为确有人"肆其竞争权利寻求奢侈之伎俩，乃假托于西洋思想以扰乱之"，或者"拾其一二断片，以击破己国固有之文明"，于是大声疾呼，保守和寄希望于固有文明，以之为线索，来融汇外来文明，一以贯之。应该说，这种倾向并非仅仅出自保守根性，在很大程度上，也是受了第一次世界大战引起西方意识危机和科学神话幻灭感的影响，与当时梁启超、梁漱溟引起争议的主张一样，是在批评西方近代文明失误的基础上，要把中国固有的文化精神重新拿出来济世应人。

本想克服人心迷乱；重溯传统的价值源头，借传统伦理精神来抚慰人心，但这大概只能是杜亚泉的一厢情愿。简单说，疑问犹在，即旧的传统能否有效地回应现代化冲击所带来的问题。相反，陈独秀等一批更为前进的知识分子，正在大力引进西方民主与科学的精神，正在展开批判传统文化的火力，认为"西洋的法子和中国的法子，如像水火冰炭，绝对两样，断断不能相容"。这样，杜亚泉的东西文化调和论便成了"靶子"。"五四"前后的这场辩论影响是深远的，直到今天，是非得失恩怨种种，殊未易明。陈独秀所谓"利刀断铁，快刀理麻"，似也是一厢情愿。

对于改革，激进者如陈独秀，信奉矫枉必须过正，针对中国人的惰性，说是"讨价若是五元，最后的结果，不过二元五角"。更有甚者如钱玄同说是要为传统文化作一部"粪谱"，称许多人的眼睛已是不辨粪臭的"狗眼"，需再把眼珠换回来。大约也是针对中国人亦有亢奋和极端性，杜亚泉才提出了他的折中调和论。此间是非得失种种，也让人感慨系之。

由于五四新文化运动的巨大冲击力，毕竟杜亚泉显得不合时宜了。商务印书馆的张元济、高梦旦诸先生虽然与杜亚泉在思想上有许多共同之处，却不得不考虑到顺应潮流，改变《东方杂志》的形象，故力劝杜亚泉不再继续争辩，杜亦于一九二〇年被迫辞去主编兼职，专任理化部主任，从此搁下政论文章之笔。

此后的十来年，杜亚泉专致于出版并自办学校，服务于教育事业，曾著有《人生哲学》，仍坚持对各种学说加以调和折中，不改其志。一九三二年商务印书馆遭日寇轰炸焚毁，杜氏失业返乡，身无长物，翌年病逝于家乡。

六十年惨淡生涯，也不算掷地无声，但毁多于誉，怕也是难以自解的，唯望后话沧桑或可少一些历史的误解。杨万里有首小诗："万山不许一溪奔，拦得溪声日夜喧。到得前头山脚尽，堂堂溪水出前村。"寂寞的学人或可由此得些感悟，移来且为杜亚泉写照，似也相宜的。

九三岁梢，北京小街

王国维

白发书生寂寞心：与王国维的潜对话

　　春夏之交过杭州，湖上有几日勾留，兴意未阑，无奈归期已到。乘杭京快车北返，第一站为海宁，时逢小雨，远近草木葱茏，天色蒙蒙。车轮暂静之际，想到这便是王国维的故乡了。学者王国维生于这个以观潮出名的地方，死于本次列车的终点——北京，旅程计五十年（一八七七———一九二七），不过，想必他不是乘火车去的。

　　王国维在世的那五十年，正值世潮激荡不已，不亚于海宁那不宁的钱塘秋潮。虽然，我生也晚，连"白头宫女在，闲坐说玄宗"的情形也还差了一时节，但大概情形，曾从讲史书上得到印象。当然，那些书上没有王国维的名字，既不是风云人物，潮起潮落，似乎没他什么事。尽管后来郭沫若在《历史人物》中说过，王国维的"影响会永垂不朽"，又说，王氏的全集与《鲁迅全集》这两部书"真是'虽与日月争光可也'的一对现代文化上的金字塔"，然而事实上王国维后来的影响并不大。自从他一九二七年六月忽然跳进颐和园昆明湖的水里，引起些许波纹之外，确乎近于被遗忘了，除掉历时甚久的大批判间或也把他捎上的时候。

宿草经荒，墓木成拱。王氏故去五十余年后，说不清缘故何在，他的名字又渐渐在出版物中出现了。近年来且有若干研究他的著作及传记出版，倒也终究可见斯文未坠于地。记得十年前求学，我们对重出的《人间词话》《宋元戏曲史》都是很向往的，其中他的"治学三境界"说尤为读书人所推重，到现在感念其言而益叹其难，自知还是不"入境"，比如读王氏手定的《观堂集林》，常觉门槛还真是难迈进去。

《观堂集林》难入归难入，而王国维之被再发现再认识，又恐怕并非无意义。以学术史思想史而论，这个人的学术道路和品格就还有些消息耐人寻味，至少说明一位英国史学家的话不无道理："历史是历史学家跟他的事实之间相互作用的连续不断的过程，是现在跟过去之间的永无止境的问答交谈。"（爱·霍·卡尔）这意思是说，人逝去多年，留下的东西也许还在同我们问答交谈呢！

读书，联想，"对话交谈"。

王国维又常被人称为静安（字）、观堂（号），这两个称呼似乎也透出他性格、生活的"收敛"，他是一个重于自律的学者，或者说大抵算个纯粹的学者。不是做不了别的什么，是不肯做，不宜于做，事实上也没有做；自然，他这码事别人兴许不屑做或做不到，世情又不免视为"迂""呆"等，纯粹的学者近代中国不多。五十年世潮之中，他的学术著译达六十余种，经他亲手校批的书也近两百种。我们看他涉及的学术领域之宽（美学、诗学、戏剧学、史学、文字音韵学、考古学），其开风气和造诣深湛这两面，都积淀有不易历练的分量。这条学问的路，特点不妨说一是"小"，二是"冷"。表面看似乎是这样，比如说是小题目，着眼点也比较细微。王国维写道——《诗·鄘风》"子之不淑，云如之何"。《传》《笺》均以"善"训"淑"。不知"不淑"乃古成语。《杂记》载诸侯相吊辞曰："寡君闻君之丧，寡君使某，如何不淑。"《左》庄十一年传，鲁吊宋辞曰："天作淫雨，害于粢盛，若之何不吊。"古"吊""淑"同字，若之何"不吊"即如何"不淑"也。是"如何不淑"一语，乃古吊死唁生之通语。"不淑"犹言不幸也……小而至于一字一词，搜讨其源，参互求证，比较做学问上的好大喜功进而想当然，不是贵在其功力也难在于实在吗？

本世纪初叶，有桩事情对近代学术风貌的演变有极大关系，即文化古器物——汉简、甲骨、青铜器、石室写本、石经残石等——的开始出土面世。在有意识地发掘前，地下材料常因难遇知音，被当作药材、劈柴之类或流失海外。在这方面，刘鹗、罗振玉、王国维等人的收集整理、研究工作功不可没。特别应提到王国维在利用、活化死材料上颇有贡献：固然在于解决了许多识别考据上的疑难，从而推动如"敦煌""甲骨""金

文""历史地理"等"显学"的建立，也在于他在实践中严谨
求实的治学态度和引入行之有效的科学方法。其朴实之风，不
让乾嘉，也应该说余韵流风不绝。具体说，伏案埋首，瘦尽灯
花，穷搜幽讨，往复商量，其实也不过毫厘间发之辨，却能独
具只眼，锲而不舍，以大攻小，以小见大。典型如《殷卜辞中
所见先公先王考》，乃是据卜辞中"王亥"这一线索，反复参证，
而考出殷商帝王世系的脉络。赵万里先生后来说："卜辞之学
至此文出，几如漆室忽见明灯，始有脉络或途径可寻，四海景从，
无有违言……近世学术史上东西学者公认之一盛事也。"其个
中甘苦诚非易言。静安先生的"以大攻小"，当然是靠学养之
博大和理解之圆转，唯忌附会射猜妄腾口说。先生自述其经验：

> 苟考之史事与制度文物以知其时代之情状，本之《诗》
> 《书》以求其文之义例，考其古音以通其义之假借，参之
> 彝器以验其文字之变化，由此而之彼，即甲以推乙，则于
> 字之不可释、义之不可通者，必间有获焉。然后阙其不可
> 知者，以俟后之君子，则庶乎其近之矣。（《毛公鼎考释序》）

阙疑之旨似有"科学禁欲主义"的意思，毕竟还是老实话，
话不能都说到十分。至于他所运用的方法也正不乏创新的意义，
用现在的话说，该是除了"决心大"，还要"情况明""方法对"，
也都契合荀子《劝学》、庄子《庖丁解牛》的古训。由此，对象小、
题目小，又不妨因会通而"以小引大"，如王氏又未尝局限于考

据本身，将甲骨文字研究的成果发明到古史研究上去，于是有《殷周制度论》《古史新证》诸作，其实又是不拘一格的。陈寅恪先生评王氏治学之谛："一曰取地下之实物与纸上之遗文互相释证，凡属于考古学及上古史之作……是也。二曰取异族之故书与吾国之旧籍互相补正，凡属于辽金之史事及边疆地理之作……是也。三曰取外来之观念与固有之材料互相参证，见属于文艺批评及小说戏曲之作……是也。"（《王静安先生遗书序》）若再试补一语，或有：四曰取不矜不伐谨慎戒惕的态度与不守藩篱的探索相结合，凡属王国维之治学精神是也。探索和限制这两方面结合在一起。虽然，在大变动的思潮背景下，不免会被当作"保守"。

王国维是保守的。然而"保守"未必是"进步"的反义词，也并非理性、良知的障碍。这种保守同那种保守并不都一个样，一个人可能在政治上是自由主义者，在文化上却是保守主义者。王氏之保守，重点不在政治上（他始终未参与政治，所谓"平生唯与书册为伍"），而在人格上、学术上。其价值当然不在于推拒新思潮，唯其能于举世趋新若鹜之潮流中，不忘持守清者的收敛沉潜性格与自律的治学态度，也还不无意义。说他"冷"，并非说他没有热肠暖心或研究问题只朝冷僻上走，但总的看毕竟不合于"急务"（经世）以及"文章合为时而用"的要求，与"急功近利"不可同日而语。再有，王国维并非迷恋"国粹"而一往不返的辜鸿铭、林琴南辈，其保守亦是有限度的。王氏治学的两次转向，由哲学转而文学，又由文学转而古文字、古器物学、古史，既不全属于倒退，也未尝不能看作坚持自身学术个性并反省和调整自身的明智之举，其间选择的痛苦与解脱、执着与寂寞心，未尝不造成了他在学术上的"无我之境"，即追求学术本身相对存在的客观价值及长远功用。其言谓：

> 学之义不明于天下久矣。今日言学者，有新旧之争，有中西之争，有有用之学与无用之学之争。余正告天下曰：学无新旧也，无中西也，无有用无用也。凡立此名者，均不学之徒，即学焉而未尝知学者也。事物无大小、无远近，苟思之得其真，纪之得其实，极其会归，皆裨于人类之生存福祉。(《观堂别集·国学丛刻序》)

粗看王氏此话，似有不分河汉之嫌，但从另一高层次去想，所谓"无分轸域"、所谓"会归"，乃是从更广更深的意义上来把握知识的内涵、求学的精神境界。或以为这是"为学术而学术"的歧途，但静安先生并不临歧而泣呢！结果是留下旁人也不得不承认、尊重的成果。反过来看，又过了若干年，面对某种"古为今用"旗下的实用史学、哲学、文学及其他（诸如对秦始皇、孔子、武则天、王昭君等历史人物的现代寓言式发现），又怎能不对静安先生的苦心复致感慨！

学者叶嘉莹曾从性格与时代的两个角度及关系，专门讨论王国维治学途径之转变——"静安先生以其天赋之矛盾性格，既原就存在着一种既不喜欢涉身世务而却无法忘情乱世的矛盾，又以其追求理想之天性，对一切事物都常抱有一种以他自己为尺度的过于崇高的理想，而却偏偏不幸地正生在了一个最多乱、多变的时代，因而乃造就了他个人与时代之间的一种无法调和的差距。"（《王国维及其文学批评》）这种悲悯式的解释特别强调了一种"紧张和对立"——理想与现实之间、个性与社会之间——所产生的人文悲剧性，却可能忽略了另一种"紧张和对立"，既造成王国维的选择，也在产生一种值得人去思考的精神祈向。

这也就是形式合理性行动与价值合理性行动的对立。

借用马克斯·韦伯的分析，社会合理性行动中含有上述两种需要分别讨论的合理性行动因素。如果把价值主要理解为主观欲求、意愿、信念、意向，那么，一、形式合理性行动就是排除价值判断或价值中立的行动（问"是怎样的"）；二、价值合理性行动则是引入价值判断的行动（问"应该如何"）。进而言之，一、形式合理性行动往往经过理性的程序去达到预期目的，符合人们理性思维的常态，导致行为方式的"常规化"，因而有与传统主义实质趋近的一面；二、价值合理性行动往往把追求的目标视为某种特定的价值，行动者往往为不计后果的情绪、信仰、理想所驱使，这种行动大都具有"非常态"甚至革命的性质，因而与情感行动有亲和关系。（参见苏国勋《韦伯思想引论》）显然，在历史压力下，近代迄至"五四"以来中国思想学术，不能不带有较浓的价值合理性色彩和张扬情感的背景，一方面大为显示突破传统的力量，另一方面因忽略形式合理性的建设，使"有序"的现代化进程步履维艰。同时"全盘西化"与"全面固守传统"两个极端，在这一点上竟像是一病所系。联想到王国维，他的与现实保持距离、有所不为中的有所为、追求客观化的知识，多少体现了思想成分学术态度上的形式合理性祈向，尽管在保守性方面同样有所偏失、遗憾，亦未尝不使后人有所反省，比如想一想："有关力量的知识是否必须与有关限度的知识并存"（丹尼尔·贝尔），这是否是一条古老的真理？

　　　　辛苦钱塘江上水，日日西流日日趋东海。终古越山倾洞里，可能消得英雄气。说与江潮应不至，潮落潮生，几换人间世。千载荒台麋鹿死，灵胥抱愤终何是！

　　一首《蝶恋花》，诉说诗人王国维有如谢皋羽哭西台那般沉郁悲凉的情怀。悲凉始终跟随他，直到尽头。这种悲凉和在苦闷中寻求解脱的意向，写在《红楼梦评论》里，也透露于《人间词话》对后主词的推崇中，亦影响于他的治学问道："余疲于哲学有日矣。哲学上之说，大都可爱者不可信，可信者不可爱……知其可信而不能爱，觉其可爱而不能信，此近二三年中最大之烦闷。"（《静庵文集续编·自序二》）显然，王国维的悲观及其寂寞，还不仅仅是关于个人的叹惋，它们源自一种人生体验和智慧的痛苦。尤其在彼时历史文化的沉浮中，更加深了人生原始问题的困扰，这就是在历史意识中他所面临的关于存在的命题，提出这些问题的原因是人类处境的有限性以及人不断要达到彼岸的理想所产生的张力。据说，有问题是悲剧，答案是喜剧，没有问题呢？则又什么也没有。因而王国维所参不透的生死是悲剧性的了。其诗曰：

> 新秋一夜虻如市，唤起劳人使自思。
> 试问何乡堪著我，欲寻大道况多歧。
> 人生过处唯存悔，知识增时只益疑。
> 欲语此怀谁与共，鼾声四起斗离离。

> (《六月二十七日夜宿硖石》)

　　世上有浅薄的悲观，也有深刻的悲观。这提醒我们慎于作出简单的评判。悲观给王国维带来了局限，未能积极入世，跟不上时代的潮流以至于过早结束了自己的生命。然而如果说悲观即等于颓废没落，等于资产阶级世界观、反动，总还令人疑惑，难道王国维是颓废的吗？似乎他的世界观与所谓资产阶级世界观不好简单地拉扯上，能够说执着于人格尊严、自我意识就等于叔本华、尼采以至于资产阶级世界观吗？况且关于悲观，王氏亦曾说过："'寂寞已甘千古笑，驱驰犹望两河平'，非陆务观之悲愤乎！"王国维有弱点，也有他的悲愤，唯生当乱世，他未能将悲愤化为呐喊，化为学术以外的抱负。

　　"欲寄彩笺兼尺素，山长水阔知何处。"悲怀可能使人生困顿于迷惘，却也可能造就某种诗人气质以及对人生的诗的透彻理解，因而使悲怀幻化为永恒的人类经验。《人间词话》谓：

> 永叔"人生自是有情痴，此恨不关风与月""直须看
> 尽洛城花，始共东风容易别"，于豪放之中有沉着之致，
> 所以尤高。

联系到王国维评词时标举为"探本"的境界说，语多剀切，正在于体认诗词中所体现的情怀、境界、品格依赖于诗人的真感情。深邃的感情，并且由"客观的静观"（"以物观物"）引导情感进入净化状态。说到底，不论后之论者对他的审美观点有多少纷纭的解释，它们的意义仍然是反对人生与文学的有意识或无意识的虚伪矫情，是反对浅薄的。他说："尼采谓'一切文学余爱以血书者'，后主之词，真所谓以血书者也。"又说："'昔为倡家女，今为荡子妇，荡子行不归，空床难独守'……可谓淫鄙之尤。然无视为淫词鄙词者，以其真也。"其人生与思路固然不免于悲观与彷徨之厄，然可以无视为没落为无聊，不也是因为其中有着深沉的体验与始终的真诚吗？韩愈曾写信给友人："时时应事作俗下文字，下笔令人惭。及示人，则人以为好矣。小惭者亦蒙谓之小好，大惭者即必以为大好矣。"惭愧之作每能邀赏，王国维恐怕还不至于有韩文公那般古今文人的尴尬吧。

王国维一生，未曾入仕，治学为其本色。以三十五岁为界，前期以求学、教书、治文哲之学为主；后期因随罗振玉东渡日

本，受罗氏影响，转而从事古器物、古史的考据校雠。其间世事翻覆，鹿鼎频争，尚可无涉于书室寒窗。到一九二三年他来到北京，由升允引荐担任了逊清小朝廷的差使——溥仪的教书先生，生活自然有了若干变化，或者与清廷的感情关系有所加深。但他的差使远不是政治性的，也未作为孤臣遗老参与罗振玉一流的活动。除了有借机接触内府藏书藏器的学术兴趣外，也许他认为这正是不满于民初后腐败混乱之政局的狷介表现，而且他认为按照民国优待清室条件，这样做并无违情悖法之处。一九二四年十一月冯玉祥部属发动逼宫之变，将溥仪驱出紫禁城。这件事对王国维是有刺激的。翌年他就任了清华国学研究院导师教职。至北伐军兴，奉军将退出北京之际，遽然自沉于颐和园昆明湖。

王国维的死因成为一个谜。解谜者众说不一，或猜测或推论，各执一隅皆难定夺。但死者遗言所谓"五十之年，只欠一死，经此世变，义无再辱"，大致与他畏惧一种精神上的污辱有关。也许他以为正在或将要发生的世变对于感情或人格信念都可能是难以忍受的，总之，这种紧张关系使他想到了"尽头"的解脱。或者那只是一种剧烈的心理感受，难以强说因果，否则也便不是那个悲怀的持有沉抑收敛性格的王国维。悲观者对死的看法远非常规，正如佛陀的生死观迥异于世俗。回到王氏自沉的二十多年前，他便有过寄托了。其自题诗《尘劳》：

迢迢征雁过东皋，谡谡长松卷怒涛。

苦觉秋风欺病骨，不堪宵梦续尘劳。

至今呵壁天无语，终古埋忧地不牢。

投阁沉渊争一问，子云何事反离骚。

据说，扬雄曾以为屈原之自沉是大可不必的，写过《反离骚》，以为"君子得时则大行，不得时则龙蛇，遇不遇，命也。何必湛身哉"！但后来扬子云校书天禄阁，闻王莽诛甄丰父子，恐被株连，倒是也从阁上投了下去。在历史的残酷中，就有着如此令人感慨莫名的消息。王国维并非屈原，也不是扬雄，但他也有他那一份问天无语、无地埋忧的怆怀吧！当然，其间自有时代的局限在。

静安先生清华同事陈寅恪挽之云："十七年家国久魂销，犹余剩水残山，留与累臣供一死；五千卷牙签新手触，待检玄文奇字，谬承遗命倍伤神。"陈之于王，风谊平生师友间，他对于王国维死因的看法较为超脱："寅恪以为古今中外志士仁人，往往憔悴忧伤，继之以死，其所伤之事，所死之故，不止局于一时间、一地域而已；盖别有超越时间地域之理性存焉……然则先生之志事，多为世人所不解，因而有是非之论者，又何足怪耶？"（《王静安先生遗书序》）也只能这样了。历史留下了许多"阐释空缺"，包括这样的矛盾：一位主动死亡的人，既是群体里的逃兵，又是一个孤军奋战者。你不可能透彻地清理这种矛盾，除非你有勇气担当同样的角色。

遗憾，对谈没有明朗的结论，只是意识到知识与存在难免的局限并需要反省地面对自身。

白发书生寂寞心。

一九九〇年六月，北京小街

一步一尺的改造：
百年话胡适

胡适

一　胡适的个人"运会"与时代"运会"

二十世纪中国的文化史学、思想史学，似乎很难摆脱"不断清理"的任务。一方面清理千百年传承下来的东西，另一方面，转一个身，免不了还要对清理再作一番清理，比如"五四"的历史文化反思与对"五四"的反思，就属于这种史学的内容、特色。说近一些，关于胡适，情形恐怕有相似者。若干年前胡适其言其行，作为文化思想史的重要材料，固然值得追溯讨论，而对他的纷纭评价，包括骂杀或捧杀以及所由来的时代思潮背景，又构成了另一层思想文化史现象，也曾是胡适研究的禁忌所在。这一层，管窥言之，比如说"武断"，看来总缘于受权力意志或激进情绪的支配、影响，往往把"明善""察理""穷理"都看得太容易，而"善未易明，理未易察"这句老话，其实还

107

是颇可药于心、益于学的。

虽然，"使××研究回到××自身"（也包括胡适），这个想法反映了思想学术界近年的新取向，做起来却不是一件容易事。好在一些成见、定见已在渐趋开放的文化环境里被"消解"或者淡化了，不再成为禁忌的符号。重读胡适，感想良多，然而扪实启蔽，发诸一二，也不过首先觉得，他老先生当年所谓"说平实话，听平实话"，那一番意思是极可取的。严几道尝言："须知言论自由，只是平实地说实话，求真理，一不为古人所欺，二不为权势所屈而已。使真理事实，虽出之仇敌，不可废也；使理谬事诬，虽以君父，不可从也。此之谓自由。"（严复：《群己权界论·译凡例》）这话，哪怕并未具体讲如何掌握事实和真理，却道出在探求事实和真理时所需最起码的理知要求。有没有这种"规则意识"，情况自然大不一样。

胡适一九四九年去国，一九六二年病逝于台湾。他的"努力"及影响多发生于"五四"前后和二十世纪二三十年代，但生前身后，有幸有不幸，或说有遇有不遇，在他身上，我们看见优点与弱点也似乎矛盾地统一着。说"幸"，自因胡适个人的"运会"与时代的"运会"有幸辏合，使他成了本世纪中国思想文化大变动中开风气的人物；说"不幸"，还得承认虽是对社会对个人始终怀抱不俗的价值理想，却不一定会得到有效的回应，所谓"不合时宜"或"不合国情"，难解因果，却注定胡适要在夹缝式的历史环境中咀嚼着进退两难的苦味。生前身后"左""右"两面说"胡"，终究毁多于誉。他晚年亦自叹："回想四五十年的工作，好像被无数管制不住的努力打消了，毁灭了。"（胡颂平：《胡适之先生年谱长编初稿》）尽管还在讲这话的几十年前，他已自知"努力"所能望的事功是有限的：不过是"略尽心力，只如鹦鹉濡翼救山之焚，良心之谴责或可稍减，而救焚之事业，实在不曾做到"（《胡适来往书信选》）。"从此听涛深夜坐，海天漠漠不成欢"（丁文江赠诗）。心志抛处，终付惘然，然而事情不只有这一面。胡适辞世后，他自己同社会几十年剪不断的恩恩怨怨，按说总可以了断了，实际上其人之思想却不可能被当作火余废木，烂舟残戈，那样地全失了意义。念经和尚死了，经还是经。或许，其中若干与"回顾过去走向未来"，与中国现代知识分子文化精神有关的问题，以其前行的意义，仍然牵系在不断展开的历史对话中。也应了胡适自己的"不朽"论："我这个'小我'不是独立存在的，是和无量数'小我'有直接或间接的交互关系的；是和社会的全体和世界的全体都有互为影响关系的，是和社会世界的过去和未来都有因果关系的。种种从前的因，种种现在无数'小我'和无数他种势力所造成的因，都成了我这个'小我'的一部分。我这个'小我'加上了种种从前的因，又加上了种种现在的因，传递下去，又要造成无数将来的'小我'，……一代传一代，一点加一滴，一线相传，连绵不断，一水奔流，滔滔不绝——这便是一个'大我'。'小我'是会消灭的，'大我'是永远不灭的。"（《不朽》）这通达的看法，该是胡适人生哲学的一种特色或本色吧。迄今，中国现代思想史已经走了一段曲折路程，回头看，不论看法如何不同，也不论是谈新文化运动、谈中国意识的危机、谈唯科学主义、谈自由主义、谈反传统主义、谈中西文化冲突、谈知识分子与学术流变，凡此等等，恐怕都很难绕开胡适去说长道短。

二　改造社会文化环境所做努力

读过一本批判胡适的书，此书开卷便道："胡适是中国买办资产阶级的代表人物，同时也是中国现代唯心主义的最主要的代表人物。"这两个"封号"及其他，现在只好不求甚解，剩下"代表人物"一说，倒是觉得不无可取。说胡适是中国现代自由主义知识分子的代表人物，大约离事实不远。

在中国，自由主义及自由的意识，原本是稀薄的，或者说并非土生土长，只在本世纪初，随着西潮东渐才在一些寻求现代化的知识分子头脑中滋生起来，成为"开风气"之中的题中应有之义。但是，作为一种根柢不深的思想和行为模式，自由主义在中国，一开始便遭遇"保守"和"激进"两股力量的挑战与夹击。总的来看，它寻求过一种具有民主法制精神、科学进步观念的更为理性的生活，而一当因此而需要改变旧有的社会生活结构时，它选择的是"改良"的途径。当胡适在美国受了这一番洗礼之后（胡适一九一〇年留美，比容闳晚了六十年。但容闳虽著有《西学东渐记》，回国后，却报国无门，最后埋骨异邦。时代之遇与不遇有如此），回来做他的"文化布道"，实际上先后遇到两种环境的反对。一种环境是由不肯改革的势力构成的，另一种则日益对混乱的现实感到绝望，认为改良及改良目标都不若社会革命来得更根本彻底，因而视改良及自由主义为必须踢开的绊脚石。

又过了几十年，几乎天翻地覆，远非"人心牵补度日"。但我们也不妨静心想想，只得承认一条：中国的事情是复杂的，复杂如理乱丝，诚非任何一种良好的意愿、良好意志所可转移，包括某种成功所并生的代价。因此胡适面对复杂丛结的问题情境，"不承认别有简单容易的方法"，主张"一步一步的作自觉的改革"（胡适：《我们走哪条路》），也未尝不值得耐心听一听。"我们要深信：今日的失败，都由于过去的不努力。我们要深信：今日的努力，必定有将来的大收成"（胡适：《赠与今年的大学毕业生》）。在这儿，"努力"表明着一种积极态度。由是，他"总是号召积极参与公共事物，但又总是注意保持个人的独立地位；总是珍重自己对政治的发言权，但又总是超乎政治之外地不愿付出卷入其间的代价；总是强调个人的独立判断能力，但又总是愿意以社会共同利益为准；总是批评社会的种种弊端，但又总是保持一种温和节制的态度，……总是祈望人类历史的不断进化，但又总是渴望看到这种进步能够取道于缓慢的调整；总是在内心深处对人的生存状态怀有强烈的价值理想，但又总是倾向于在现实层面采取审慎的经验主义方法……"（刘东：《衰朽政治中的自由知识分子》，《读书》一九八九年五期）

毋庸否认，如此这般，在理想与现实之间，在社会演进时往往指导人们行为方式的价值理性与形式理性之间，夹着摇摆犹疑，自然因不够急功近利而与现实隔膜，不免左右不能逢源，甚至落到"对牛弹琴"，反遭牛踢。本世纪上半叶的中国现代史似乎宣告了"此路不通"。不过，其所以不通，其所以让人觉得胡适十分的"书生气"，恰恰表明：任何一种模式的思想，不可能脱离某一现实的社会文化环境而独自大规模顺利滋长。尽管"五四"一代知识分子曾为改造社会文化环境做了不少努力。殷海光先生就此说道："西方自由主义的兴起，不是一天形成的简单事，它是十八世纪以来欧洲近代国邦之发展，王权衰落，自由贸易，中产阶级之壮大，诸大思想家之鼓吹，以及伴随而来的民主政治之成长等等条件辐辏而成的。在近代及现代中国，类似这些条件的条件虽然确实是在萌芽中，但是显然还没有成熟。"退一步说，既是尝试总非坦途，更不宜指望见速效。我们固然可说，胡适的自由主义的实验由于不具充分的实验条件而致顿挫蹉跎，又该分辨，实验本身的价值如何和失败与否还不是一个问题，但毋宁说，我们仍可关注此一价值（通过诸文化思想命题的探讨而揭示）的内在理由。或然，历史中不乏有那样的失败者，因其价值生活的超越性而不失虽败犹荣。

　　一九一七年，胡适结束留美学业返国，正值新文化运动帷幕拉开的时候。此后二十年，他除了做教师、校长以及参与其他社会活动（如参加《新青年》《每周评论》《努力》《新月》《独立评论》的撰稿和编辑），主要有三方面的投入：一、启蒙文化意识的宣传以及思想文化问题论辩；二、学术研究；三、社会政治思想批评。那一阵子许多引起社会注意和思想界震动的事情，新旧文化意识的冲突，胡适均在其中扮演了重要角色。在一个知识界的"早春时节"，他所贡献的思想和言论，联系着一个基本价值的革故鼎新。诸如讨论白话文问题、文学观念的变革、介绍易卜生主义、批判传统的纲常名教、以新方法整理国故、提倡科学和民主等。如今，胡适的旧作尚可重读不厌，但或许已不满足于重复所谓"反封建"一类的泛泛认识。因为深入想想，也许就会问个问题：为什么晚清之际谭嗣同已经发出"冲决罗网"的叛逆呼声却未形成批判传统旧文化、旧道德的思潮呢？换句话说，这一思潮何以在"五四"前后形成并得以扩展？

我们试着从历史的角度去看。第一，从"戊戌"到"辛亥"到"五四"，既是社会动荡危机深重的过程，也是现代意义的知识分子摆脱权威依附和旧思想秩序的过程，科举的废除和教育体系的变动以及印刷出版物作为传播媒介的大量涌现，显然给思想活跃的知识分子提供了独立的条件和活动的场合。第二，从晚清到民国初年，中国始终最感迫切的是寻求富强的问题，是面对西方文化入侵，如何调整原来的文化去适应外来文化的问题。解决问题的尝试已经走到了这一步，亦即在洋务运动、戊戌维新、辛亥革命均留下失败的教训后，价值观念层面（与"器用""制度"等文化层面相关的另一层面）的变动开始被提上反思的日程。因为价值观念毕竟是一种文化类型的核心，它在根本上决定这种文化在危机中能否作出成功的反应，决定中国能否从传统社会向现代社会转变。在这方面，具体说，首先需要破除传统的"崇古""拒变"的价值取向，也正是《新青年》一班人所做的"功"。第三，既然靠"先王先法"来解决人生和社会问题已经靠不住了，从外部吸收知识和胡适所谓的"输入学理"，便是新思潮得以产生发展的另一催化条件和知识分子的精神资源。第四，满清统治瓦解后，社会上一方面是政局混乱，另一方面也一时有"思想统制"的薄弱，使各种思想言论得以表达和碰撞。还可补充说，由于有蔡元培先生以开明的方式主持，北京大学成了那时思想文化变动的中心，如蒋梦麟所谓"将石子投入平静的水面，涟漪就会从此中心向远处扩展开去"。上述种种，未尽深入探讨，但大体可以反映胡适所参与其间的文化新思潮，虽不一定理有必至，却是事出必然，是时势使然。至于其势不可遏，尔后中国思想界又推衍出更激进的全面反传统主义，我认为当是另一回事了。"站在社会中改造旧生活、创造新生活"，这是胡适进行思想文化批评的出发点。总的来看，他对人生社会的看法不够深刻，却长于就一些具体问题提出明晰、平实的讨论，主张"一点一滴的改造，一步一尺的改造"，作为局部、渐进的改革论，胡适一贯持之，从激进的、寻求大规模彻底社会改造的思想立场去看，难免有"保守""平庸""妥协"之嫌，但说他是全面反传统主义的始作俑者之一，殊未公允。例如我们看胡适一九二二年讲过一段话：

整治国故，必须以汉还汉，以魏晋还魏晋，以唐还唐，以宋还宋，以明还明，以清还清；以古文家还古文家，以今文家还今文家；以程朱还程朱，以陆王还陆王……各还他一个本来面目，然后评判各代各家各人的义理的是非。不还他们的本来面目，则多诬古人。不评判他们的是非，则多误今人。但不先弄明白了他们的本来面目，我们决不配评判他们的是非。(《国学季刊发刊宣言》)

这种力求平实的对待历史传统的态度，总不能说是不切当的。概而言之的说法，叫作"重新估定一切价值"，叫作"研究问题，输入学理，整理国故，再造文明"(《新思潮的意义》)。直到今日，中国的知识界何尝不需要或者正在做这种"建设性的批判"或"批判的继承"？

三 立言的基本文化态度

那么，胡适以为所应取的文化态度与文化理想是怎样的呢？简单说，胡适是在《新青年》提出的"两个拥护"(民主与科学)、"四个反对"(反对旧伦理、旧政治、旧艺术、旧宗教)的基础上来作阐释："据我个人的观察，新思潮的根本意义只是一种新态度。这种新态度，可以叫作'评判的态度'。"

此话即为典型的胡适风格，把新旧文化精神的主要分际凸显出来。由此再进一步解释："仔细说来，评判的态度含有几种特别的要求：(一)对于习俗相传下来的制度风俗，要问：'这种制度现在还有存在的价值吗？'(二)对于古代遗传下来的圣贤教训，要问：'这句话在今日还是不错的吗？'（三）对于社会上糊涂公认的行为与信仰，都要问：'大家公认的就不会错了吗？人家这样做，我也该这样做吗？难道没有别样做法比这个更好、更有理、更有益吗？'……'重新估定一切价值'八个字便是评判的态度的最好解释。"（同上文）

此一显示其特定文化精神的基调，似近于科学哲学中的"合理怀疑主义"，胡适希望将它贯彻于社会思想文化批评和对传统的建设性批判中，这么立论，也基于他对经验主义两个主要支柱——经验方法和批判态度——的有效性的信仰。他后来还退一步补充说："我们的观察和判断自然难保没有错误，但我们深信自觉的探路总胜于闭了眼睛让人牵着鼻子走。我们并且希望公开的讨论我们自己探路的结果。"（《我们走哪条路》）

无论当时曲直事后功过如何，胡适的坦率总不能说不好。

平情而论，相对于不假思索和情绪当头的盲从而言，强调以怀疑为先导的重估评判，算不上非常异常可怪之论。唯其有可能矫枉过正的情形，在于离开所研讨问题的事实和背景，去作武断的裁定；正如胡适"大胆假设，小心求证"的话，也可能被理解为"以材料来就观念"或作"漫无边际的即兴联想"。即使如此，胡适立论的大旨仍可视为积极的，对因袭过重的传统文化性格不失为有所救弊开塞，对历史盲动性也有匡正意义。或许还标志着现代知识分子文化精神相对于过去形态的重大转变。

由晚清、民初迄于二十世纪三十年代，世潮激荡，中国知识分子无论在接受的渠道、价值取向、思想立场及"士风"方面，都很难说是一个统一的群体。大略而言，有在政治、文化上偏执于保守主义的一脉（强调中国文化本位），他们感叹不置：中国本身的文化传统，难道要学绝道丧，死生绝续，不容一线吗！以胡适为代表的自由主义知识分子，则不掩饰西方文化、思想给予的影响。胡适自道："我的思想受两个人的影响最大……赫胥黎教我怎样怀疑，教我不信任一切没有充分证据的东西。杜威先生教我怎样思想，教我处处顾到当前的问题，教我把一切学说理想都看作待证的假设，教我处处顾到思想的结果。"（《介绍我自己的思想》）同时，在现代中国，也还发轫出信仰唯物史观与社会革命的思想路向，而且渐趋强大，同改良主义分道扬镳，与马列主义的政治运动、群众运动相结合。

回头看，知识分子虽不免时时彷徨蹉跎，最终又都各有选择，各抱旨趣各异的文化理想和参与方式。因此，梁启超、章太炎、王国维、胡适有各自的选择，陈独秀、李大钊、鲁迅、郭沫若也有各自的选择。其间泾渭得失，不是几句话能说得清楚的；他们各自执着些什么，几句话也说不清楚。但是在追寻历史的某种意义和启示时，总可以追问，如果说胡适有他的"理"，那么他的"理"在哪儿？

前面说过，"重新估定一切价值"正是胡适立言的基本文化态度。在"五四"前后，"怀疑"与"觉醒"的倾向在一般社会思潮中泛起，有其应和现实的理由。彼时已非传统的文化轴心时代，政治统系也已解组。因此新思潮正可以填充一定的价值虚空，对一般人渴望解决的现实政治文化问题提供一定的变革方案。这或可说明，为什么提倡白话文与"人的文学"，抨孔、追求民主、好尚科学、鼓吹个性解放等都产生了巨大回响。同时这些文化变动的意义又仍然局限于使它们成为改造社会的手段，而忽视了以"个人自由"为起码要求的价值观念。

胡适固然也是主张通过思想文化途径去改造社会的一位呼吁者，但是他仍能明智地意识到，像"自由""独立"一类新的价值观念本身乃是改造社会的目的，不是可取可弃的手段。思有所依，在胡适早期思想中，有分量的一节就是他所介绍的"易卜生主义"，即健全的个人主义的人生观：

> 这个个人主义的人生观一面教我们学娜拉，要努力把自己铸造成个人；一面教我们学斯铎曼医生，要特立独行，敢说老实话，敢向恶势力作战。……欧洲有了十八九世纪的个人主义，造出了无数爱自由过于面包，爱真理过于生命的特立独行之士，方才有今日的文明世界。
>
> 现在有人对你们说："牺牲你们个人的自由，去求国家的自由！"我对你们说："争你们个人的自由便是为国家争自由！争你们自己的人格，便是为国家争人格！自由平等的国家不是一群奴才建造得起来的！"（《介绍我自己的思想》）

七十年前,敢于发这样的"直议",并不容易。就传统的"内圣外王"的精神规范而言,个人人格必先在普通人格中规定其范畴,因此特殊性的人格,超越大群的个人主义、自由权利,始终不为传统所看重。即使仅仅从文化发展的机制来看,这样的传统也是缺乏动力的。胡适在这里所强调的"个人"不应误解为"利己""自私",实际上是为"安身立命",为文化设定寻求一个有别于传统意识的价值根基。至今,中国知识分子在经历了许多历史曲折和炼狱之后,不觉得缺少这种文化精神是一大历史遗憾,而且值得深长思之吗?

"个人自由"也未尝不是一种责任,只不过它与牺牲个性去治国平天下的责任,不在一个理路上。而我们往往用后者排斥掉前者,因为现实的优先考虑总是"社会根本性的改造"。政治、经济、文化的整体革命,似乎能够为现实问题提供直接的解决方案,并满足某种"一抓就灵"的幻想。本世纪大部分时间的中国历史把希望放在了一场场"外科手术"上,而其后遗症也同时留给了自身。

四 介入公众生活

一九二〇年,胡适曾发表过题为《非个人主义的新生活》的讲演,我把它看作胡适对自己宣讲过的"易卜生主义"进行一次有限的修正。因为他的思想重心,已由"独善其身"转向"兼济天下"。前边他说过"争你们个人的自由便是为国家争自由"，此时则说"'我'是社会上无数势力所造成的"，"改造社会即是改造个人"。这个转变也许并不全然自相矛盾，但也确实反映出胡适所处的"两难"处境，——从社会做起抑或从个人做起？现实的影响，毕竟促使他回到优先考虑社会文化环境的改造上来。甚至放弃他"二十年不谈政治"的决心，走出书斋，企图以社会良知的名义去对公众生活的各个方面发表独立的思考和评论。

但是胡适对公众生活的介入又是有限、审慎的。其基本主张反映了他所执着的文化精神的另一个侧面，即：在理想目标与现实可能之间寻求一条渐进的改良途径；在诉诸整体、根本的解决办法与从局部、细节着手的矛盾之间，致力于做具体、有限的努力，不认为社会改革必须是总体性、全盘性的最终解决。在确认改革的目标（胡适称其为打倒"贫穷、疾病、愚昧、贪污、扰乱"五大敌人，并不太准确）之后，胡适提出应取的根本态度的方法，"不是懒惰的自然演进，也不是盲目的暴力革命，也不是盲目的口号标语式的革命，只是用自觉的努力作不断的改革"（《我们走哪条路》）。按说这愿望很可以理解，但致命的是，这种改革也很难落到实处，因为改革所需要的社会环境条件，恰恰为当时中国所不具备。

换个角度来看，也可说胡适的态度兼顾了文化演进中"发散"与"收敛"的二重性。他认为这是能产生"张力"的思想方法，他因为深受杜威实验哲学的影响，相信如此才是有效的："凡是有价值的思想，都是从这个那个具体的问题下手的。先研究了问题的种种方面的种种事实。看看究竟病在何处，这是思想的第一步功夫。然后根据一生经验学问，提出种种解决的方法，提出种种医病的丹方，这是思想的第二步功夫，然后用一生的经验学问，加上想象的能力，推想每一种假定的解决法，该有什么样的效果，推想这种效果是否真能解决眼前这个困难问题。推想的结果，拣定一种假定的解决，认为我的主张，这是思想的第三步功夫。"（《问题与主义》）可惜，这"三步曲"的思想功夫，正如他的"多研究些问题，少谈些'主义'一样"，除了考证学之外，竟无所运用于紧迫的社会问题领域，足以证实的只是历史对思想的困厄。

关于"问题与主义"的讨论，胡适与李大钊有同有异，同在都反对"挂假招牌的主义""空泛不切实际的谈主义"；异在胡适以为"主义"的最大危险是以为寻着了包医百病的"根本解决"；李大钊则认为："恐怕必须有一个根本解决，才有把一个一个的具体问题都解决了的希望。"（李大钊：《再论问题与主义》）此一矛盾，孰是孰非，恐怕历史经验并未给出水落石出的答案。胡适曾述及"戊戌"前贤王照所讲的一段故事："戊戌年，余与老康（有为）讲论，即言：'……我看只有尽力多立学堂、渐渐扩充，风气一天一天的改变，再行一切新政。'老康说：'列强瓜分就在眼前，你这条道如何来得及？'迄今三十二年矣。来得及，来不及，是不贴题的话。"（《王小航先生文存序》）此类令人感慨的故事当不止这一个。

五　知识分子文化精神的轨迹

　　本文无力也无意讨论胡适一生的功过是非，亦难以顾及其生命旅程的各个方面，只不过临文相晤，通过了解他的"努力"，试看中国现代史上是否有一条被漠视的现代知识分子文化精神的轨迹，并且寂寞于前，启示于后，终究只能以"任重而道远"自慰平生。胡适显然是这一远去鼓音最有意义的代表。

　　胡适是学者，也是开一代风气并引起毁誉纷纷的人物，然而他毕竟以一个诚恳的思想者形象，保持了难以抹杀的现代意义。以"探索"为标志的现代知识分子的文化精神，其价值不在于是否找到一条"唯一正确的道路"和"使一切问题迎刃而解的办法"，而是要尽可能敞开不同的道路和思想的空间。胡适故而说道："我宁可保持我无力的思想，绝不肯换取任何有力而不思想的宗教。"（《致陈之藩》）虽然他对不少事情的理解是不完善的，或者往往不合时宜，所怀的理想亦不免被历史所漠视，但价值并不能以成败穷通而论，春秋更有待评说。

　　关于胡适身上所发散的文化精神，还应补充说到其人一贯朴实韧厚的人格力量。故交知友多有忆及文字，当然也有人骂他，总之能感觉他是不肯学时髦、说假话的人。他曾自白："我的神龛里，一位是孔仲尼，取其'知其不可而为之'；一位是王介甫，取其'但能一切舍，管取佛欢喜'；一位是张江陵，取其'愿以其身为蓐荐，使人寝处其上，溲溺垢秽之，吾无间焉，有欲割取我身鼻者，吾亦欢喜施与'。嗜好已深，明知老庄之旨亦自有道理，终不愿以彼易此。"(《致周作人》)这话为致友人的私语，是很可感的。总之我们也不忍再把脏水像若干年前那样泼向他吧。

胡适一生终不免坎坷颠蹐，但亦终不弃乐观的人生哲学——"相信我们沉而再升，败而再战，睡而再醒"(这是英国诗人勃朗宁的诗句，见胡适：《我的信仰》)。正是一种自强不息的古老精神，赋予了现代内容，后来者闻而勉之，应不忘逝者的勒铭。

一九九一年七月，北京小街

吴宓

绝不从时俗为转移：吴宓与《学衡》

一九六一年七月，吴宓从他当时任教定居的重庆到广州，探望老友陈寅恪。归后于日记中写道："寅恪兄之思想及主张毫未改变，即仍遵守昔年'中学为体，西学为用'之说（中国文化本位论）。在我辈个人如寅恪者，绝不从时俗为转移。"两位人文学者的思想文化态度和信念，表现在这里，给人的印象是：虽然始终不合时宜，却保持了一贯和执着，而时俗尘嚣、潮流汹涌，或者说数十年中国思想文化潮流却朝着不同的方向变动。从这个角度去看，吴宓以及陈寅恪均是典型的保守者，或者说是文化保守主义者。在近世"思想辞典"中，"保守"往往同"革命"相对而言，又往往被解读为"逆"、为"非"。而从另一角度去看，如陈寅恪诗云"吾侪所学关天意，并世相知妒道真"，吴宓诗云"至道终难求众解，横流只合问吾身"，他们又是典型的"殉道者"。其保守，既同其安身立命的学者生涯，也同他们所关怀的人生之道联系着。

由于长期主持《学衡》杂志，《学衡》的声音又与"五四"后主流思潮相为矛盾，吴宓作为保守者的形象被否定已很久了。本文拟从复按故事入手，叩问旧题，亦有重估《学衡》的意思。

一

一九二二年一月，《学衡》创刊，它既是以中外思想学术疏证为主又兼有现实文化批评性质的一份杂志。最初的筹划者为梅光迪、胡先骕、刘伯明、吴宓等。开始以南京东南大学为基地。吴宓一九二一年秋在美国哈佛大学研究院毕业后返国，即投入《学衡》的创办。在美国留学期间，吴宓曾受梅光迪引导，受业于人文主义学者白璧德（Irving Babbitt），二人都对"五四"前后国内发生的新文化运动持保留态度。梅光迪曾致函吴宓，邀请其"来南京聚首"，并称："已与中华书局有约，拟由我等编撰杂志（月出一期），名曰《学衡》，而由中华书局印刷发行。此杂志之总编辑，尤非宓归来担任不可。"又勉语吴宓："兄素能为理想与道德，作勇敢之牺牲，此其时矣！"（《吴宓自编年谱》）

"理想""道德""牺牲"云云，也许反映当时一部分留学生的思想和进学意向。与晚清以来大批留学生中普遍存在的危亡意识和变革激进情绪有区别，吴宓等人较具传统士大夫的儒家理性色彩，强调一种适当的文化人格对于治学处世的意义。比如在谈到文学之研究时说：

　　不废实学，而尤重识见。谓古今文学固必精通娴习，
以求词义无讹，而尤贵得文章之旨要及作者精神之所在。
然后甄别高下精粗，于古之作者不轻诋不妄尊；于今之作
者不标榜，不毁讥。平心鉴察，通观比较，于既真且美而
善之文，则必尊崇之奖进之，其反乎是者。则必黜斥之修
正之。盖能守经而达权，执中以衡物，不求强同，亦不惧
独异，本其心之所是，审慎至当，而后出之。故其视文章
作家，必当以悲天悯人为心，救世济物为志，而后发为文
章。(《文学研究法》)

其持论立说，显然与陈独秀的"文学革命"论、胡适的"八不
主义"，迥异其趣。对于危亡之患，吴宓等人同样不乏痛切之
感，故在哈佛求学期间亦曾积极参加留学生组织的"国防会"
活动，具有一个普通中国人的爱国心、救国心。但他们毕竟不
是政治家、不是投身社会改造的理论家，因而始终保持在政治
行为与文化学术行为之间作出区分的"自律"意识，也可以说
不具有那种以启蒙和使命感为标志的精英情结。在辛亥革命以
后，王权秩序瓦解，民国初期的中国政治、经济状况仍然充满
忧患，但问题要不要由传统文化来负责，柳诒徵在《学衡》第
三期发表的文章《论中国近世之病源》中，对此作了否定的回答。
在批判传统文化抑或维护传统文化（中国文化本位论）的问题
上，"学衡"诸人确实颇具保守倾向。不过，值得注意和加以

区分的是，这种保守显然并非源自对现代化进程和社会变革的反感，也未可说是对"旧"的留恋，而是出自一种理性的态度，吁请开明审慎而非感情用事。吴宓在《论新文化运动》中说：

> 今欲造成中国之新文化，自当兼取中西文明之精华而熔铸之贯通之。吾国古今之学术道德文艺典章，皆当研究之保存之昌明之发挥而光大之。而西洋古今之学术德教文艺典章，亦当研究之吸取之译述之，了解而受用之。

在这儿，问题不是该不该"新"，而在于如何"新"。吴宓以为"欲造成新文化，则当先通知旧有之文化，盖以文化乃源远流长，逐渐酝酿孳乳煦育而成，非无因而遽至者，亦非摇旗呐喊揠苗助长而可致者也"。在更新文化传统的时代召唤下，对传统文化功过是非有过大量的争论。事实上又处在"不破不立"的范围内，无论革命还是守旧的意见，大抵忽略一种进行正常的思想学术讨论时所需的前提、规则，具体说，应该是在"情感中立"的原则下以开明了解为基础的。这一点，在吴宓等人创办《学衡》时，常常再三致意，也是他们同"新文化运动"主要的立场分歧之一。而由此表现着"激进"与"保守"的冲突，也是由文化态度和思维方式上的分歧而来。故而，吴宓在《学衡》上唱"对台戏"，特别声明：

> 吾所欲审究者，新文化运动所主张之道理是否正确，

所输入之材料是否精美。至若牵扯时事，利用国人一时之意气感情，以自占地步而厚植势力，是则商家广告之术，政党行事之方，而非论究学理，培植文化之本旨。

将"学理"与"用事"有所区分，亦不以一家一派之说一时一类之风而抹杀不同的声音，不简单地以"新"抹杀"旧"，这几点，可能是中国现代思想史、学术史、文化史长期忽视的。

基于此，《学衡》立刊伊始，便规定了自身问学、述学、论学的性质，明确办刊大旨在于"论究学术，阐求真理，昌明国粹，融化新知。以中正之眼光，行批评之职事，无偏无党，不激不随"，等等。这也就决定了它与"五四"前后思想文化大变动的气氛不合拍，像是一种学术沙龙，读者面既有限，也不能鼓动思潮，如一些宣传新文化的刊物那样对社会生活具有积极的参与性。当时任东南大学副校长的刘伯明，在《学衡》开卷辨言时便对举"王道之学"与"霸道之学"，谓学者以能"超越一时之好尚"为可贵：

> 吾人求学，不可急迫，而应优游浸渍于其间，所谓资深逢源，殆即此意。自得者为己，超然于名利之外，不自得者为人，而以学问为炫耀流俗之具，其汲汲然唯恐不售，直贩夫而已。前者王道之学者，而后者霸道之学者也。

如果承认历史上的成功者谋政谋道，不免是"王霸杂用"，《学衡》的这种风格态度和进学方式就颇见书生气了。用现在的话说，是脱离实际、脱离群众，其学其术难以经世致用。

《学衡》出版后的反响也证实了这种情况。进入二十世纪二十年代，经过了五四运动，由陈独秀、胡适等倡导的文学革命已产生巨大影响，所谓"扎住了硬寨"，新文化运动亦借《新青年》《新潮》等报刊媒体，逐渐由北京辐射向各地。对外来新思想的接受和对传统的批判正是新思潮的标志，影响之力颇为深远。所以很自然地《学衡》对新文化运动的批评（如梅光迪发表了《评提倡新文化者》、吴宓有《论新文化运动》一文）并未获致认真的讨论；又比如《学衡》对中国文化特质的认识，对中西文化交汇和文化道德理想的关注，亦未引起注意，甚至被冷落。在有案可稽的反应中，鲁迅评论道："夫所谓《学衡》者，据我看来，实不过聚在'聚宝之门'左近的几个假古董所放的毫光，虽然自称为'衡'，而本身的称星尚且未曾订好，更何论于他所称的轻重的是非！"（《估〈学衡〉》）胡适在一九二二年说："《学衡》的议论，大概是反对文学革命的尾声了。我可以大胆说，文学革命已过了讨论时期，反对党已破产了。"过了些年，编《新文学大系》的《文学论争集》时，郑振铎论及《学衡》："他们当时都在南京的东南大学教书，仿佛是要和北京大学形成对抗的局势。林琴南们对于新文学的攻击，是纯然的出于卫道的热忱，是站在传统的立场上来说话的。但胡梅辈（指胡先骕、梅光迪、吴宓等——笔者）却站在'古典派'的立场来说话了。他们引致了好些西洋的文艺理论来做护身符。声势当然和林琴南、张厚载们有些不同，但终于'时势已非'，他们是来得太晚了一些。新文学运动已成了燎原之势，决非他们的书生的微力所能摇撼其万一的了。"上述讥评，在新文化运动意气方遒的感觉中说出，虽据事而言，论事却不免缺乏了解的基础，颇有历史上习见的"成王败寇"论调。情况之于《学衡》，大抵体现了一种比较尴尬的"文化错位"和"历史误解"。后来的史书（主要是文学史书），基本上沿袭了对《学衡》的否定性评价。

尽管如此，《学衡》仍维系出版了十一年时间（一九二七年因中华书局暂不续约，停刊一年，一九三〇年因吴宓游欧休刊一年），合计出刊七十九期。吴宓负责始终，担任总编辑、干事（从第三十二期起署干事柳诒徵、汤用彤），中间还曾个人斥资补贴出版费用。至一九三三年，因编委发生意见分歧（主要是同胡先骕的分歧），吴宓辞卸职务，改由缪凤林继任。嗣后，《学衡》事实上未再出版。十一年间，这个园地聚会了一些教授学者，论学问道，主要就文史哲知识领域讨论、考证、译述。主要撰稿人还有王国维、柳诒徵、胡先骕、缪凤林、景昌极、刘永济、林宰平、汤用彤、吴芳吉、张荫麟等。吴宓共计在上面发表文章四十五篇（包括翻译）。该刊"文苑"栏之旧诗文不计，其"述学"部分多为古代文史研究，"通论"部分的言论则以介绍、阐释人文主义思想为主，对白璧德的著作介绍较多（后梁实秋曾辑为《白璧德与人文主义》一书，由新月书店一九二九年出版），也兼谈教育、道德、学风及社会主义问题等。但总的来看，《学衡》开展的思想文化批评，偏于学理，很少楔入社会现实问题，也不大参与二三十年代的若干思想文化论争。作为一个学术性刊物，《学衡》的路子大致可说是"中学为体，西学为用"。陈寅恪在《学衡》上发表过《与妹书》以及悼念王国维先生的文字，投入不多，但在精神上与《学衡》相通，只是不大赞成吴宓为编杂志"过耗精神时间"。吴宓曾因此感到处境之矛盾："处今之时世，不从理想，但计功利，入世积极活动，以图事功，此一道也。又或怀抱理想，则目睹事势之艰难，恬然退隐，但顾一身，寄情于文章艺术，以自娱悦，而有专门之成就，或佳妙之著作。此又一道也。而宓不幸则欲二者兼之。心爱中国旧日礼教道德之理想，而又思以西方积极活动之新方法，维持并发展此理想，遂不得不重效率，不得不计成绩，不得不谋事功。此二者常互背驰而相冲突……"（一九二七年六月十四日日记，见《吴宓日记》第三册）相比较而言，吴宓作为《学衡》的中坚，更是一位不肯放弃理想和道德努力的理想主义者。

二

《学衡》创刊伊始，即呈现保守姿态于文化变革的环境中。上面说了，保守，首先在于思维方式上反对"偏激"和"简单化"的倾向以及思想学术上的实用主义。同时，这种认知方式自然要落到对传统的认识态度上，而"五四"前后的文化变革，"反传统"恰恰是一关键。比如当时的"白话与文言"之争和文学革命都因作为反传统意义上的突破口而引起重视；比如以为"用白话代替文言"，也就意味着以新文学代替旧文学（按胡适说法即活文字代替死文字），意味着对传统的突破。这就是后来常说的革命与保守的斗争。虽然表面说来，白话文之需要，乃是——按周作人的说法——"因为要言志，所以用白话"，又，"新的思想必须用新的文体以传达出来，因而便非用白话不可"，然而事情的深一层性质，亦如周作人所谓：反对文学革命的严复、林纾"看出了文学运动的危险将不限于文学方面的改变，其结果势必使儒教思想根本动摇不可"（周作人：《中国新文学的源流》第五讲）。这个"全面反传统"的性质，尔后在历史中逐渐明确起来。

不过，当时《学衡》上有些针对文学革命的议论，却往往还局限在问题表层的争辩上。如梅光迪、胡先骕认为文言能够而且能更经济地表达思想感情，认为"进化论"不适宜说明中外文学史的变迁，等等。其实，白话文作为通俗文体工具的意义至为明显，两种工具，一难一易，人们自然愿意选择"易"的。说古文是"文以载道"不免迂腐，后来的白话文又何尝不"载道"？当时关于中国现代化中的文化变迁问题，实质还是离不开对"传统"的价值评价。沿着文学革命和思想启蒙之思路来的，是"不破不立"的态度。如陈独秀在《新青年》上的文章提出，中国需要"改弦更张"，认为中国旧有文化和社会制度落后于欧洲几近千年，已经一文不值，甚至说，"吾宁忍过去国粹之消亡，而不忍现在及将来之民族不适世界之生存而归削灭。"忧患深切，因而把问题提得很极端。另一方面，对新文化运动持异议者，如吴宓等，则不赞成对祖国传统文化作全面否定抨击，与强调传统同现代的对立不同调，他们更愿意重视传统与现代之间的传承关系，希望使传统在现有的基础上完善改进。吴宓的保守文化态度，不必简单地概之以"抱残守缺"，实际上更多地源于他所领受的中西人文主义传统的熏陶和知识训练，并且感同身受有所体验。他的一个基本文化观念，不是进化论的，而是古典式的，比如他极为赞成安诺德对文化下的定义——"文化者，古今思想言论之最精美者也。"因而合理的变迁，主要同传承中的创造有关，而非打碎旧的皮囊换个新的。所以他说"今欲造成中国之新文化，自当兼取中西文明之精华而熔铸之、贯通之"。

当然，这条不乏开明理性的思路，亦有缺失，即对传统的认识偏于理想化，未能对晚清以至晚明以来中国传统文化体系的价值失落趋向作出解释。

但吴宓在这儿仍然坚持了一种不能轻视的文化态度。比如他在谈到"文学的创造"时，开始就说"宜虚心"，第一是非如此不能体认经典的价值，第二是非如此不能有所创造。对文学本身的价值亦须尊重，他反对把文学作为宣传新文化运动主张的"器械"。胡适主张改良文学时提出的"八不主义"，第二条为"不摹仿古人"，吴宓则针对地讲"宜从摹仿入手"，在他体会，创造有三阶段："一曰摹仿，二曰融化，三曰创造。"这些，似不宜视为褊狭的经验，对传统的尊重同迷信大概是两回事。所以吴宓曾引白璧德的意见为己见："故复古派趋一极端，今人反之而又趋他极端，欲为新奇，而竟流于乖僻。今思救其弊，则仍须返于中庸……而所当务者，则为熟读古人之佳书名篇，于以见人类所留遗之最高尚之思想言行，陆离彪炳，铭刻其中，更须继往开来，自为述作，比踪先哲，所作不必务为奇诡乖异而当显示人生之要理、偶有所悟而寻常不及见者，于是古人灵明睿智，既得传于今，而今人本其新得之经验，亦可以其灵明睿智并传于后世也。"（《白璧德之人文主义》，马西尔原作，吴宓译，《学衡》第十九期）

在这儿，中庸，作为一种入世态度，或者作为一种文化观，均不免有保守意味。然而作为一种理性的世界观照，或者就文化人格、情怀气度而言，也还值得留意或有所思。宿儒所谓"学而时习之""吾日三省吾身"以及"内圣"，等等，一直特别注重人格修养，道德学行于求道是要紧的前提，是得以安身立命的基础。不论世俗的看法是否已大大偏离此道，吴宓等人却孜孜于此道德境界，即而不离，并始终与论述学理、鉴察知识联系一道。所谓"江流世变心难转，衣染尘香素易缁。婉转真情惜独抱，绵绵至道系微丝"，（吴宓:《落花诗》之一）执着弥深，殊难以"新旧""进退"率然轻之。吴宓的知友吴芳吉著《再论吾人眼中之新旧文学观》一文，亦将此种怀抱坦然公之，文末概说"自己的态度"，也是对传统文化的态度，兹略记几条：

　　一曰，从事文学乃终身之事，非可以定期毕业者也，吾人长愿以此嗜好文学之热忱，学习于古人，学习于今人，学习于世界，学习于冥冥，而永远为此小学生之态度。

二曰，文学之美，非一家一派可尽有也。美不可以尽有，则各家各派皆必有所短也，吾人但愿取其长而去其短，以为我之辅导，而有容受一切之态度。

三曰，人伦之可贵，以其互助而乐生也，文学之演进，以前人后人之相续也。吾人之知，前人之赐也，前人之志，吾人之事也。前人之不逮，正赖后人以补救也，何忍诟骂之也。吾人故有崇本守先之态度。

四曰，文学非政党也，异己者虽多，理之所当然也。……唯其异己者多，益见文学之博大无方也。吾人故抱人我并存之态度。（《再论吾人眼中之新旧文学观》）

后面接着还讲道"不求成功之态度""不怕失败之态度""愿有因文以进德、因德以修文之态度""永有改进向上之态度"。诸如此类，可看作"保守"的注脚，也表现在虚心地对待传统时发展传统的意愿。问题当然也有传统值不值得如此对待的问题，而历史过程给出的情况是"全面反传统"所引发的文化破坏，后果消极已有目共睹。回过头来不妨说："一个传统若有很大的转变潜能，在有利的历史适然条件之下，传统的符号及价值系统经过重新的解释与建构，会成为有利于变迁的'种子'，同时在变迁的过程中仍可维持文化的认同。在这种情况下，文化传统中的某些成分不但无损于创建一个富有活力的现代社会，反而对这种现代社会的创建提供有力的条件。"（林毓生：《中国传统的创造性转化》）虽然在二十世纪二十年代吴宓及《学衡》诸人便认同此看法，这种情况却毕竟难以实现，究其因，固在于缺乏"有利的历史适然条件"，二十世纪中国的文化冲突，遂无序演变，愈演愈烈。

三

　　吴宓在《学衡》上发表过《论新文化运动》《我之人生观》两文，二十世纪三十年代有讲义稿本《文学与人生》。了解二十世纪中国文化保守主义，它们算得上有分量的思想资料。分量，不在于辩言的观点和方法是否聪明，也不在于所执着的态度，而是由于提供了文化观念形成的思想来源，亦即他所谓的人文主义精神及其宗教和道德哲学的基础。它带有精神对现实的超越性。

　　表现之一，亦即对"保守"作出阐释的，首先是宗教情怀。吴宓本人并非"教徒"，但他比较理解，宗教信仰的重要作用就在于它能提供人成为有道德的人所必需的动力。如其所云："宗教之功，固足救世，然其本意则为人之自救。……宗教之功，固足救也，然其本意则为人之自救。……宗教之主旨，为谦卑自牧。真能内心谦卑者，虽不焚香礼拜或诵经祈祷，吾必谓之为能信教者矣……唯内心谦卑之人为能克己，人不能克己，则道德必无所成。谦卑为宗教之本，克己为范德之源。此所以宗教实足辅助道德，而若宗教全然熄灭，则道德亦不能苟存也。"简言之，东西方的宗教无论其形式如何，都有一种基本的精神、内质，即令人培养起"尊敬虔诚的心情"。在历史上它支撑起文明，并与道德和精神学问的培植相通。

在这一倾向背后，吴宓设定了"三层次"的人生图景：

> 凡人立身行事及其存心，约可分为三级。（一）上者为天界。立乎此者，以宗教为本，笃信天命，甘守无违，中怀和乐，以上帝为世界之主宰，人类之楷模……（二）中者为人界，立乎此者，以道德为本，准酌人情，尤重中庸与仁恕二义。以为凡人之天性皆有相同之处，以此自别于禽兽。道德仁义礼乐政刑皆本此而立者也。人之内心，理欲相争，以理制欲，则人可日趋于高明，而社会得受其福。吾国孔孟之教，西洋苏格拉底、柏拉图、亚里士多德以下之说，皆属此类。近人或称之为人本主义，又曰人文主义（Humanism）云。（三）下者为物界。立乎此者，不信有天理人情之说，只见物象，以为世界乃一机械而已……以为人与禽兽实无别，物竞天择优胜劣败，有欲而动，率性而行，无所谓仁义道德等等。凡此皆伪托以欺人者也。若此可名为物本主义（Naturalism）。……西洋自近世科学发达以后，此派盛行，故忧世之士，皆思所以救之。吾国受此潮流，亦将染其流毒，然当速筹调和补救之术也。（《论新文化运动》）

吴宓看到他所谓"物界"在近代的膨胀、主宰，以此为惧，而特别诉求于道德精神的复归。所以他的人生观实在是"理想主义"的。这情形正如商业化社会中人们所不屑谈的——"道德多少钱一斤？"但吴宓的想法属于长远考虑，即如他指出"宇宙间之事物有可知者，有不可知者"，"可知者有限，不可知者无穷，故须以信仰及幻想济理智之穷……又须以宗教、道德成科学之美。"（《我之人生观》）这是关于人类文化本体性质的一点洞见。虽然近世机械主义、功利主义、科学主义思潮对人文主义冲击力甚大，但吴宓从留学哈佛师事白璧德、穆尔时起，就在世界和中国文化危机的背景中选择了人文主义作为安身立命的"道"，将《学衡》作为"论道"的人文主义堡垒。

人文主义的出发点，是将物质之事理与人生之事理作一区分："盖人事自有其律，今当研究人事之律，以治人事"，而且就物质与精神二元来说，宗教、道德、文学艺术等人文活动是很重要的，它不能被科学以及政治、经济所取代。人文主义或者说吴宓所遵循的思想方向，包含信仰、道德、想象、意志、爱等实证科学和哲学所难以衡量的内容，是一种关于精神和人生价值的学问，同时也是对现实的广义文化批评。由此，吴宓指出："物质之学大昌，而人生之道遂晦，科学实业日益兴盛，而宗教道德之势力衰微，人不知所以为人之道。……人文教育即教人以为人之道与纯物质之律者相对而言。"（《白璧德中西人文教育谈·按语》）

以"人的原则"为最高原则，人文主义拒绝科学崇拜，否认人的完善及其价值生活可以通过科学进步来实现。它肯定传统的文化连续，认为进步是传统的不断吸收与适应，文化是有机生长。与宗教的出世倾向不同，人文主义讲入世，讲有所不为中的有所为，但与此同时，人心亦需要宗教式的塑造，调适理性、情绪、欲望，因此人文主义主要关切人的内心生活质量，寄望于通过个人的修养，浸透于人生经验的反省和不懈的道德实践，同时借助于意志的想象的力量，达到精神的超越，从而在现代人生的矛盾处境中获得安宁。

还应该指出，人文主义不仅同"唯科学主义"（与传统的世界观不同，唯科学主义认为宇宙万物的所有方面都可通过科学方法来认识，科学及其引发的价值观念和假设可以诘难直至最终取代传统价值主体）划清界限，而且反对人道主义的扩张。比如人道主义重"解放"，但人文主义强调，人不能顺其天性，自由胡乱扩张，应使人性为有节制之平均发展。与人道主义重"博爱"相区别，人文主义重选择："失彼君子之造福于世界也，不在如今人所云之为社会服务，而在其以身作则，为全世界之模范。"换句话说，与其"兼济"不若"独善"，或者于"独善"中"兼济"。吴宓确信"自治"的选择是最好的，由此方可推及于国家、社会。他相信贵在做一个"真正的个人主义者"，能坚守"内心生活之真理"是人生的进境。尽管在孤绝的价值与世欲之间存在巨大的矛盾，人文主义者仍不肯认同"干涉"的合理性。自然，这同大规模社会改造理论是极不合拍的。

最后，联系吴宓所服膺的人文主义，还应谈谈他文化观中的"道德本位"，所谓"维持圣道之苦心"，如何以人文主义信条代替宗教，所谓世事纷纭，"唯有探源立本之一法，即改善人性，培植道德是也"（《白璧德论民治与领袖·译序》）的根据何在？

对前一问题的回答，是考虑到近世由于物质之学（科学）

大兴，宗教的影响涣散衰退，经验的力量逐渐大于超验的力量。这时只有从经验和事实出发，将道德的讲求作为为人之道以及择定行事之是非标准。比如说儒家所讲的传统道德规范，中庸、忠恕、节制等，诚心地遵循，皆可帮助人们处理与周围世界的关系，有助于安身立命，直至视道德为"至真至乐，如衣食生命之不可须臾离者"。由此，"宗教道德之名义虽亡而功用长在，形式虽破而精神犹存"。

考虑后一个问题，即回答为什么要给文化变迁中的人生以一个基本的价值依据，没有道德理想和实践，人还可以为人吗？对此，吴宓是从本体论的世界二元构成说来给予解释的。他认为，无论中西古今诸般文化现象都处在"一"与"多"、"理念"与"浮象"、"精神"与"物质"、"定"与"变"、"善"与"恶"、"绝对"与"相对"、"个人"与"环境"、"静"与"动"、"信仰"与"知识"等一系列二元关系中，而且宇宙也好，人的存在也好，都不出"一"与"多"、"神"与"自然"两者的基本关系，这关系也可用"道器""体用""本末"来描述。那么道德的位置何在？也许正是"一多"关系得以维系发展的主要价值根基，是神性在人性中的体现，是历史进程中人文原则的载体。道德的发源正源于人性本身是有善有恶、亦善亦恶的。也正因为如此，人的主体性才召唤出道德感："克己者，所以去人性中本来之恶。而复礼者，所以存人性中本来之善。合而用之，则可使人性企于完善，而积极消极为公为私之道德皆可彰明完备矣。"（《我之人生观》）在吴宓看来，克己复礼，意味着寻求"适宜""中度"，即以适当的"精神上行事做人之标准"来衡量生活。简单说，由于突出了只有道德才能使人成为人，人格的提升在历史文化中成为了重要的指标。这正如康德在谈到道德义务的崇高根源时所说："这个根源只能是使人类超越自己（作为感性世界一部分）的那种东西，只能是把他同唯有知识才能加以思议的一个（较高）事物秩序结合起来的那种东西……这种东西不是别的，就是人格。"（《实践理性批判》）

吴宓自述，他本人亦曾经历了"浮士德"式的精神游历过程，即"由情悟道"，"自放于不道德，——涉历之后，深知其中之利害苦乐，然后幡然改途，归于道德"（《我之人生观》），于是，"从生活的痛苦的经历（由于政治、爱情或战争等来的）到逐渐理解和信仰上帝的世界（宗教）"（《文学与人生》），便在"多"和"变"的世界中不失"一"和"定"的把握。作为一个诗人和在大学中讲授诗学的教授，他同时更像是一位具有宗教气质的道德家。他对道德行为的分析、选择颇为明确，即不取（一）因袭的、没有理智与感情之行为，（二）革命的、基于教条和叛逆情绪之行为，他选择的道德行为是和谐的，基于完美理性和善良情感之行为。（《我之人生观》）

四

保守，这个词在中国现代史上有守旧、因袭、封闭、惰性的含义。如果我们可以中性、描述性地使用它，那么，也无非是一种状态，如同战场、球场、棋盘上的攻守异势，守，也有守的道理。况且保守也有气质性格上的、政治上的、文化上的种种不同范围和表现，这就不宜笼统论之。比如文化保守主义——如果姑且说吴宓及《学衡》是与激进的反传统主义对立的话——也未尝不表现着一种批判性的建设性的思维，是可以参与历史对话的不同声音。

具体看，二十世纪上半叶中国的社会环境不稳定，思潮起伏变化之大也是空前的。相形之下，不少曾以"新"著称的观念、理论、知识与人物转瞬又落于"保守"。"变"似乎已是时代之标志（许多知识分子都在主动或被动地变），但吴宓及《学衡》诸人以守常处之，看来也就同守旧的国粹派差不多。实则不然，实际上有着差异很大的思想视野。当人们想象吴宓不过是一个"冬烘先生"时，他自己却说：

> 世之毁誉宓者，恒指宓为儒教孔子之徒，以维护中国旧礼教为职志，不知宓所资感发和奋斗之力量，实来自西方。质言之，宓爱读柏拉图语录及新约圣经，宓看明（一）希腊哲学（二）基督教为西洋文化之二大源泉及西洋一切理想事业之原动力。而宓亲受教于白璧德师及穆尔先生，亦可云宓直接继承西洋之道统，而吸收其中心精神。宓持此所得区区以归，故更能了解中国文化之优点与孔子之崇高中正。（吴宓诗话·空轩诗话二十四）

保守与激进的不同选择，也许反映了近代以来中国知识分子在接受西方影响上的不同取向。吴宓与《学衡》派知识分子的思想资源，取之于以古希腊哲学和艺术、基督教文化到古典人文主义的知识传统，因而同形成巨大冲击的进化论思潮、科学主义、唯物史观等无以共流。唯其持守"重道轻术"的立场，因而不肯趋时阿世曲学："乃知达观士，其心与俗殊，功利时不计，唯望道充符。"不可与假道学混为一谈。这一点，一方面受了陈寅恪先生为学贯通中西触类旁通之影响，另一方面，从在美留学时起即自觉植根本多从精神之学问入手，守义利之别，唯以义命自安。当时陈吴二人对中、西、印文化作过比较，有一番体会，既不认为祖宗那儿什么都好，也不附和所谓"西方重物质中国重精神"的皮相之见。据《吴宓日记》记：

> 中国之哲学美术，远不如希腊。不特科学为逊泰西也。但中国古人，素擅长政治及实践伦理学。与罗马人最相似。其言道德，唯重实用，不究虚理。其长处短处均在此。长处即修齐治平之旨，短处即实事之利害得失，观察过明，而乏精深远大之思。故昔则士子群习八股，以得功名富贵，而学德之士，终属极少数。今则凡留学生，皆学工程实业，其希慕富贵，不肯用力学问之意则一，而不知实业以科学为根本。不揣其本，而治其末，充其极，只成下等之工匠。境遇学理，略有变迁，则其技不复能用。所谓最实用者，乃适成为最不适用。至若天理人事之学，精深博奥者，亘

> 万古，横九亥而不变。凡时凡地，均可用之。而救国经世，
> 尤必以精神之学问（谓形而上学）为根基。

由此可窥知陈寅恪、吴宓的文化本体论大旨。彼时谈话还涉及了佛教传入中国后对中国文化的重要影响，他们显然是从中西汇通的途径去理解与传统的关系的。因而对西学不仅评价甚高，且对其"以精神学问为根基"之旨深有契会。不妨说，这也正是吴宓所欲保守的"道"吧。"道"在人心，即"安身立命"所寄托的意义与归宿。个人自然有穷或达，但是：穷，并不等于隐居、冻馁、山林；达，并不等于显宦、廊庙、皋比；穷，等于道穷；达，等于道行。而实际上，他们又只能是"穷而独善其身"。（《文学与人生》）"飞扬颇恨人情薄，寥落终怜吾道孤。"二十世纪的中国，复杂的历史情况和寻求速效事功的动力，已使体现为精神学问的"道"变得缥缈恍惚了。记得是冯友兰先生说过："历史上的斗争是靠实力进行的。没有实力，专靠理论是不行的。……有个笑话说：关帝庙、财神庙的香火很旺盛，有很多人去烧香。孔子有点牢骚。有个聪明人问孔子，你有关公的大刀吗？孔子说没有。又问：你有财神爷的钱吗？孔子说：也没有。那个人就说，你既没有关公的大刀，又没有财神爷的钱，那当然没有人理你，你何必发牢骚呢？"（《三松堂自序》）这情形似可说明文化保守主义的命运。

一九九二年十二月改定

144

辜鸿铭

菊花插得满头归：由头发说到辜鸿铭、林语堂

头发

　　《鲁迅全集》第一卷《头发的故事》，有句对白："老兄，你可知道头发是我们中国人的宝贝和冤家？"未免匪夷所思。头发不就是头发吗？脑袋上长出些纤维状的物质，或直或曲或粗或细或红或白或黄或黑，都不算异事，人们大可心安理得。除了早早"谢顶"或遭了"鬼剃头"的，要自己发愁投医，但此种人毕竟不多。至于人为什么要长头发，则颇难考证。人从猴子进化来，无用的尾巴已渐渐退化了。头发也几无用场，其功能却不萎缩，反于人有许多的名堂，想是因为头发乃于头顶上盘踞的缘故，上者尊下者卑，人体也不外"势利"如是。又，正因为没什么要紧的用，便不妨生出许多花样来，似乎人类个性于兹也可见一斑了。眼下，虽然我常为能剪个低档头而觉不

便，但世上究竟以头发为宝者居多，秀发如云，发式亦即时式。摩登女士在头发上变出的花样，一般人说不大清，反正美发廊、护发美发产品之兴旺发达，大赚其钱，总归系于一发之间。感谢上帝安排——没有头发，该有多少人如丧考妣！至少，不以花样博览论，头发的整饬光洁度若较差，在高朋满座的风雅地方，总要埋汰几分，有落伍之嫌。

现代人的头发观，比较讲究也比较实际，比起过去的景况，自然开通多了。孔夫子云："微管仲，吾其被发左衽矣。"后来辜鸿铭又说，"微曾文正，吾其剪发短衣矣"。很有些把头发的安排或服装的打点看得如安身立命一般要紧。可到后来，是披发是剪发，各由其便，"左衽"短衣的流行，也已司空见惯。倒也未见亡国灭种、道德沦丧。

好像怎么都行。可历史上又不如其然。从古到今，头发之重要——用新学问来解释——乃因为是符号（文化的以至于政治、经济的符号），由于在头顶上，这符号亦比较别处为重要，虽其实不过人弄的把戏，与头发本身无涉的。比如，和尚剃头是出家的标志，几世纪前欧洲男子戴假发是华贵的标志，清末有"洋毛子""二毛子"之"归纳法"，"文化大革命"中红卫兵男的"平头"、女的"刷子"，是"革命造反"的标志，而"牛鬼蛇神"发之被"髡"（如有"阴阳头"之发明），昭示"反动"之凿凿，等等。

所以鲁迅说头发是中国人的宝贝和冤家，不但一点儿不错，恐怕又不仅是在论头发的二重性。兴许在那头发后面，还有哲学、历史学、心理学哩。有人遂了理想，有人遭了痛苦，尽管实在有点儿犯不上。

冯骥才作小说《三寸金莲》，由器悟道，说女人的小脚里头，兴许就藏着一部中国历史，也未可知。关于头发或者男人头上的辫子，可打些折扣——若没有头发如何收拾这码事，中国历史诚然会少些冲突、热闹。

为头发而煞有介事或倒霉难受，以明、清两季为最。明季满族人来了，入主天下，不能置头发于不讲，非有"前剃后辫"的规矩不可，连唐宋文人那种"散发弄扁舟"的份儿也不准了。斧钺来讲道理，国人的辫子便拖定了。这给人的印象颇深。所以鲁迅后来说："我们讲革命的时候，大谈什么扬州十日，嘉定屠城，其实也不过一种手段；老实说，那时中国人的反抗何尝因为亡国，只是因为拖辫子。"到辫子在国情里笃定了，可还不能让头发平静。鲁迅又说，想不到洪杨又闹起来了，"我的祖母曾对我说，那时做百姓才难哩，全留着头发的被官兵杀，还是辫子的便被长毛杀"！及至辛亥革命的前后，辫子的去留更成大是大非的矛盾。好在前贤们终于毕其功于一役，谢天谢地，革命将辫子变作古董，使我辈有脑后轻松的幸福。不过那时也不容易，因为斗争尚在胜负未明之际，游离在剪与不剪之间，也大有人在，他们免不了和剪"猪尾巴"的执行者大捉迷藏，或者练上一段百米赛跑。"二狗子，你的辫子还没剪啊？""我告诉你说，不能留光头啊！好多人在传说'宣统还朝，秃子开瓢'哇！"

留也痛快，不留也痛快，唯在留与不留之间者，虽然暧昧，也最有滋味：说是不好吧，其实可进可退；说是好吧，又怕有不虞之毁。这就需要智慧了——大约聪明的办法是盘起来，堆在顶上，不妨算是"咸与维新"兼"保存国粹"，也算"未庄模式"，可盘可放，随其所宜而适也。诚然是个不坏的法子。至于阿Q盘了辫子却终至被枪毙，原是另外有因。而曾经万分英断的赵秀才终于因剪辫而号啕，那是不巧碰到了"不好的革命党"。总之，这盘、放原理在解决历史之"头发主题"方面，够得上柳暗花明又一村，或许仍积淀在心理上，时时给已经无辫的后人以影响。

辫子与辜鸿铭

时代真是进步了，变化的证据当然能在头发上找到。这不仅是指男人由必须拖辫到应该去辫，毋宁说，好在大多数可免了这份罪过，而愿意拖的也不妨还拖。总之，发型的问题归到个人的事。"头发一律"怕是与专制思想有关。我们虽说不喜欢留"猪尾巴"，但也不必去管别人的头发。民国以后，当皇帝也剪了头发时，蓄辫的也还有，其中有位辜鸿铭，在这方面还要做处士横议，至死不渝，在封建遗老中，算是最怪的一位了。

辜鸿铭之古怪——如不合潮流、守旧僵化、特立独行、桀骜不驯——大约与常人常情别于三途：一、身世浪漫传奇；二、思想、情感、行为的守旧执一；三、逆境中有一套精神胜利法。

先说第一桩。若是沐礼教世泽在传统中熏过来的人，要做孤臣遗老也还不怪，辜鸿铭却在格外。他是生在马来亚的华侨，其母为西洋人，从十岁起即去英国受系统教育，获爱丁堡大学文学硕士学位，后又游学欧洲，在巴黎、莱比锡等处大学获得十余项学位，可说西化透彻。但他愿意回来寻根、做事，而且一回来就扎根不走了，不能不说他对中国有特别的感情和认识。爱国爱到骨子里去，他爱中国的一切，从典章制度、哲学艺术，直到官员的朝服、女人的裹脚布。由西化到中化，一个一百八十度的大转弯。大概因濡染之深吧，与一般的留洋学生不同，他偏爱同洋人"较劲儿"。据说，有一回在英国乘巴士，遇见一帮趾高气扬的洋佬，洋佬露出瞧他不起的架势。辜鸿铭不动声色掏出一份报纸来看。洋佬们一看，个个笑得五官挪位："看看这个大老土，连英文都不懂，还要看报！你瞧他把报纸都拿倒了！"辜鸿铭等他们笑罢，也不慌不忙，用流利的英语说道："英文这玩意儿太简单，不倒过来看，还真是没什么意思！"

辜氏回国后，长袍马褂、瓜皮小帽，头发也皈依了辫子，娶中国式的一妻一妾，先为湖广总督张之洞幕僚，后为清廷外务部官员，再后为北大教授。一九一六年蔡元培长北大，聘辜氏讲英国文学。在北大这块新文化园地，拖着辫子讲英国诗，是殊难想象的奇观，但也正见出蔡元培主学术自由、兼容并包方针的了不起处。蔡氏当年的声明说："我聘用教员以其个人的学问、造诣为原则，在校授课以无悖于思想自由为界限……本校教员中如有脑曳长辫而持复辟论者，如果他所讲授的在英国文学的领域之内而无涉及政治，本校亦没有排斥干涉的理由。"蔡氏的道理可能还在于：如果容量太小的话，排斥异己，今天有排斥这个的理由，那么明天便有排斥那个的理由，学术的封闭也便假"理由"而行。辜鸿铭对此大概有知遇之感，所以当五四运动起来时，他便要和蔡元培同进退。其实，蔡是革命党，辜氏倒也敢说："蔡元培和我，是现在中国仅存的两个好人，我不跟他同进退，中国的好人不就要各自陷入孤掌难鸣的绝境了吗？"别人问他"好人"之说如何解释，他答："好人就是有原则！蔡先生点了翰林之后，不肯做官而跑去革命，到现在还是革命。我呢？自从跟张之洞做了前清的官，到现在还是保皇，这种人什么地方有第三个？你告诉我！"

一九二八年，辜鸿铭在风雨飘摇中死去，他的信念、希望只能殉葬了事，被人渐忘。不过，由于他的译笔，《论语》《中庸》被介绍到西方去，加上他的西文著作的影响，名声在国外似也不小，连托尔斯泰、勃兰兑斯都很看重的。在东西文化交流这一方面应承认他有功劳，像他那样的中西文造诣，世上真是不多。他死后，有位外国作家勃朗特夫人曾对他的英文诗大加赞赏，感慨说："辜鸿铭死了，能写中国诗的欧洲人却还没有出生！"

续说辜鸿铭与辫子

比较一下辜鸿铭的拖辫子与赵秀才式的"盘放党"，可能前者要好一点儿。好处在直率、不虚伪。至于他在各方面反对变革，倡言守旧，则不免多为强词夺理。像他为纳妾辩护时的理由——"一个茶壶配四个茶碗"，若别人说"一个碗里放两个调羹准得磕碰"，又如何呢？至于颂国粹、骂新文化，似乎迂阔，其实多在怪僻、多在自以为是，与人逆着来。他书写苏东坡的句子给搞复辟的张勋：

> 荷叶已无擎雨盖，菊残犹有傲霜枝。

擎雨盖指官帽子，傲霜枝当然是指两人同气相求的辫子了。爱辫子是个象征，爱清廷他以为即是爱国，其实他爱的是自己的理解，爱自己所喜欢的价值观念、思维和生活方式。其言其行，无不表现其爱的情结之深。

不过不如此也便不是辜鸿铭。承认这"怪"有它供参照的意义，不如此亦不成其为历史——历史总不是一种声音构成的。比如他抨击一知半解、食洋不化的陋习，讲过一则挺"损"的故事：

> 有一段时间，中国沿海及内地瘟疫流行，死了很多人。国内医生个个束手无策，最后不得不向西方国家求援，重金礼聘一位名叫"鬼放得狗屎"的专家渡海东来，考察一番。鬼放得狗屎先生到了中国，马不停蹄游走，详细观察，最后提出一份报告说："贵国所流行的疫症，其实并不疑难，只是狗放屁所引起的。因为狗这种东西体性偏凉，不能乱吃杂七杂八的食物。在我们欧美各国，狗所吃乃是专家调配处理的狗食，所以全都健康强壮。而贵国狗所吃的却是

不经选择的残渣剩菜，长久下来，消化不良，五脏六腑中郁结的秽气又不能下通，积变为毒，由其口出，这便是引起瘟疫的毒气了！总而言之，贵国的瘟疫百病，皆是由于'狗屁不通'所引起的。"

此外，这老头儿还有许多指弹时弊、嬉笑怒骂皆成文章的言论。《读书》杂志某期上有篇《怪文人辜鸿铭》，记了不少，可以复按。该文还提到有位温源宁先生概括辜氏的狂怪为天生要反潮流，跟时尚拗，所以便闹成一个很矛盾的形象："一个鼓吹君主主义的造反派，一个以孔教为人生哲学的浪漫派，一个夸耀自己的奴隶标帜（辫子）的独裁者。"这是怎样的一种人格心理结构？不过，假如我们听到有人说"我是公仆，但一切都要我说了算"时，也并不一定很奇怪吧。

这个问题可以留给社会心理学家或历史心理学家来研究。

精神胜利法

关于精神胜利法，也许是辜鸿铭现象中更值得研究的部分。与阿Q不一样，阿Q善以柔克刚，被人打了，便说反正"儿子打老子"，圆圈画不圆，便说"孙子才画得圆"。辜氏另一路。第一，在遇到中西比较这种问题时，强调精神，不强调物质，总是说我们的精神文明好，西方讲物质文明出了问题（至于西方有无精神文明他不管）。不论如何，"君子喻于义，小人喻于利"，"以小人之道谋国，虽强不久，以君子之道治国，虽弱不亡"。第二，他有自己的是非观，同别人的是非观拧着，利用事物都有长短的特点，专以此之长制彼之短。第三，除了讲自己的一面之理外，对问题不大认真讨论，常常出之以幽默来搅和，所以多少能以智取胜，不像阿Q那般"我们先前阔多了"的拙论。你看，他主张纳妾，别人反问他为何女人不可以多招夫，他只答：当然不可，你见过一个茶壶配四个茶碗，哪里见过一个茶碗配四个茶壶！问题似乎便解决了。据说，日本首相伊藤博文曾对他说："听说你留学欧美，精通西学，难道不知道孔教能行于数千年前，不能行于十九世纪之今日吗？它已经是古董了！"辜鸿铭反问他：

> 数学家教人加减乘除，数千年前是三三得九，数千年后还是三三得九，难道还会三三得八吗？不过阁下说的也不是完全没有道理啦，这十九世纪的数学是改良了，刚才我们说三三得九也有不确之处，比如说，我们中国人向洋人借款，三三得九却七折八扣变成了三三得七，到了还钱时，三三得九却连本带利还了个三三得十一！嘿，我倒真是不识时务，落伍得很！

有的难题，让他一幽默，避实就虚，似乎就"化解"了。老辜两片嘴，有东方朔遗风。所以他虽然越活越背时，却还不乏良好感觉，比阿Q强，端赖于精神胜利法。

续说精神胜利法

"你有千般道理，我有一定之规"，这虽然是精神胜利法的"基本法"，但正如事物均有发生发展的过程，精神胜利法也不免要在坚持中发展。怎么看？是否只有贬到劣根性上去，原也不一定。因为人对自己对他人与世界的关系，都还有些不可捉摸的地方，虽然好多学问，包括自然科学、哲学、文学都在研究人，也未能研究到很透。想了很多，还得承认，科学尚无法把人类个性化成方程式。所以现代的医生也承认每个人都有一种不能测算的因素：有的病人，如按逻辑推断，实在是应该死的，结果却不曾死，大概由于人有不同的反应力量。换句话说，精神胜利法也不妨是这种反应能力的一种存在形式。至于反应得好不好，合适不合适，一时也还不易论定。照林语堂的说法，证券交易所之不免成为投机事业，就是这个缘故。"当很多人想卖出的时候，便有一些人想买进，当很多人想买进的时候，便有一些人想卖出。这里就有人类的弹力和不可捉摸的因素。当然，卖出的人总当那个买进的人是傻子，而那买进的人也以为卖出的人是傻子。"到底谁是傻子？

常言道，世事须看开些，有点儿消极的意思，倒也未必就是没出息的消极。看得最开的是庄子。庄子的老婆死了，鼓盆而歌。惠施见了不以为然：你不哭也就罢了，这也太过分了！庄子回答：其实开始我也挺难过的，后来想，她原来是个"无"，由气而形而生而死，真像四季变化一样，很自然的事，我若老是嗷嗷地哭，不是太不开通了吗？对尘世生死的琢磨与看透，会培植起一种人类的喜剧意识以及用精神解脱来战胜现实的意向。怀有这种意向的人在生活中就不会太"执"，有点儿游戏感，或者说洒脱。于是，在对历史、人生的诙谐解释中，产生了幽默的风格。

假如一杯咖啡或一支香烟对于激烈的争论有缓和作用，假如我读某作家的作品感到有点儿亲切是因为他不拿"架子"，那么来点儿幽默感也不坏。幽默发展了精神胜利法的艺术境界。

当然，人们并不把油滑、做作也当幽默看。据说，幽默的特性在于微妙的常识、智慧、哲学的轻逸性和思想的简朴性，它逃避复杂和严肃。我还觉得，它往往无可奈何，是在玩世不恭中表现对玩世不恭的歉疚。说是由聪明入糊涂难，其实倒是看得比较透的。有位古人提到这问题：比如问世间极认真的事是什么，曰"做官"。极虚幻的事是什么，曰"做戏"。他说可能并不对。要说，做戏才是真实的，戏子因为做戏，得以养活父母妻儿，他的真实似乎就在于知道人生不过是一个剧场，而顶冠束带装模作样的官家，竟不知道这也不过是"拿定一戏场戏目：戏本戏腔，至五脏六腑全为戏用"，其实才是个真戏子哩！

人的心理结构中介入幽默这东西，近于装个阀门，原也不在于要解决现实的问题。人生往往太沉重，而幽默的语言活动、心理效应，也不过给人些清凉之味，不幽默，也不一定能解决什么问题。正如我们有时觉得阿Q主义不好，有时又觉得在一定情况下还不能不且"阿Q"一下才行。像下述的情况，还真不知是否有些苦趣呢！

林语堂

　　一日，寒山谓拾得："今有人侮我，冷笑笑我，藐视目我，毁我伤我，诡谲欺我，则奈何？"拾得曰："子但忍受之，依他，让他，敬他，避他，苦苦耐他，装聋作哑，漠然置他。冷眼观之，看他如何结局。"——林语堂

　　近世，在中西文化之间打交道的读书人中，林语堂是个典型的写家。他写作多而杂，台湾印的"林语堂经典名著"计二十余种。《生活的艺术》《吾土吾民》《苏东坡传》《京华烟云》等颇有影响。他独往独来，英文好，其作品多如海外游子归乡——出口转内销。在参加"国际大循环"方面，别人就不能和他比了。另外，他的经历也与他脚踏东西文化的写作特点若合符契，除了留学及短期做过教授、公务人员以外，长年以写作为生为乐，别的倒也没干成什么。自一九三六年出国海外漂泊，到一九六六年落叶归根，在台湾又住了十年后死去。也正是三十

年河东三十年河西。别人评论他的最长处是，对外国人讲中国文化而对中国人讲外国文化。他也不怪，私许为契论，并以为开心不过的事，乃是把两千年前的老子与美国的汽车大王拉在一个房间内，让他们聊聊。他说，发掘一中一西之原始的思想而作根本比较，其兴味之浓，不亚于方城之戏，各欲猜度他人手上有什么牌，又如打完了四圈又四圈，没人知道最后输赢。

林语堂与辜鸿铭都是向西方贩"国货"，且都有本位意识，但两人一道一儒，一实用一教条，一个讲享受人生之乐一个就认"冷猪肉"。辜氏执一，林氏执二。比如关于读书，林语堂就说他不喜欢二流作家，他要的是最高尚和最下流的（如民间船歌），因为喜其真实有活力。他推崇庄子、陶渊明的洒脱、淡泊，喜欢苏东坡、袁中郎的快乐、闲适。关于文化，他会辟一章谈论"肚子"——肚子美满了，一切也就美满了，"当饥饿时，人们不肯做工，兵士拒绝打仗，红歌女不愿唱歌，参议员停止辩论，甚至总统也不高兴统治国家了"。也会另辟一章谈"灵性"，说人的灵性并不在于追求合理性，而只是探索宇宙，恰如章鱼的触盘，亦如读小说，如果先已知道书中人物的未来动作和结局，小说便无一读的价值了。世间种种，不拘而谈，他大抵为率真、近人情作辩护，说是喜欢茶馆文化、肚子文化、眠床文化、流浪文化也都无不可。整个看，这当然不免偏颇，也不够深刻，可他自家先承认了不全面、不深刻——人生若都要全面、合理、深刻，且不说能否达到，达到了岂不也太乏味了吗？他以为，自己的兴趣只是知人生，兼要写人生，"不立志为著名的作家"也"怨恨成名，如果这名誉足以搅乱我现在生命之程序"，"我所要的只是不多的现金，使我能够到处漂泊，多得自由，多买书籍，多游名山——偕着几个好朋友去"。

像是"杂烩哲学"，如果林语堂有哲学的话。伟大的现实主义，不充分的理想主义，很多的幽默感以及对人生和自然的高度诗意感觉——这是林语堂关于人生配置的准科学公式。他还把这四样（简称"现、梦、幽、敏"）加减拼盘，来说明各民族的特质。并解释：有人说人生如一场梦，现实主义就说，一点也不错，且让我们在梦境里尽量过美好的生活吧，而幽默感又是在纠正人类膨胀的梦想和态度，敏感助成对人生的爱好，等等。总之，既实际又超脱，似乎给现世提供了一种林氏商标的甘草剂，至于管用不管用也没法质之于他，因为他又说自己并不是人类的医生，他不愿效法伟大的人物多管别人的事。

不过，他曾确实提倡幽默，在二十世纪三十年代，办过《宇宙风》《人间世》《论语》，屡遭批评，弄得苦恼。他以为幽默的好处，在于足以使理想主义者不至于把头碰在现实的墙壁上，看来也不外乎精神胜利法的法门。至于失败倘是没办法的事，那么，与其说那个说笑话者是残忍的、麻木的，还不如说人生是残忍麻木的了。

也许，林语堂所体验到的人生多半还是比较安逸平静的，所以极乐于引金圣叹的"不亦快哉"为同调。最后，他那要免除人们碰壁之厄的幽默，在中国也碰了壁。

夕阳山外山：
追想弘一大师

弘一法师　丰子恺绘

　　追思十一二年前，对我们这一拨"文化大革命"意义上的知识青年，最难说历历因缘。诸如真不能想，倥偬十载，书也别了，笔也抛了，又来"回炉"，再为桃李，重坐春风。彼时忽觉世间知识种种，多有原不知道更未究竟者。那重新发蒙的景况，正足以悲欣交集。

　　因缘萍水，亦非偶然。同样，近世的文化思想史也许一时会漠视包括李叔同在内的传统人文消息，却也会有在另一时与之邂逅的契机。这使我想起初知李叔同这个人时，曾有过孤陋惶恐的心情。确是其识也晚，至今终于发心敛衽，展读李叔同——弘一大师的传记，已是眼角眉梢爬上几分暮气，如伫望苍然的远山了。

　　此心未了十年间。犹记初遇李叔同（一八八〇——一九四二，原名文涛，别号息霜，法号演音、弘一）的名字，该是借了柯灵先生笔札的绍介。他在一篇散文《水流千遭归大海》中，提到这位本世纪初瑜亮一时的艺术家、中国现代艺术启蒙教育的先驱者，不啻如流星掠过夜空，却想不到于一九一八年五四运动的前夕，斩断世情尘缘，从此青鞿布衲，托钵空门。由风华才子到云水高僧，由峰而谷，这一极具戏剧性的转折，怎不令人愕然、惘然，思无所依！一本纪念册留有他年轻时饰演"茶花女"的"倩影"，也印着他安详圆寂于陋室绳床的情景。

一九〇五年深秋，伴太平洋波涛，负笈东渡日本的李叔同填下一首《金缕曲》，正是于祖国鸡鸣风雨之夕，写一腔慷慨不已的怆怀。如陆放翁那般"更呼斗酒作长歌"的男儿意态，原是千古已然于兹为烈，怕只怕不堪回首当年。曲云：

> 披发佯狂走。莽中原，暮鸦啼彻，几枝衰柳。破碎河山谁收拾，零落西风依旧；便惹得离人娑婆，世界消瘦。行矣临流重太息，说相思，刻骨双红豆。愁黯黯，浓于酒，漾情不断淞波溜。恨年来絮飘萍泊，遮难回首。二十文章惊海内，毕竟空谈何有，听匣底苍龙叫吼。长夜凄风眠不得，度群生那惜心肝剖？是祖国，忍孤负！

过了二十年，那一尊酹波的"浓酒"终究淡了。落日西沉，青春不复，正如岁月漫掩几度劫痕，唯弹指间一缕余情不了。用龚定庵的句子来形容："未济终焉心缥缈，万事都从缺处好。

吟到夕阳山外山，古今谁免余情绕。"虽说如此，庶几或可想象看已经云游方外的弘一大师，久别了当初的李叔同，在如何沉于另一种境界：

> 别来沧海事，语罢暮天钟，
> 明日巴陵道，秋山又几重。

遥想，辞别了"陆放翁"，走上另一条"度群生"道路的弘一大师，宛然"高僧入图画，把经吟立水塘西"了。

读罢弘一大师的传记，可说得补长久的痴想。这其中原不无好奇追慕的成分在，即如常人的话说，"放着艺术家不做，放着好好的生活不过，却去做和尚！"——总有些不可思议。从来出家为僧者不绝于道，偏偏这位李叔同，又似乎尤为不可思议。似乎如此生涯不仅异常，且隐藏深奥人生之谜、历史文化之谜。所谓开卷而痴想者，原在于这不舍局陋地去思议那"不可思议"，掩卷时亦不免泛起想象的涟漪。

古德云，知人难。进言之，把知人的甘苦传达于人亦难。即如李叔同的知交夏丏尊先生，有一册《平屋杂文》，就中也只有几则关于他这位畏友的散忆。丰子恺先生为李氏弟子，他的《缘缘堂随笔》说到老师的遗事，也不免予人不能已于言的遗憾。此仿佛流沙坠简、雾隐灵山，自有一番言不能由衷的苦。海峡两边各印了一本弘一大师的传记（分别为台北陈慧剑、杭州徐星平所撰），正给好之者临文相晤的愉快。不过，读两书犹感，虽经作者文心百衲，从根本上说，言而契神不隔最为不易，毕竟这描写对象有超越俗人意表的独特之处。陈著较佳，也不得不承认不仅受材料缺失的限制，其理解也不能充分构成，其解释更不可能全部追及的。总之，李氏后半生渊默庄严的法相生活，其价值意义殊非言语能道断，其底蕴真谛亦非常人所可尽道者。夏、丰二居士的言之讷讷，或许不因知谊之浅，反在濡沫之深，欲说反有所不能了。弘一大师的法侣广洽法师也作如是说："虽亲近大师有年，但觉其语默动静，无非示教，因不敢以文字赞一词也。"这该是另外一种境界，说是禅机也罢。恰如流水一湾，飘然落叶，疏林晚钟，其间气象，仅得以凭心去体会、徜徉。比如弘一临终绝笔付与夏丏尊的偈句所云："君子之交，其淡如水，执象而求，咫尺千里，问余何适，廓而忘言，华枝春满，天心月圆。"其实，已寓至大至深的真意于不可言说了。

去感受、去理解那不可充分的理解，去言说那不可言说的渊默。弘一大师所开示后人的，原是如此的哲人三昧！

当会有人指李叔同的由入世到弃世为一种困厄茫然失其所归的时代悲剧，在这种悲剧里，有价值毁灭、意义的失落。连站得不高的人也会说，人生不应该也无法逃避。说消极或积极，大抵也是一样的意思。这样想尽管自然，却不大适于认识李叔同，原不过与世人囿于其中的意识定见有关。如若我们把意识定见先搁到一旁，平心领略由李叔同到弘一大师的转捩，体会二十余年晨钟暮鼓、鱼板梵磬中也有守成、殉道的砥砺、考验，该不致想当然或仅仅从一般的意义去言说消极或者积极、逃避或者承受吧。

我不觉想到还有另一层次，即李叔同对悲剧看得更深更广一些：那是无可逃避的宿命。承认现实的人与人生是非自足、非理想状态的。经历、学识和艺术气质助成了对此的敏感。每个人都不免回首前尘，只他看得更透，李叔同之所以为弘一，也在于他有与别种消极不同的"看透"。索性求个彻底，于一刹那间解开百千结，反究诘于"往生之我"的蹉跎、业障、无明、烦恼、劣根，而发心于走上净化之途。想得深自因疑之深，他是亘古以来最勇于怀疑自我的一个，于是也便最敢舍我。器物间的生业，包括被人们看作中国话剧、音乐、美术的开拓之功比之献身于人类的精神艺术，还不足道，还来得不彻底，甚至还不脱名闻利养的窠臼。弘一乃是为"彻底""完全"所召唤去的。单就这一点看，任何"苟且"都不免汗颜。唯其不苟且，乃为不逃避，从自忏、自律、自救根本入手，可以拯救灵魂于不觉的"陆沉"，去承担起人生旅程沉重的责任。换句话说，在他所皈依及念佛的独白中，所思、所信、所钟、所断，难道不是最终将加深人对自己存在的理解和反省，加深人对自己在世界中的位置的理解吗？

一曲未终弦，铮然而变。由风华才子到云水高僧，黄卷青灯所伴，未必归于虚妄，竟也不似那清夜闻钟红楼一梦。不妨说开来，一种指向内在超越的人生定位，一种追求真实生命、终极意义的广大热情，并不是一般社会观念所能理解的——人多不能理解将李叔同造就为弘一的宗教情怀与行为。我宁愿相信有奇迹发生。像一阵轻风从眉际拂过，一种奇迹携带着它对自然法则的违反，恰如一支神秘的乐曲，在精神的时空中柔软、回荡、延伸……

李叔同出了家，这一步万牛莫挽。在我姑妄视为奇迹，在他则平静自然。"彻底"在这儿也存了注脚。至于是耶非耶、幸与不幸又何待言！他人以为其途浸满悲惨怆痛，在他其欣然慰藉而何如，两样境界原是不可同参共识的。人多以为其途缘起于绝望，其实希望远胜于绝望，正如他念念于回向佛光普照的世界。更何待于言，加被于人格的并非庸俗与怯懦。平心地说，一种超验的信仰，虽然处在不可证实的希望中，却由于这希望的不泯，对信徒产生了内心里解脱和精神上增强的效果。作为"成功的信仰"的例证之一，往往是许多获得实质上和道德上的进步，克服考验和痛苦，达到英雄式人生的事例之一。希望之于李叔同，正如隐在神明的启示，保留着人在选择中的自由。它是否可靠？帕斯卡尔也说过："对于寻求它的那些人来说是可见的，而对不寻求它的那些人来说则不可见。"（《思想录》）

"长亭外，古道边，芳草碧连天；晚风拂柳笛声残，夕阳山外山。天之涯，地之角，知交半零落；一壶浊酒尽余欢，今宵别梦寒。"一曲《送别》唱到今天，卷起多少人往昔情怀。我想，李叔同的艺术气质，在词曲里、在文章里，也在墨迹里，清凉、萧散，即如看一片浮云、一带青山，也不免有悲悯心肠化入其间，似乎由痴情而入无限之情，便与偏于事功的艺术有了绝大不同。说到骨子，区别该是在于：艺术之真髓究竟是充有不满足的精神,还是甘于作周围环境的传声筒？究竟是求"文艺以人传"还是耽于"人以文艺传"？李叔同琢磨得总是深一些，所以不单讲道德，而且讲器识为先。更具体就论道："一切世间的艺术，如没有宗教的性质，都不成其为艺术……靠着这不满足的精神，艺术去打开另外一个光华的世界。"由艺术的"脱俗"旨趣联系到宗教之超越精神，不难理解，求极致的李叔同会因了这气质禀赋，入乎其内又出乎其外，从世间的艺术一直走到宗教那种精神的艺术境界中去。说他舍弃艺术并不算对，舍弃的只是一般人所称谓的艺术罢了。

舍弃那种"矮人观场，随人短长"的"矮化""同化"意识。这意思在历史上,原非一个李叔同所诉诸的,只他走得更远，显得孤独。冥冥中，有飞蛾扑向星辰，路迢遥，太迢遥。然而想象那永不满足的求极致的心神，已在他肉身长驻了。云水白马湖畔萍依闽南的晚晴老人，影入夕晖，见友人折枝相赠，且咏心声："云何色殷红，殉道应流血。"或许我们能理解其空寂中的执着吗？——"一个人,自必要有与人不同处！这个不同处，才是真正的你！孔子之与人不同，在乎他能'作春秋'，司马迁之与世不同，在乎他有勇气'写史记'。他们有胆子，用史家之笔，使乱臣贼子惧！我们要效法先贤，也要求得一个与人'不同处'。"（陈慧剑：《弘一大师传》）

王荆公诗云："丹青难写是精神。"即论"求个与人不同处"的精神，倘不是表面、抽象的旗号、招牌用来造作而沽，丹青难写总因人格的平庸或颓败，更何言为伊憔悴终不悔！弘一的"不同处"正在一点一滴、分阴不让中实在地担当起来。自三十九岁上入虎跑寺剃染至六十三岁圆寂于泉州,矢心不能移,始终不苟且于做个碌碌岁月轮下的混饭僧人。不大了解末代以来佛界风习的人,也多不能了解其若个难能。如弘一的四誓:

一、放下万缘,一心系佛,宁堕地狱,不做寺院住持;二、戒除一切虚文缛节,在简易而普遍的方式下,令法音宣流,不开大法,不做法师!三、拒绝一切名利的供养与沽求,度行云流水生涯,粗茶淡饭,一衣一衲,鞠躬尽瘁,誓成佛道;四、为僧界现状,誓志创立风范,令人恭敬三宝,老实念佛,精严戒律,以戒为师。

精诚、庄严、自律,苦乐也都在其中了。二十多年,弘一大师净、律双修尤以弘扬律学为己任,如此实践了,也便是他的"不同处"。在胸为丘壑,一面是他的不委流俗的个性,一面是"无我"的彻底严格;一面是修持戒定不凌虚蹈空,一面是不滞于理、欲,如行云流水,作无言的接引。

大抵不独市井才有虚伪、矫饰,而为弘一所深恶之;也大抵不独禅林道场才有以衣钵为标榜,以话头为茶饭,"权巧方便"一类,弘一会于悲怀冷峻中叹息:有着袈裟者,流随为世间的盆景。也许他想不到日后的僧格还会有什么"正处级""副处级"的吧。

想弘一的"不同处",如临深渊,笔墨难写。有一件事情却自现精神,聊记或可补行文的疏略。原来弘一初受戒时,急于自度,曾就习"四分律"(佛教戒律书,从身、口、意三方面对出家比丘、比丘尼规定严备）入手，日后境开，有所彻悟，更发愿弘扬南山律学（律宗为唐道宣住终南山所创）。到一九三一年有慈溪五磊寺的因缘，终于有望成立南山律学院，由弘一主持讲座，力求在僧界开风气、反"腐败"。但弘一临事既不求名利，更惧丝毫权宜之染。当住持老和尚打算为办学发动募捐和策划设官分职等名义时，弘一就不能苟且了。因缘既坏，他不肯眼看任何一点精神的歪曲，反而因此沉重闭门自了。这事在他人看，不免要视为"迂"，同样，非此"迂"则不足以见弘一，不足以见他的与人不同处。

都云行者痴，谁解其中味！

看似远山苍茫、飘然一叶，内心里却可能燃着一团火，如两个灵魂的搏斗。想来不仅表现在越是含辛茹苦病痛侵袭越是精进修持，作成一种献身，而且表现在越是求"我"之与人不同处，越是承认"我"的局限。这一点特别造成了弘一云水行止中的矛盾现象：一方面不断地出关房而结缘众生，另一方面一再地决心掩关自省。所谓忧患，所谓"十年梦影"，原是方外之人也不免的。一个这样肯于承担起"不圆满"而求不尽地超越自我的人，很难以成败论之。如其我们觉得他仿佛成了什么菩提、般若，他会说：错了。

弘一曾自号"二一老人"，取前人诗句之意："一事无成人渐老""一钱不值何消说"。此番心怀自与好得赞诹的世情相去已如云泥、河汉，使我想他的"彻底"、他的"不同处"原在这"平凡"里。他在南普陀讲："诸位要知道：我的性情是很特别的。

我只希望我的事情失败，因为事情失败，不完满，这才使我常发大惭愧……一个人如果事情做完满了，那么，这个人就会心满意足，扬扬得意，反而增加他贡高我慢的念头，生出种种过失来，所以还是不去希望完满的好！"（《南闽十年之梦影》）

经春复夏，放下书，已近"落叶满长安"了。如是我闻之外，又多了些怅想，不能已于言，又说不出，只能如此。虽向往"风檐展书读，古道照颜色"，却只可聊借于万一。有人说过："要知道，真正的美除了静默之外，不可能有别的效果……每当你看到落日的灿烂景色时，你可曾想到过鼓掌？"

一九八九年十月，北京

刘半农

现在，知道刘半农其人的，也许不多了。有一把年纪的文化人大抵犹记依稀，再就数到念大学中文系的学生，要读文学史，该记得当年五四新文学运动，"扎硬寨，打死仗"的诸位之中，有他一个。岁月淘人，原非可料，更何况未曾叱咤亦未曾烜赫。人于尘世，不免如"过客"，连鲁迅先生也曾慨叹过："旧朋云散尽，余亦等轻尘。"

其实，也还只是一面。另一面则在于，历史自会有它重新的邂逅。

一九三四年，刘半农于绥远作野外考察时染病，遽然辞世，仅四十四岁。赵元任曾挽之云："十载凑双簧，无调今后难成曲；数人弱一个，叫我如何不想他。"上联说的，即《新青年》时期，刘半农与钱玄同客串"双簧"，有《复王敬轩书》一文痛驳国粹派，一段淋漓佳话；下联，语有双关，指半农有《叫我如何不想她》

169

一诗，由赵元任谱曲，曾传唱域中，兼有怀人意——怀念他那曾一起"敲敲钉钉打打吹吹"的同行。迄今，这些也都斑驳成尘了。竟至倘论起人们还想不想"他"或"他们"，真是难说呢！

如果在文学史或文化思想史的意义上，承认仍然会有与刘半农们不期然的相遇，那恐怕不仅单纯为了了解——好像历史不过一堆"死记录"——先前曾有过彼等之人之文之事，大约也无须再按照什么套子去印证历史发展之必然规律。在过去与现在之间，实际上有一个不断的意义生成过程——按照伽达默尔的解释学理论来看——我们的理解活动正是这一过程的一部分。理解，不是主体的一次性行为，而是一个"事物本身"和我们的前判断之间无穷的"游戏"过程。进一步说到包括刘半农行迹在内的文学史现象，理解的方式也不妨有所变化。比如是否能换一个角度去看，或可说这样的角度也能使治史读史于人有新的启明。至少在这意义上，当已有了前人的"文学史"时，再来添设若干后人写的"文学史"，并非很值得骇怪的事情。当然，后之于前也并非仅仅把案翻过来掉过去而已。

半个多世纪后来看"五四"前驱者的努力，固然是在传统之"核"与"缘"上来推进文化精神的转移、知识类型及价值取向的转型。但这种"转"，有时猛进有时坎坷，且自有"顿""渐"之区别，并给尔后延续的对话留驻长久的话题。虽然这一主题的有序性展开，不免被更迫切的社会生活主题所淹没，多少是无可奈何，但该不该认定：像刘半农等人在知识类型、价值取向的选择上都已整体性地直接连接、投入于社会运动？我毋宁相信，在当时关于复古与革新、白话与文言、雅与俗的文学论争及实践中，其实存在有利于多向度选择的可能性，并非一定归于单一的主题和言说方式。换句话说，学海波澜或焕乎文章，翘然一时明朗，却不一定武断决然。而武断所付出的代价，当时总是估计不够，且与历史理解的真实性相去较远。

例如，身处破旧立新之际，在刘半农，照胡风后来所谓"平凡的战斗主义"的评价，也说道，一面看得出不妥协的硬朗态度，"但始终是没有离开所谓'实事求是'的精神的"。（胡风：《"五四"时代的一面影》）在《我之文学改良观》一文中，刘半农即曾昌言三者，一曰破除迷信；二曰文言白话可暂处于对峙地位，未能偏废；三曰不用不通之文字。无论如何不能算是囫囵一个"激进党""西化派"。就态度而言，这自然接近致力于传统的创造性转化，并不把古今、新旧、雅俗完全对立起来。本来，他也是看不上旧戏的一位，但他后来亦自白："十年前我是个在《新青年》上做文章反对旧剧的人。那时之所以反对，正因为在中国舞台上所占的地位太优越了、太独揽了，不给它一些打击，新派的白话剧，断没有机会可以钻出头来。到现在，新潮的白话剧已渐渐成为一种气候……所以我们对于旧剧，已不必再取攻击的态度；非但不攻击，而且很希望它发达，很希望它能把以往的优点保存着，把以往的缺陷补起来。"（《梅兰芳歌曲谱·序》）归结这意思乃是说，"必须按着步骤，渐渐地改去。若要把它一脚跌翻了搬进西洋货来，恐怕还不是根本的办法"。

举凡由文学到文化，进取而又急躁的心理意向，最易导致思想知识类型上的急功近利或简单片面化，自然也会导致以政治标准或某种"功用"取舍去代替文艺本身的价值衡量。到头来，恰恰与文化的健全发展相违背了。

正如观念与操作的需要协同一样，半农作白话诗，作散文，他的搜集民歌以汲取养分于新文学，亦可视为踏实而力求清新的努力，尽管不免有如黑暗中的摸索。他的《扬鞭集》《瓦釜集》，读来怕是要让人觉得藏不住稚拙，却仍喜其一派自然、活趣。仿佛仍然婉转着人间生命的律动，还沾着些不久的水珠。其人其文，正如鲁迅为之下过的评语："半农确是浅。但他的浅，却如一条清溪，澄澈见底。"（《忆刘半农君》）

世间有种种文字，无论新旧、俗雅，有文字便有种种"文字狱"。"狱"有君王老爷设的，正可劫及性命、株连袍泽连带灾梨祸枣。另有自家所设的"狱"，或可戏谓"语言的牢房"，而自觉不自觉所困厄的，多也是为人为文的性情。然而尽管如此，向往性情的真挚、表达的自由、格调的清新通脱，该是可以寻迹于半农的追求的。

这样，回到观念上，有时倒也落得简洁，本不妨把弄久了麻木的定见悬置起来，就回到一个人的朴质的体验本身，回到不拘泥于某种难缠是非的情怀。于是他要敞开说："爱阔大而不爱纤细，爱朴实不爱雕琢，爱爽快，不爱腻滞，爱隽趣的风神，不爱笨头笨脑的死做。"以至于"爱诗不爱词，因为词有点'小老婆'气（这是就大多数的词说）；爱古体诗及近体绝诗而不爱律诗，尤其不爱排律，以为读一首三十韵的排律，胜如小病一场"！（《国外民歌译·序》）半农的"没遮拦"，不免要令雅人骚士皱一皱眉。

对于文学现象，固然值得去追问某种隐含的文化态度、价值取向，若然我们从这种不乏真诚的情怀气质去追问呢？那也许仍然会落到一种开放、自由的精神气度上去，而这，也可能正是若干年来文学史理解的缺失面（把一切都纳入社会政治文化规范中去），也是我们在理解"五四"一代知识分子时不可一概而论，且一概要分个你死我活的。

把半农的诗、半农的杂文读下来，说是痛快吧，说是神清气爽、不黏黏糊糊、举重若轻吧，无非就是把自己的真性情来咀嚼了种种人生际遇给予的素材。说它们对不对是一回事，真不真是另一回事。去浮滓留真率，便像是活文字，总归不似"乡下人看告示——一片大道理"。真性情无非是说文章里有个"真我"——"我是怎样一个人，在文章里就还他怎样一个人……看我的文章，也就同我对面谈天一样，我谈天时喜欢信口直说，全无隐饰，我文章中也是如此；我谈文时喜欢开玩笑，我文章中也是如此。你说这些都是我的好处吧，那就是好处；你说是坏处吧，那就是坏处；反正我只是这样一个我。"（《半农杂文·序》）

好一个"反正"精神！全不管江湖魏阙、水流云渡，而不能湮灭。又唯其刘半农只做个平凡人，有他讽世愤俗的一面，便也有他幽默性灵以至于玩笑的一面。要他非板着个脸不可，正不足以见其真。这从另一面也正见出他不是"等因""奉宪"作翰林文章的一个。不仅于刘半农，"五四"一代知识分子由此而磅礴的个性精神，使文学的表达形态与价值，培植起高涨于时代的生气。由此，以后的岁月尽管生活主题在变化，却难说与主流相较都已渐渐失去了"我"的锋芒。虽然看起来，竟像是从"战斗"飘然远去了。诸如刘半农下苦功研究语言学，也不免被理解为"落伍"，正不能不反映了砥砺精神甘于寂寞而建立超越以往的知识类型的悲剧性命运——往往要被论定为"由叛徒到隐士"的。

在"理"与"势"的矛盾中，如何把握个性与时代的关系？"五四"以来一代代学人都难以逃避。陷执于这矛盾，这智慧和时代的痛苦，并不可悲。可悲的是任何一种随波逐流。天不假年，刘半农壮年早逝，已令人无从功罪毁誉其后半生。不过遗言犹在，仍可读出为世故风尘所不能腐去的意义：

　　一个人的思想情感，是随着时代变迁的，所以梁任公以为今日之我，可与昔日之我挑战。但所谓变迁，是说一个人受到了时代的影响所发生的自然变化，并不是说抹杀了自己专门去追逐时代。当然，时代所走的路径亦许完全是不错的。但时代中既容留得一个我在，则我性虽与时代性稍有出入，亦不妨保留，借以集成时代之伟大。否则，要是有人指鹿为马，我也从而称之为马；或者是，像从前八股时代一样，张先生写一句"圣天子高高在上"，李先

生就接着写一句"小百姓低低在下"，这就把所有的个人完全杀死了，时代之有无，也就成了疑问。(《半农杂文》)

这段话写于他死去的数月前，言之不足，又补了一例笑话：

> 说有一个监差的，监押一个和尚，随身携带公文一角、衣包一个、雨伞一把，和尚颈上还戴着一面枷。他恐防这些东西或有遗失，就整天地喃喃念着："和尚、公文、衣包、雨伞、枷。"一天晚上，和尚趁他睡着，把他的头发剃了，又把自己颈上的枷，移戴在他颈上，随即逃走了。到明天早晨，他一觉醒来，一看公文、衣包、雨伞都在，枷也在，摸摸自己的头，和尚也在，可不知道我到哪里去了！

连起来看、想，连到我们现在来看、来想，还真未必只是个笑话吧。

困境故事：传记中的周作人

周作人

　　清夜沉沉，翻书自遣。书为钱理群近著《周作人传》。四十余万字，翻了几个晚上，虽然文字无声，此时体会书里书外，却仿佛"夜深风竹敲秋韵"。

　　读罢这本传记，亦隐隐有"水阔鱼沉"不知所终的感觉。

　　"周作人"，论来本是一个不大好作的题目。

　　原来的情形似乎简单得多。因为周作人虽曾是颇有文名的文化人，却偏偏在"做人"上面出了大问题——他在抗日战争期间滞留北京，后来"下水"当了汉奸。即此一点，早已不齿于世人，想到杭州岳坟旁边的秦桧，历史要他永远跪在那儿，"白铁无辜铸佞臣"，那情形还能有什么好说呢？

　　以此罪案为注定，还包括其人由"五四"时的健者，变为"苦雨斋"中"苦茶老人"的"倒退"形象，周作人被"合理"否定，被研究者所回避，已有相当长时间了。不过事情又不似可以一笔抹杀那样简单。从思想文化史的角度去看，周作人沉瓜浮李的一生，也许未尝没有可寻绎的意义。近年来，周作人研究由冷转热，某些昔日噤不得发的空白在填补中，恐怕并非出于偶然的。《周作人传》可称"填空白"的费心之作。

说到传记，中国传统史学，曾以史、传互载并言。将专史和传记在体例上分治，是很晚的事。据说左丘明始创传体。刘勰称："传者，转也，转受经旨，以授于后，实圣文之羽翮，记载之冠冕也。"（《文心雕龙·史传》）能看出，"传"，本来是"辅经"的，这种史官所秉笔荷担的话语系统，功能在于班固所言"论本事而作传，明夫子不以空言说经也"。"本事"为一层，解释和诉求又为一层。这样说，"史述"也好"传记"也好，除了本事的信实以外，其兴也远，总和一定的思想文化意义有关联。其中，"有与夺焉，有褒贬焉，有鉴诫焉，有讽刺焉。其为贯穿者深矣，其为网罗者密矣，其所商略者远矣，其所发明者多矣"。（刘知几《史通》）

近世，史述和传记稍稍有分，然不即不离，大抵不出"记事"和"心解"之组织范围。传记以谈人为主旨，为昔人补传，在遗存材料的基础上"遥体人情，悬想事态"，近于画像。"像不像"是"形似"的一层，虽然也特别有真伪虚实的差别，应该先讲；接着有"神似"的一层，则未必一般的传记所能臻至。正是"画鬼易画人难"的情形。昔人言"虚其心以求之，平其情而论之"，这一条如今大致可讲了，不必再把前人装到"概念套子"里去"今用"。至于"设其身以处其地，揣其情以度其变"，这一条把握起来，也许更难一些。

按《周作人传》(简称《周传》) 所叙"本事"，周作人一生经历大体为书斋之内笔墨生涯本不算复杂。他活了八十二岁，荣辱皆备，在"文化大革命"中死得凄凉。其间，若确定以一九一七年到一九二〇年这一段，即"五四"前后为中心，则前此为"上行""进路"，后此却近于"下行""退境"了。换句话说，由边缘到中心，又由中心到边缘以至于沉沦，不乏戏剧性的转换，不全关系于社会政治风云的变幻，更多反映着本世纪中国一种思想文化性格所陷入的困境。

"困境"可释义为"困顿的状态"。有时还觉得，这个词，或许是人生基本状态的一个广义的比喻。如果人生有理想，要求一个发展、进步，便不免有"还不理想、还不自由"的困境来磋磨以及有争取摆脱困境和改变命运的愿望。自然，如果长做梦里人或以为"笼中鸟"也有它十分的快乐，"困境"也便不会发生，只能另当别论。

回想晚清以来的前尘旧痕，整个儿历史变迁的故事，已充满够复杂的内容，如中西文化撞击所引起的动荡，如传统转型之际的选择，等等，问题之难以清理，甚而不免"观棋亦迷"。总的来看也算是个大困境。由一个旧的封闭的困境，走入一个尚未有深彻变动尤其是思想意识和文化心理变动的困境，"戊戌""辛亥"，然后到了"五四"，那个时代前沿的思想者，似乎顺乎逻辑地要以思想文化为线索，寻求摆脱大至国家小至个人的困厄。周作人也是其中的一个。一九一八年周作人在北京大学讲小说，虽然只是讲小说，实际也有给自家切脉问病的意思："中国讲新小说也二十多年了，算起来却毫无成绩"，其原因是"不肯自己去学人，只愿别人来像我，即使勉强去学，也仍是打定老主意，以'中学为体，西学为用'"。"我们要想救这弊病，须得摆脱历史的因袭思想，真心的先去模仿别人，随后自能从模仿中蜕化出独创的文学来。"(《周作人传》)

后来人谈"五四"，纷纷拿各自的阐释去发挥，好像"五四"前后有关的思想文化史活动，一律是贴了统一标签的。其实也许情况参差，不宜一概而论。比如当时的发言者，各人的性格气质以及接受外来影响的思想渠道并非一律的，如鲁迅和周作人受无政府主义思潮影响时便有不同的接受取向，尽管他们都倾向于反对复古，希望输入与中国传统异质的新的思维内容、思维方式。更进一步说，因确定了"五四"的"全面反传统"思想格局，或者揄扬或者批评，着眼点往往在于"事功"上面，都把思想意识、学术文化问题同社会政治史过于紧密地联系，认为"五四"诸思想人物应处于社会之领导中心，并建立新道统，甚而以简要的计划改造社会。此一情况容或有之，即如钱穆所指责："高谈西化而负时望者，实际都在想做慧能、马祖，不能先做道安、僧肇、慧远、竺道生。先不肯低头做西方一弟子、一信徒，却早想昂首做中国一大师、教主，这依然是道、咸以下狂放未尽。"(《国史新论》)不过，除开不必一概而论外，也不妨看到，"五四"新文化意识除了其"高扬"一面，仍有其"平实"一面，即作为开放式的思想、知识探索，本不一定高标着

"治国平天下"，这也是那一代思想者寻求解脱其时思想意识及文化心理困境的努力吧。要求他们为引导政治负责，或者谈西学即须融通善道，接传统能做"班马文章""经传心解"，实在也不大合于"设身处地、平情度变"的古训。《周传》在谈到五四时期的周作人时，特别说及："如果我们仅仅满足于展览一个战士的业绩，而不去注意他的内心世界，特别是作为一个活生生的'人'的思想、感情、心理……上的矛盾，我们就太可怜了。"这是很切实的话。习惯了用标准化的尺度去衡量历史和历史中的人，便不大容易理解一个未必总是光环耀眼的"五四"了。

把一个看起来是大型的共同体式的思想运动，在某种具体征实的意义上，拆开到个体行人的内心世界来观察，也许能看到公式所框不住的精神现象——它们"从来都是平凡的，在当时人的眼中甚至是暗淡而充满矛盾的"。未必笼统皆在"政治革命之后，高喊文化革命，文化革命之不足，再接着高喊社会革命"。

具体到五四时期的周作人，所谓"先锋"的努力，主要为借助翻译和阐述的形式，将世界性的人文思潮引入鼎革之际的思想领域。比如由文学而讲到人道，憧憬着突破旧文学旧道德的规范，去"实现人的生活"。"人"在这里是自然发展的，是以个人自觉为基础的。对"人学"（包括妇女、儿童问题的研究和建设新文学的设想）的关注，以至于把人道主义当作信仰，或许不仅有思想革命方面的事功意义，还打开了一重知识与思维的"窗口"，可感受几分春风化雨，也足以说明兼有超越性的价值关怀于其间寄托着。不过，周作人后来觉得，这样的意思其实不免也有些"迂远"的。

回头看，初期的周作人同鲁迅一样，对中国积重难返的按老谱循环的历史程途，心理上蒙有忧虑的阴影，如他对辛亥革命后世情的观感，曾发生"官威如故，民瘼未苏""以今较昔，其异安在"的疑问。困顿中往底细去想，便不由得想到现实之不理想，"亦唯种业因陈，为之蔽耳"，然而又不容豁达的是："虽有斧柯，其能代自然之律而夷之乎？吾为此惧。"这一疑虑叩问式的命题，可能在中国现代文化史中一直潜在地延续着。换句话说，尽其力而做思想的"解蔽"，意味着应该有所为，应该有一种进境，然而运动式的思想革命能否使诸般社会或人生问题迎刃而解，能否产殖"理性的清明"，固非一厢情愿之事。此种问题境况已多少意味着，"不能有所为"以及"有所不为"（较消极）是同"有所为"（积极）同时存在着的。周作人的"五四"进境，固然偕其清新的思绪而走出了"铁屋子"般的困境，同时也便走入了他的"第二重困境"。

与此有关，我们还得了解那时前进的读书人所担当的社会性角色：既非现实政治中的实行家，又非不受政治干扰的纯粹学者；既不可能有效地参与世事，又不能忘情于世事；既职在思想学术，却又并非纯粹因应于思想学术本身的旨趣，而是带着一定社会功利色彩去从事思想学术活动。这种使命，缺乏独立的保障而又不肯丧失独立性，在社会的整个泛功利主义氛围中，难免不合时宜而孤寂彷徨，无从"拣定一条道路精进向前"。

周作人在整个二十世纪二十年代中由"风口"踅回"苦雨斋"，惘然于种种进退的矛盾——迂远与切近、温和与急进、宽容开放与独断全权、自由信念与责任伦理、价值理性与工具理性等。于是周氏在题为《歧路》的小诗中感叹着"懦弱"的自己："我不能决定向哪一条路去。"

"难以作出选择"较之"没有选择"同为困境，却已属于较"深刻的困境"。开始是由蒙昧走向开放，然后有选择的问题发生、新的体验发生。而选择的困难，恰恰反映了新旧中西文化因素碰撞以致形成"多元"时的"思想失范"状态。周作人曾自称头脑像一间"杂货铺"："托尔斯泰的无我爱与尼采的超人，共产主义与善种学，耶佛孔老的教训与科学的例证，我都一样的喜欢尊重，却又不能调和统一起来，造成一条可以行的大路。我只将各种思想，凌乱地堆在头里。"乱归乱，又不妨说，也还有两个基本倾向同周作人身处其间的"五四"传统（如科学与民主的诉求）颇有关联。其一、即以向往社会民主为特征的人道主义；其二，即强调"个人本位"以及"自由不可让渡"的个性主义。在面对各种社会风波和思想冲突而需要发言时，周作人有时偏于这个态度，有时偏于那个态度，有时就回避作出选择："或者世间本来没有思想的'国道'，也未可知。""姑且看书消遣，这倒也还罢了。"

其所以为困境，自因选择总需付出必要的代价。《周作人传》在解读周作人于"五四"前夕所作的《小河》一诗后，探寻了这一中国现代思想文化史上的难题：

思想文化的启蒙必然导致被启蒙者变革现实的直接政治行动，这是启蒙者无法预先控制的。扩大了说，这是一切思想启蒙者必然面临的"两难"境地：或者与自己的启蒙对象一起前进——从思想走向行动，不仅必然按照"行动"（特别是政治行动）的逻辑，对思想的纯正性作出某些必要的与不必要的修正、妥协（在行动逻辑中这两者本是难以划分的），而且还不可避免地为狂热的往往是偏激的群众所裹挟，给自己带来许多违心的烦恼，弄不好连自己也失去了启蒙者特有的理性精神，在与群众同化的过程中发生自我的"异化"。如果拒绝这样做，那又会最终被自己的启蒙对象无情地抛弃。

如此为难，大概表明了"困境"的悲剧性。

实际上，选择的冲突及现实功利的要求，还有"非此即彼"模式的笼罩，已经多少意味着个体主义、自由信念缺少赖以存活的土壤。对此，周作人逐渐采取了逃避态度。正像曾以乐观冲淡悲观去摆脱头一个困境，这一回他用"逃避"去应对理性的困顿。放弃无益的幻想和思考，伴一杯清茶、两本新书，写几篇平静的随笔文字，苦中作乐，"得体地活着"，"用经验与理性去观察人情物理"。这个法子当然有"不自由"亦即消极抗衡的一面，如逃禅、道隐，"苟全性命于乱世"，不得不退遁于世，自然也有说不出的苦味和"得失不知道"的茫然。另外一面，由热到冷，也有历史经验的咀嚼而滋生的政治幻灭感、知识分子责任伦理的幻灭感，反映着历史失败者（试图对历史运动施加影响而终于"无效""无用"）的心绪。也未尝不是周作人所寻求的"以退为进""以出为入"式的心理平衡。未免还带着袁中郎的影子——袁中郎亦曾自咏自嗟："野花遮眼酒沾涕，塞耳愁听新朝事。邸报束作一筐灰，朝衣典与栽花市。新诗日日千余言，诗中无一忧民字。旁人道我真惯惯，口不能答指山翠。"

因此而产生了小品文家的周作人，在"自己的园地"里作着"雨天的书""苦茶随笔"。这作者大约在"任自然"与"重名教"的两途中选择了前者，渐与战斗无关。其人"胸襟平和，无紧张之气象"，却又不失为时发"谆谆之言"的有心人。文章的格调则朝着"淡远""闲适"去了。说是"逃避"也罢，然而周作人觉得人生正难得有如此艺术的境界："热心社会改革的朋友痛恨闲适，以为这是布尔乔亚的快乐，差不多就是饱暖懒惰而已。然而不然。闲适是一种很难得的态度，……唯其无奈何所以也就不必多自扰扰，只以婉而趣的态度对付之，此所谓闲适也即是大幽默也。但此等难事唯有贤达能做得到，若是凡人就是平常烦恼也难处理，岂敢望这样的大解放乎。"（《周作人传》）倘若不专从道德、事功角度去看，闲适、淡远的境界倒是体现着随缘任运的明智和"以物观物"的静观的。古已有之。唯周作人从中找到了一种入世态度——"我们谁不坐在敞车上走着呢？有人以为是往天国去，正在歌笑；有的以为是下地狱去，正在悲哭；有的醉了，睡。我们——只想缓缓地走着，看沿路景色，听人家谈论，尽量地享受这些应得的苦和乐。"

走下"舞台"，由演戏的变作看戏的。说是逃避（即包括对责任也包括对任何一种思想专制和自我异化的逃避）也好，救护自我也好，其得失成败并不容易确切衡量。因为这里面并没有绝对的得或失，绝对的是或非。例如有人指出周作人"早在二十年代初，便反对搞运动，反对用政治运动来强制个人的思想。他预言，即使这次运动没有搞到你，以后不定哪次便会轮到你，大家都没有保障。半个多世纪之后的'文化大革命'宣告了周作人的话完全是不幸而言中"（舒芜：《自我·宽容·忧患·两条路》）。实际上，选择总是有代价的，"困境"在这儿仍然不解除它的缠绕。关于坚持"个人自由"的环境和条件保障，且不去说它（周作人后半生也颇为此事所困呢），仅看周作人的"消极自由"，大约也带了"落花有意流水无情"的色彩，其实不免以牺牲了一部分自由为代价，未尝不在理想上打了折扣。所失落者，尤其是：人格与道德的萎缩、弱化。人生忧惧万端，这可是周作人所忧惧的吗？难道这一点不重要吗？

原本想站在一旁"看戏"，结果却被一场侵略战争推迫，扮演了一个历史上的"丑角"。关于这一"饿死事小，失节事大"的污点，本无须多加解释（《周传》对周作人"下水附寇"出任伪督办的过程作了翔实的清理），需要稍稍补充的是：周作人走到这一步，确与其人格萎顿、道德弱化的状态颇有关涉，也足以说明将"做人"同"做学问做文章"分开，不那么容易。像"义利之辨"本为君子起码的良知，而周作人终究做了屈从于求生本能的奴隶，终于把一种人生的复杂真相尴尬地暴露给我们看。

除开对历史情势的悲观估计起了很大作用，周作人的落水，同一种自私而苟且的性格恐怕有很大关系，《周传》所叙他在附敌前后的收入和家计状况，透出这方面的消息，他心中恐怕不仅有他自己所谓"绅士"和"流氓"两个"鬼"，还有一个"小业主"的"鬼"吧。他的"业"，或许有不乏意义的东西，不定什么时候请人们来回味历史，或许也就是"苦茶庵"里主人不肯割舍、打烂的坛坛罐罐。

自一九四五年之后，虽然无奈何"大幕"已落，世味已薄，周作人先是作为囚犯，后作为翻译工作者，勉强而又还算想得开地度过了斜阳余生，直至"文化大革命"一劫。以前读过他晚年的《知堂回想录》，印象还有一些。比如，一是他不作自我辩护和忏悔，他说："古来圣人教人要'自知'，其实这自知着实不是一件容易的事情。"周作人写回忆录而基于"不知自己"，也实在是与其他人物自述很不同的一点，也同我们好拿一把简单尺子来知人论世，略有不同；二是他讲"寿则多辱"，其中意味当不仅有自疚的沉重；三是他说："比如一个旅人，走了许多路程，经历可以谈谈，有人说'讲你的故事吧'，也就讲些，也都是平凡的事情和道理。"

这三条，也还觉得可以理解，或许还胜于有时眼前来的自作多情涂脂抹粉、耳畔过的言不由衷吹竹弹丝。

古语云：世事洞明皆学问，人情练达即文章。也未必，有时，学问、文章都不免做在世事人情略经，而又不能洞明练达的地方。在读书中谈人（历史思想旋流中的人），在困境中谈困境，慨乎言之，也不免承认有"不洞明不练达"的意思。此亦"十年湖海""一卷风尘"之意也乎！

赵元任

无边风景属伊人：
赵元任其人其学

一九八二年早春，赵元任先生在美国麻省剑桥去世，念着唐诗告别了他在世上的大号儿、中号儿、小号儿的朋友们，那是在去国四十载难得又一次回乡访旧后的第二年。按足岁他活了八十九年，论虚岁便是九十老人仙去。倒回去看，一九二五年，赵元任由美回国，应聘清华国学研究院的导师（同时的导师还有王国维、梁启超，后加入陈寅恪），其时也还才三十岁出头，一晃儿似的，读赵元任不乏语言学情趣的传记材料，真觉得"一晃儿"。大概，他这一生，总在忙着读书、做事、教学，满世界走动，还顾不到"老"字的迫累，其实终究是对人生对学问事业永怀热诚，他是一个没有什么成见的人。友直、友谅、友多闻，他的女儿常常笑他每经过一个信筒总有信要发，一生不闲，却真是懂得人生趣味。孔夫子自铭"乐以忘忧不知老之将至"的话，正好说明我读赵元任自述得来的印象。

古今文人学士每多感时叹逝。"大江流日夜，客心悲未央""白头搔更短，浑欲不胜簪"种种，就不说也罢。明人徐树丕《识小录》有云："五十之年，心怠力疲，俯仰世间，志术用尽，西山之日渐逼，过隙之驹不留，当随缘任运，息念休心，善刀而藏，如蚕作茧，其名曰老计。六十以往，甲子一周，夕阳衔山，倏尔就木，内观一心，要使丝毫无慊，其名曰死计。"照这样，五六十岁便预备下"老计""死计"，可见戒惕之心虽好，也带了无奈于世故的光景。联系到赵元任一生长程，也许是另一番情形：作为闻名中外的语言学者，他到了晚年，依然想着该做什么就做什么，高高兴兴的，恬淡随和，也真有他特别的地方——"纵浪大化中，不喜亦不惧，应尽便须尽，无复独多虑"。尚不以"老之将至"为念。他的女儿回忆，一九八一年赵元任归国，到南京去看当年工作过的中研院历史语言研究所旧址，路上童心犹在："当汽车驶过南京逸仙桥小学时，我们姐妹几个跟着父亲一块儿唱起他为这所学校谱写的校歌：'中山路，逸仙桥，平平坦坦的大道……'"

赵元任是江苏常州人，一小儿却是在北边住家的。十岁上跟着父辈回常州，然后又出来求学。他这一辈子，在乡时少，在外时多，风土南北，纵横东西；丝缕乡情不泯，却也不肯守土怯离，以至后半生成了一个典型的中国海外客、海外故国人。他自称宋朝始祖赵匡胤的第三十一代孙，六世祖赵翼，即著有《廿二史札记》，并以"各领风骚数百年"句子闻名的瓯北先生。赵元任号宣重，这个大号让他在外国念书时给扔了。他说："回了国以后，在清华大学的时候儿，有人请客在知单上用了我的号——也不知道他们从哪儿查出来的，我就在上头当着送信人的面前，在'赵宣重先生'几个字的底下签了一个'已故'，后来就再没有人管我叫宣重了。"行事、说话总有些不经意的轻淡诙谐，读书、做学问，态度多为带着兴趣的认真，似乎不累，也不容易有偏见，我想也是谦谦君子风度。有位外国语言学者送他个评价："赵元任什么事情都不会做得不好。"仿佛从学问中还领略到人的风度。

想去该是很远了。宣统二年（一九一〇），赵元任考取清华学校庚款留美官费生（第二批），录取七十二人，居第二。同舟放洋还有胡适、竺可桢等。然后，一学就是十年，先在康奈尔读数学、物理，又转哈佛读哲学，拿到博士，又获谢尔顿旅行奖学金，去芝加哥、加州游学。与其说学有耐心，不如说求知不倦，涉猎广博，而不落"死读硬读"，除了修科学、哲学，兼好语言、音乐，还有"玩儿"，所以赵夫人杨步伟后来在《杂记赵家》中说："这几十年来我总觉得元任是能不要钱总是不要钱，有机会学总是学。"比如学语言，有过人之资，反过来也就不满足、不守窠臼。虽然是有成的学者了，他的兴致益益于学问，大约还在不忘学问的本意——学而不厌，问而不厌，太阳底下总有新事物的。

"五四"以后不久，赵元任回国来教书，没教完一学期，罗素到中国来，找他去做翻译。那一年（一九二〇），他说"日子渐渐越来越有意思了"。意思好像在与杨步伟的结识，第二年结婚，办法也新，只是给亲友寄一封通知书，说"接到这消息时，我们已在一九二一年六月一日下午三点钟东经百二十度平均太阳标准时结了婚"。还有，让赵元任觉得有意思的乃是："我太太虽然是医生，但是能说好几种方言。我们结婚过后就定了个日程表，今天说国语，明天说湖北话，后天说上海话等等。"（《我的语言自传》）这可以说是因某种格外的兴趣影响到治学方向的一例，正像有人喜欢玩赏瓶瓶罐罐后来就走到文物考古上去，从那时候起，赵元任逐渐开始以音韵为厮磨对象，兼弄音乐，成为开辟中国现代语言学、音乐的前驱者（王力先生也说，在此以前的中国语言学其实只是语文学）。差不多能说，赵元任同语言、音乐有天生的缘分。记得汪曾祺先生曾说，沈从文的文物考古学因有几分诗人气质像是"抒情考古学"，这么着，称赵元任的语言学是"兴味语言学"，也行吧。

关于赵氏语言学研究的成绩，有一份挺长的"赵元任著作目录"，可供专门的评估。简单说，由语音学实验到国语课本、字典到议定注音符号，由方言调查到新诗歌谱曲，由《汉语口语语法》到《现代英语研究》，直到晚年完成《通字方案》，东一片儿西一段儿的，虽没有砖头形的巨著，也还发凡知著、瓣香中西。按说，"但开风气不为师"也不错了，至于"也开风气也为师"自然更好，赵元任的学生遍天涯。就开风气而言，他当然还够不上登高壮怀天地间，其实倒是将一种具体的学术工作渐渐地做去，不怕无头绪、烦琐，用比较实证的科学的方法来发现问题，钩陈因抉浑沌，就从旧学里开出新规模，显出新工作的意义。当年胡适搞中国哲学史，也差不多在眼光、方法上有这种优势。赵元任治语音学走描述、比较、分析的路子，在当时能和西方学术对话，他的工作推进西方人了解汉语，弘发了汉语在人类语言中的地位。早期主持方言调查，虽为抗战所中断，所录唱片二千余张，仍被世界语言学界誉为一大贡献。

虽说如此，一种近于"纯学术"的工作以及赖以支持的文化心理态度，毕竟不易被人们所理解——恐怕难免不够实用。比如有人会问：在有语言学之前人们不是已经在说话、写字了吗？批评者当然可能忽略了，在一个幅员广阔、语音纷杂的国度里，用于公共交流的普通话之所以能统一，曾有包括赵元任在内的许多人的学术努力。中国第一套国语留声唱片就是由赵元任录制的，时在一九二一年。说回来，学术有它自己的规律。到今天，语言学似乎如日中天，成了与自然和人文科学发展息息相关、有潜力的新兴学科，有今日，也幸亏学术终究不能为急功近利的实用理性所取消掉。当初赵元任的选择似有某种聪明，"竹外桃花三两枝""三分春色到我家"：而浅近的看法无非浅近，狭隘的态度也总归狭隘罢了。

那时，在湖南，"我翻译了罗素的讲演，讲完后，一个学生走上前来问我：'你是哪县人？'我学湖南话还不到一星期，他以为我是湖南人了"（《赵元任早年自传》）。从这儿能觉得，一个人对语言的敏感把握，是件有兴味的事。类似游戏，所以赵氏常说"觉得好玩儿"。"好玩儿"自然还会及于对生活、对文化领略的兴趣。这样也自然就会有：一好学，二不偏执。比如关于语言的"变"，他说："看到人们渐渐不再保持某些区分，纯正的语言在词汇和语法上变得愈来愈洋气，而哀叹着语言的退化。其实，尽管我对事物的感受的确有很多这样的情绪，但是在对待语言的正确性问题上，不论是就一般语言而言，还是具体就汉语而言，我却肯定不是死硬的纯语派……遇到要注释《孟子》的语法的场合，你即使用纯正的文言写作，我也不会感到吃惊。但是如果需要我报道国际时事，我只有使用那些已为新闻界所经常使用的新的欧化词语。由此可见，什么是正确的语言，这要看什么场合适宜于说什么话和说话人（或写作者）是什么身份。如果你要在交际上达到最大的效果，那么你就应该怎么怎么做。"（《赵元任语言学论文选》）我想这样通脱的意见，恐怕端着权威架子是说不出来的。规范是导引性的限制，如果只当消极地去扼制自然的创造和活泼生气，便不免朝僵化去了。可能不独语言现象如此，思想文化以及人生意蕴又何尝不如此！

人如其论，论如其人。赵元任的不偏执还表现于对民族音乐建设取开放的看法。比如讲到共性与个性、西乐与中乐："算学就是算学，并无所谓中西；断不能拿珠算、天元什么跟微积、函数等对待；只有一个算学，不过西洋人进步得快一点……可是只要有相当的人才——中国还少了人吗？——在很短时期内就可以有人站在世界上做中国的代表的。要是中国出了个算学家，他是中国人算学家，并不是'中国算学'的专家。这是讲算学，一个人在这上头要找国性发展的可能，那是很少的。

至于音乐上，国性跟作者个性发展的可能就多好些了……我并没有一点什么消极的主张，说不要这个，不要那个。我所注重的就是咱们得在音乐的世界上先学到了及格程度，然后再加个人或是中国的特别风味在上，作为个性的贡献。"(《新诗歌集序》)说得挺简明，其实意思也不只涉及音乐方面。但是赵先生六十多年前一定不能预想，西化与民族化的矛盾在中国总是更复杂。

复杂归复杂，赵元任还是任着他的不偏执的风度，正如做人的"浅而清"之于"深而浊"。他有很多的朋友，许多中外学术界的有名人物都相与知契，如刘半农、张奚若、金岳霖、陈寅恪，如杨杏佛、傅斯年、梅贻琦、胡适。但他从不做官，不愿也以为自己不宜做行政工作，以至于朋友们请他做大学校长，也绝对不干。第二次世界大战后，赵元任原准备动身回国，后来终于没有成行，据《杂记赵家》说，正是怕一而再再而三地要他做中央大学校长的缘故。结果他在美国住下去了，住得久，不免是"洋派"，且非假洋鬼子，比如做过美国语言学会会长、东方学会会长。但读他写的文字，兴许觉得还不如国内人的某种文章更具洋味儿，反而不合于"近朱者赤"。大约只能说他对汉语有着深的感情联系，是内蕴，正如文字中间的韵味还带着母体的温热。如他写《早年回忆》，用的是向幼时感觉还原的口语白话，不像一般文章的白话，使我想到人们所主张的"如话"，也就这个样子了："我是在光绪十八年九月十四生的。生的以前他们还预备了针，打算给我扎耳朵眼儿，因为算命的算好了是要生个女孩儿的。赶一下地，旁边儿的人就说：'哎呀，敢情还是个小子哪！' 这大概是我生平听见的第一句话。""他们给我留了一碗汤面在一张条几上。没人看着，赶我一走到那儿，一个猫在那儿不滴儿不滴儿的吃起来了。"——口语风格，作为丰富文学的因素，好处一是通俗，二是有味儿，生活味儿，当然用起来也还得分场合、身份及交流的需要。可惜还没有看到赵元任讲"口语"的书翻译过来。晚生者也难得听到他早年谱写的歌曲，人琴俱杳，燕去楼空，只有白云依旧悠悠。心里还留着些影儿的，或可唱出："西天还有些残霞，教我如何不想他？"或可窗下吟一曲："满插瓶花罢出游，莫将攀折为花愁。不知烛照香薰看，何似风吹雨打休……"兴许有一时神往。

　　鲁迅先生曾有"小而言之为国家""大而言之为学术"的话，过去曾疑惑莫不是讲颠倒了。现在想，那不是在比哪个更重要，只不过说学术有着更广泛的世界性。赵元任其人其学显然超越了国界，同时又为中国争得了荣誉。其学广博，其人有逸气，但也有"专精"有"执着"，不为流俗所移，始终不离他所热爱、钻研的学术，以学入世，尽管只是学之贤者，做不到学之圣人。这也不容易，咱们原不一定都要"修齐治平"、心存廊庙或"三不朽"不可吧。人已成尘，唯风范长留天地。读其书，犹觉逸致栩栩然，如曹子桓评阮元瑜："书记翩翩，致足乐也。"

一九九〇年三月，北京东四

顾颉刚

《古史辨》遗响：
晚成堂主人顾颉刚

抗战前，大约是在二十世纪二十年代那一场古史问题大讨论（又被称为"疑古"派与"信古"派的论辩）后的十年，顾颉刚先生在他家中挂了一方匾——"晚成堂"。

那时候他四十来岁，燕京大学历史系教授，"古史辨"题目的研究已经确立了突出的学术规模、成绩和对新史学的影响，他却夫子自道：堂号"晚成"，有两个意义。一、学问，总难以一时作出轻易的结论，即以"古史辨"而言，"离开成功的目标还远得很哪，总要到晚年才可有一些确实的贡献"，也就是说，欲速则不达。"倘使我活七十岁，就以七十岁为小成，活八十岁就以八十岁为小成，若是八十岁以后还不死，而且还能工作，那么，七十、八十时提出的问题和写出的论文又不成了；所以成与不成并无界限，只把我最后的改本算作我的定本就是了。"二、预定计划的实现，常常得不到安定的环境保障、心境保障，

196

有时被别的急务所搁置，有时又被反常的岁月所蹉跎，于是，"晚成"也还只是一种希望。（见《我是怎样编写〈古史辨〉的？》）

如何看待治学功业的有成与无成、早成与晚成，顾先生的这一番自语是"收敛"的，意思似乎也颇复杂。可能还反映了有关现代中国学术及学者命运的两个问题：一、进行有序性工作的合理性意识（不浮躁）。二、推进有序性工作的合理性条件（学术自由、减少干扰）。无论做什么或怎样做，也许这两个问题解决得好与不好，都对学术史特别重要。

一九八〇年年底，顾颉刚先生以八十七岁高龄病逝北京。纵观他不算短的学者生涯，恐怕很难说是"成"，还是"未成"。顾炎武曾讲治学"必前人之所未及就，后世之所必不可无"，似可作为专业有成的尺度看。这样看顾先生，单看他在古史辨时期确立"层累地造成的中国古史"的考证工作，实际上已对于中国史学界发生革命性的震荡，发展前人，牖启后来，应该承认顾颉刚的贡献在于第一个有系统地体现了现代史学的观念，在史学尤其是史料学领域占有一个重要位置。这样说，自然还未涉及他在民俗学、历史地理以及群众文化等方面做的事情。但是，说他"未成"，也是真的以为成绩本不应如此，还应该更大些才对。一九二四年，顾氏在发表古史辨伪主张后不久，曾订了一个《我的研究古史计划》，这是一个二十一年的长期规划，计分六个学程：

一、六年，读魏晋以前的古书。

二、三年，作春秋至汉经籍考。

三、一年，从所考古经籍中按时代地域抽出古史料，以寻一时一地的古代观念及其承前启后关系。

四、三年，研究古器物学。

五、三年，研究民俗学。

六、五年，将前十六年所得古史材料重新整理，著成专书，研析某一时代的古史观念与当时史事，分为六个专题。

这计划所内含的意向，岂止是"板凳坐到十年冷"呢！顾氏为此还做了许多细致考虑，并很有感情地说："我今年三十一岁，若绝不停滞，准期完功，已须五十二岁，若以研究的困难，人事的牵掣，稍一停留，六十岁是很容易到的。……社会上如果恨我摇动人们的信仰，给我以种种挫折，那末我的赍志而殁自是应有之事。若以为天地间不妨有此一人，或进而说这是应当做的，那么请大家给我一点帮助……我并不是不识抬举。专想规避社会上的责任，实在我只有这一点精力，我愿意做的这件事情已经够消耗我的全部精力了。"其心情所谓"一得展尽底蕴，然后鹤归蕙帐，狐正首丘"。然而回头看，顾先生的规划显然远未实现。这中间自然有非主观意志所可转移的因素。后半生，虽然也一直勤谨研究，包括抗战中写成《浪口村随笔》，晚年作"尚书考证"及总揽二十四史、《清史稿》的校勘整理，但当初计划终不免付之黄鹤。《伪史考》三种没有写成，《层累地造成的中国古史》一书未写成，"古史四考"的大计划没有实现，《禹贡》初创时订的计划也未及完成……是不是"赍志而殁"呢？不管怎么说，究竟是现代中国史学（尤其是上古史，先秦两汉学术史、思想史、文化史）界一无可弥补的损失。顾先生的学术经历使人觉得，他的"成与不成"，实在是五四以后中国学术史上大可注意的一件事情。

当初，还在一九二三年间，顾颉刚把他给钱玄同信中讨论古史的一段文字，加上一个标题、一段前言在《读书杂志》（胡适主办的《努力》周刊的附刊）第九期上发表，并引出钱玄同的长篇答书以及刘掞藜、胡堇人的商榷文字，就此开始了一场引起学界大波的古史讨论。赞同和反驳的种种意见后来辑入了《古史辨》第一册。"中国的古史全是一篇糊涂账。二千年来随口编造，其中不知有多少罅漏，可以看得出他是假造的。"顾颉刚所提出和讨论的这个问题，现在看来已并不怎么感觉诧异，说上古史载记与神话有密切关系以及汉代经生出于托古改制的考虑而杜撰，已有很多证据，顾先生的《秦汉的方士与儒生》一书有过很多平实而敏锐的分析。但是在当时，这个问题对读古书的人可是个很大刺激，因为人们头脑里向来只知有盘古以来三皇五帝，忽然听到没有盘古，也没有三皇五帝，自然大出意想之外。于是毁誉纷起，守旧的人、崇古的人痛心疾首，有学术自由思想的人拍手叫好，一时成为学术界热衷的论题。

在"疑古"与"信古"之间进行的讨论，已过去六十多年，成为历史了。在非专业史学工作者的人来看，兴趣恐怕不在于那场讨论的内容本身，而在于它的学术史意义。换句话说，不妨想想，这一学术现象与以"激进"同"保守"两种倾向相冲突相消长为标志的现代思想史格局，有着怎样的关系。

简单讲，是时势使然。在二十世纪中国思想界，"激进"自然是在现代化欲求的强烈召唤下产生的主流意识倾向。事实上我们得承认还不暇细想，像"进步""创新""革命""批判"等常用词，已不仅在政治生活中而且也在认识论、道德及文化心理层面，含有了独尊圣上的价值判断，人们趋之唯恐不够。面对令人忧患的现状，思想前驱者要求深彻的变动，面对历史文化传统，亦开始觉得有问题，要求反省，以至于要求传统文化为中国的落后负责任，以为只有摧毁了中国的旧东西，才能够有新生。但是情况也许并不全是这么回事，"要求变动"与激进的全面反传统也不一定是一回事。

顾颉刚能够在古史和经传中发现问题，敢于疑古和辨伪，显然也是时势使然。五四运动的思想解放精神同时解放了学者的心态与思路。他说："我们所处的时代太好，它给予我们以自由批评的勇气，许我们比宋代学者作进一步的探索——解除了道统的束缚；也许我们比清代学者作进一步的探索——解除了学派的束缚。它又给予我们许多崭新的材料，使我们不仅看到书本，还有很多书本以外的东西，可以作种种比较研究，可以开出想不到的新天地。"他一面提出学术问题，一面喜欢把自己的心情和盘托出："我的心目中没有一个偶像，由得我用了活泼的理性作公平的裁断……我固然有许多佩服的人，但我所以佩服他们，原为他们有许多长处，我们的理性指导我去效法；并不是愿把我的灵魂送给他们，随他们去摆布。"(《古史辨》一册自序）由"考信于六艺"到"考信于理性"，由服从于偶像到独立思考，可能是治学态度的重大转变。理性作为向导，在顾颉刚，首先意味着体认这个时代的新兴的科学创造精神，这种精神促使他不断怀疑和改进已有的知识。好在这并非盲目的怀疑、否定，而是要求由分析和讨论来证实的。看起来该是一种负责任的艰苦探索，并非幻想家的一时冲动。另外，这种学术理性大抵还依循必要的科学方法，如顾颉刚对"禹"的研究，所采取的方法不是就事论事的，胡适曾指出他的方法是"用历史演进的见解来观察历史上的传说"：

　　一、把每一件史事的种种传说依先后出现的次序排列起来。

　　二、研究这件史事在每一个时代有什么样子的传说。

　　三、研究这件史事的渐渐演进：由简单变为复杂，由陋野变为雅驯，由地方的（局部的）变为全国的，由神变为人，由神话变为史事，由寓言变为事实。

　　四、遇可能时，解释每一次演变的原因。

胡适还戏称顾颉刚这种"姓史"的工作范式为"剥皮主义"，比如剥笋，剥进去方才有笋可吃，而且不但剥得深，还要研究那一层层的皮是怎样堆砌起来的。这种动态史学的评述工作，带有比较的特点，做起来很繁重纷披，也就不是一般的放言高论和翻案文章。虽然辨伪之中，不一定能填充古史中所辨析出来的时空，却可以呈现两汉以来传统历史文本的某种面貌和真相。

我们不妨称顾颉刚的"疑古"为"合理的怀疑"。旨趣的中心不在于这个那个的实用理性、价值理性的膨胀以及史料真实的基础被忽视，毋宁说其理性之作为向导，本身还包含了对理性的限制，包含了历史描述对价值判断的限制。所谓"考信"，或者说史家的品格，无论怎么样去怀疑、假说，还是要求贯穿着一个"向真实还原"的意向基础，"披沙简金"，乃因"简金"而有"披沙"，这同离开史料辨伪存真基础的"以论带史"有着根本的差异。"实事求是，莫作调人"，南菁书院山长黄以周的这八个字，说明"合理的怀疑"并非传统以外的。离开这个基础来谈"激进""保守"，谈"批判""创新"，恐怕并没有真实的意义，虽然极端的激进也曾造成了若干年间史学迷误的许多教训及"笑话"，以至于有过需重新辨伪的"神话历史"的现代版，但顾颉刚的疑古并不是那么一回事。大概也正因为如此吧，在旁人看来，顾颉刚很快便由"激进"变得"激进味儿不够"，或者不免有"根本的局限性"了。

"要把中国古今的学术整理清楚，认识它们的历史价值。"这个时代之交的文化愿望，自章太炎等人有所表达后，很难被激进思想之潮所容纳。相反，有人对顾颉刚警告说："你不能再走这条路了。你如换走一条路，青年还能拥护你。"顾氏回答说："我以为这样的说法未免有短视之嫌。""科学工作，并不在求青年拥护"。（《我是怎样编写〈古史辨〉的？》）又进而说到"疑古"："疑古并不能自成一派……释古派所信的真古从何而来呢？这只是得之于疑古者之整理抉发。例如现在很多同志的文章都说到神农、黄帝是神话人物，《诗经》《楚辞》是民间文艺，这种问题即是我们以前所讨论的。"确实，不论是疑古还是释古，既不等于"翻案文章"，也不等于对历史作种种强行的或似是而非的解释。也许这倒是对历史、学术、传统应有的尊重。读顾颉刚的"学术自传"——那篇《古史辨》的长长自序，能感到他诚恳为学，不假捷径的如一态度。即如大胆立说，发人所未发，也是其来有自。一是以案头的勤搜资料为基础（据说他的笔记有一百八十多册，约四百余万字），一是有学术探讨的渊源，上接刘知几、郑樵、章学诚、姚际恒、崔东壁的遗绪，有所发展。可以说，这与盲目地反传统不一样，他的学术活动一直处在传统中，并对传统有所叩问和检讨的。过了六十多年，顾先生那篇"海阔天空"的长序，还能读出新鲜感，并不是熬来熬去只待倾去的药渣。这使人想到，在"激进"与"保守"对立的思想史文化史格局中，可能还有人走着另外的路。正如顾先生的疑古辨伪同样体现于求真求实的朴素情怀。

今人评价昔人之学，常有所谓"新旧"的褒贬。如说顾颉刚的工作仍局限于"旧史学"的范围，言外有不能占时代高度之意。这说法不能算错，但恐怕也只是囿于"进化"的观念而言。然而文学也好学术也好，毕竟不似时装，越新越好，也不似文物，越旧越好。这样，是说"新旧"未必是合适的标准。新的未必就了不起，旧的未必就无价值。比如讲治学，有些旧的意见就还很让人三思。顾颉刚曾引章学诚《文史通义·横通篇》中一节议论：

> ……所接名流既多，习闻清言名论，而胸无智珠，则道听途说，根底之浅陋亦不难窥。周学士长发以此辈人谓之"横通"，其言奇而确也。

顾颉刚自述："读了这一段，自想我的学问正是横通之流，不觉汗流浃背，从此想好好地读书。"再有，学问之事本为无止境，我们后来人却常感到大事做不来小事不愿做的难受。但顾先生却认为："天下事只有做不做，没有小不小，只要你肯做，便无论什么小问题都会有极丰富的材料，一粒芥菜子的内涵可以同须弥山一样。"（《孟姜女故事研究集》序）他说了也做了，于是便有了所谓推陈出新的研究范例。

对于古今学者来说，常常有个不易回答的问题——学问为了什么？有人以为可作名利的敲门砖，有人则以为该经世致用。"致用"的想法不能算错，但是它同"认为求知是一个很高的价值"的精神又有些矛盾。换句话说，其危险就是我们在十几年前曾很熟悉的泛滥为实用主义的、为政治服务的"帮史学""激进史学"。顾颉刚说得不错："经过了长期的考虑，始感到学的范围原比人生的范围大得多，如果我们要求真知，我们便不能不离开了人生的约束而前进。所以在应用上虽是该作有用与无用的区别，但在学问上则只当问真不真，不当问用不用。学问固然可以应用，但应用只是学问的自然的结果，而不是着手做学问时的目的。"(《古史辨》一册)

当初，推翻古史受过康有为《孔子改制考》的启发，顾颉刚因而倾心于康氏。但是他后来发现康有为乃是拿辨伪做手段，把改制做目的，是为运用政策而非研究学问，所以康氏在学问上不免遁于怪妄了。因为有两种学术态度，因而有两种意义不同的"疑古"。

不必讳言，当顾颉刚也放弃了原先的态度时，也就会相信秦始皇焚书坑儒竟是如何的有道理。(见《秦汉的方士与儒生》一九七八年版重版前言)

假期中，我趁空翻阅了几本《古史辨》以及评述顾颉刚先生的学术的书，不觉地有些难以整理的印象。说小些，不过是增长了理解的兴趣，说大些，也就成为观察现代学术史的一个角度，可以有所思。其实，还觉得更应予以珍视的，是当年那场讨论的健康的学术气氛以及顾先生那种不囿于家派严于律己虚怀若谷的品格。钱穆曾在《师友杂忆》中写道："因颉刚方主讲康有为，乃特草刘向、歆父子年谱一文与之。然此文不啻特与颉刚诤议，乃颉刚不介意，既刊余文，又特荐余至燕京任教，此种胸怀尤为余特所欣赏，固非专为余私人之感知遇而已。"

至于与他争论的几位学者，顾先生则表示："非常地感谢刘楚贤（掞藜）、胡堇人、柳翼谋（诒征）诸先生，他们肯尽情地驳诘我，逼得我愈进愈深，不停歇于浮浅的想象之下就算是满足了。我永远要求得到的幸运，就是常有人出来把我痛驳，使得我无论哪个小地方都会亲自走到，使我常感到自己的学力不足而勉力寻求智识。"（《古史辨》一册自序）

顾先生编书每有长序，似对读者意欲倾诉无余，大概他常常生活在面向过去更面向未来的思考中，不知满足。这些，以及他的"未成"感，都已算不上"新"，却驻有长久的生命。

一九九〇年八月，北京小街

朱自清

尚在旅途：朱自清的『平常心』

一九八八年，对朱自清先生来说是个"整日子"——诞辰九十周年、逝世四十周年。等到换了新年历，想到此间新闻纸上的社闻动态常与日历翻动有关（比如总要应应这个"节"那个"日"的"景"），不免觉得朱先生的"日子"似乎失落了。世人大抵很忙的样子，像朱氏当年一篇散文的题目——"匆匆"。而朱先生在京郊的公墓里，已静静躺过了四十年。无端记起，既是无端而又记起，怕又有些缘由。因为闲着，偶然想读些前贤的传记，读了几种，便有念也寻一本朱自清的传记来看，却没有寻到，虽然曾认定该是有一本的。四十年了，朱先生背影已远，好像仍是一如在时的温厚谦恭，所谓"衰病常防儿辈觉，童生岂识我生忙"，在他恐怕不会计身后之毁誉短长的。所幸，尚有前年版的一本《完美的人格》，收辑了友人若干纪念文字，读来总可慰情聊胜于无。

207

隔代之下，记着一个不必非记住的人物，似乎有隐约的情缘。想想，这之于自己，可能与幼时文化的启蒙有关。少年读书，聆读过的文章不能胜数了，烟云过眼，若是印象终究没有磨掉，即便如云影浮沤，也该格外有不觉的影响以至于无形的陶冶。朱自清的散文或许就是属于这"入化"的一类。当初读过他的《背影》《荷塘月色》《绿》等篇什，许多年后仍有勾起晓梦的滋味。"飞去的梦因为飞去的缘故，一例是甜蜜蜜而又酸溜溜。这便合成了别一种滋味，就是所谓惆怅。而'儿时的梦'和现在差了一世界，那酝酿着的惆怅的味儿，更其肥腴得可以。"（《忆》跋）朱自清曾这样地说俞平伯的散文，同样，朱先生的文字引起我的绵久忆念，也好像在追寻着童蒙开启的时分，即令时间在掩埋，还是宝贵着那一份文字所留存的启示与响应。

《背影》之闻名，其实在平常。也不必说"绚烂之极归于平淡"，只就是平常，恰如棉布之于绫罗绸葛，柴扉炊烟之于钟鸣鼎食，自然抹去了"为文造情"多有的刻意造作之痕。按说，这样的取材细微、速写简易，最难见妙奥，但作者无意雕琢经营自己的感受，就让它吐露又何妨！有几分悲凉寥落，有几分温暖惆怅，像是有什么，又像是没有什么——"父亲蹒跚远去了"，在父与子之间、过去与未来之间，一切很简单又很复杂地凝聚着"天涯沦落共此间"的感情，原是人人皆可体味而又体味不尽的。朦胧的启示也许就在这里——自然和灵魂在其中启示了自身。启示什么并无须指点，它的召唤力正在于永远为非强迫的响应留有余地。

在二十世纪五十年代，关于《背影》曾发生过是否宣扬小资产阶级感情以及应否再把它选入教材的讨论。恐怕后来连这样的讨论也不需要了。然而即令在"无情"的时代气氛里，仍有不少人悄悄留连于这种寓温润于朴素的文字，好像在沙漠中邂逅绿泽、水泉。许多人，包括隔代陌生的人，或许也在性情上响应过朱自清，无缘耳提面命，多在亲切的影响。他为人为文的"平常"沟通着人世间疏离的感情。

非常之文，非常之事，世上有，但多不在强求，强求易燥，燥则易折。《论语》上说："狂者进取，狷者有所不为。"狂者常抱非常之情意，狷者多守持平常心，差不多是这意思。在孔夫子看，狂狷是要互补着才好。朱自清算不上强者，性格的收敛或许注定了理想的不能圆满、注定了低调的人生，只能于有所不为中有所为。这倒也落得难在身后有一本不平淡的传记，或者说正像他的文章、生业都缺少非常的主题材料。然而平常之于他，未始不难。所以好多年，他常在寂寞困愁里，一首《盛年自怀》写着："前尘项背遥难忘，当世权衡苦太苛。剩欲向人贾余勇，漫将顽石自蹉磨。"

"五四"时的青年知识分子，后来不能不各自须寻各自门。在"蹉磨"中做着、努力着，这是朱自清选择和实践的一路。同好的还有叶圣陶、夏丏尊、丰子恺、刘半农、郑振铎、闻一多、俞平伯、宗白华、沈从文诸位，大致相知相沫，服务于教育、文学、出版，可以说，偏于文化学术园地的耕耘。朱自清更是在中学和大学的教坛上鞠躬尽瘁而殁。在当时，恐怕很难评价这种节制、淡泊的人世态度。然而朱先生的定力在于此，文化和人格理想也在于此。我们读其遗文、想其为人，可知他如何以踏实、持正、勤勉、厚容的质料来铺这条路。人不可能脱离他的时代，又只能以自己的方式、不媚不亢的态度投入这时代。如此，朱自清大约寄怀于顾亭林的精神——"自今以往当思以'中材而涉末流'之戒"。即在出处去就、辞受取与之间躬行着"博学于文"和"行己有耻"，一面不苟且遁世，一面又"明其道而不急其功"，当然算不上时代的先锋，却也在路上留了些深深浅浅的脚印。这更像任着一种"牛轭精神"，苦乐皆在其间。这种精神落实到文化学术上，其益处大概仍在"为非强迫的响应留有余地"。比如我们注意到在治学上取一种不武断的态度，既非"信古"又非"疑古"的"释古"取向，都同不求甚解而好言语道断的风气不相同的。

从一种望而崇高的政治意识和使命感去判断，朱自清所选择的路并非一条大道，甚至在多为慷慨激昂之气所弥漫的年代，连他本人也要惋叹走着一条"死路"，在当时和嗣后，人多以为无望。但他又不肯自弃，因为他实在是以教育和学术的传播为自己的生命了。其实，世界上原本是没有路的，或者他因为承认了一己的有限，便在这有限里来燃尽了自己。

如果以朱自清的状态来看待中国现代知识分子的命运，不论一时的兴衰，大概可以承认他们的选择本来是很有限的。多少年，读书人常在考虑进退的问题、"独善"和"兼济"的问题——"是进亦忧退亦忧，然则何时而乐耶？"选择的矛盾联系着身心的忧乐穷达。这似乎难以正确或错误、积极或消极的尺子来作简单衡量。长话短说，一个平常的耕耘者比建功立业的斗士可能要显得缺乏意志与热情。然而情愿放弃担当主要角色的机会，情愿承受寂寞而耽于一种心灵的跋涉，比如自处于学术之角，亦未必不充实，不能有卓然的奉献。尽管这体现为一种退避、妥协，甚至是无可奈何的，且常与人生的问疑为伴——何来何往、生分死分，颇以诱惑纠缠为苦。

朱自清很早就自我问疑着，他的长诗《毁灭》记录了在尘世烦扰和诱惑下的内心独白：

> 像有些什么 / 又像没有——/ 凭这样不可捉摸的神气 / 真够教我向往了。但一切都太渺茫、太难把握，召唤和追迫都不如自己的选择——纤弱的琴弦奏不出伟大的声音，还不如拨烟尘而见自己国土！……摆脱掉纠缠 / 还原了一个平平常常的我！……我要一步步踏在泥土上，/ 打上深深的脚印！ / 虽然这些印迹是极微细的，/ 且必将磨灭的 / 虽然这迟迟的行步 / 不称那迢迢无尽的程途，/ 但现在平常而渺小的我，/ 只看到一个个分明的脚步，/ 便有十分欣悦——/ 那些远远远远的 / 是再不能，也不想理会的了。

比之于追求，这是回归；比之于迸发，这是收敛；比之于伟大，这是平实。撇开了人生歧问难剪难理的羁绊。虽然这种选择不免自馁柔弱了些，毕竟从虚妄中蝉蜕出来。当许多嚣动的声音终于被历史岁月所磨洗，风流总被雨打风吹去时，这个声音却依然在委曲低回。这便是朱先生关于选择的平常观、中和观、"刹那"观——"我深感时日匆匆底可惜，自觉从前的错误与失败，全在只知远处、大处，时时只是做预备的工夫，时时不会做正经的工夫。""第一要使生活的各个过程都有它独立之意义和价值——每一刹那有每一刹那的意义和价值……极力求这一刹那里充分的发展，便是有趣味的事，便是安定的生活——安定并不指沉寂。"我们体会这种观念，既非积极高蹈又非消极颓废，既非株守旧道又非趁逐波流，进与退、执与不执、有为与无为，原不是非此即彼所能简单评断的。

一则寓言说，有两个人，沿道路一起旅行。其中一人相信这条路通向天国，另一个则相信前方什么也不是。他们两个以前都从没有走过这条路，因此谁也无法说出在每一个拐弯处会看见些什么。在旅途中，他们有过舒适愉快的时刻，也遇到过艰难和危险。在任何时候，其中的一个都视此行为通往天国的朝圣旅程，然而另外一个则怀疑着，把旅行视为一次无法逃避的毫无目标的漫步。

朱自清大约更像这则寓言所说的无目标旅人，不能说全无目标，只是不大泥于人生之旅的确定终极性，他致意于每一瞬间的"行"，权衡于尚在旅途的状态。虽然大凡路人都想清楚地把握住未来与目标、意义，但又实在难以径情直遂把它们确定住。在旅途中，"两种人"也许要争论，然而争论的结果却要由未来十字路口上所作的回顾来保证。

历史之回顾有已然，亦仍有未然。

在当时，朱自清于夹缝中所作的选择，作为一种思想史现象，多少给人一些启悟。宽而言之，他的"脚印"已印证注释了若干实在的意义。比如至少有三方面的努力值得并不过分的估计：

其一，他的散文写作不仅因清醇而经久，且以其有影响的文体形式参与了当代人审美感知和表达方式的重构。具有新文化意义的语言文体多少与变化着的思维方式有潜在的联系。这种"桃李不言"之功，创造精神的财富，每一个参与其中的人都能够分享它。

其二，在整理传统文化遗产方面，朱氏兀兀经年，即使在烽火纵横、关河行脚的艰难里，仍然把生命工夫投入到这种文化传承的磨道里去。搜讨、考辨、阐释、述要。读他的《诗言志辨》《经典常谈》《十四家诗钞》等，仿佛凭了他的肩头去照远灼微。他不具备大学问家的气概，却给后来者以把臂入林的方便。

其三便是教书这件事了，也是育人。总有不少的心血付之，虽然论来不过"教鞭画笔为糊口，能值几钱世上名"！

鲁迅认为，在他的老师之中，藤野是最使他感激的一个。"有时我常常想，他的对于我的热心的希望，不倦的教诲，小而言之，是为中国，……大而言之，是为学术。"作为坚韧的启蒙者，鲁迅是奋斗而铭诸此的，作为平凡的教师，朱自清也可说这样去磋磨了。

一九二八年，朱自清曾为"哪里走？"的问题苦恼。过了二十年，他因病辞世，遽然解脱。其间经过八年抗战及战后的民主运动，现实使他的思想渐趋进步。但变化之来去，依然不脱一种人格的定力，即一贯的不守成见、一贯的平实正直。如他自己所述，一面是"讷讷向人锋敛芒"，一面是"小无町畦大知方"。智圆德方始终是他为人的本色、进退的持律。五十年生涯，斜阳远巷，夜语昏灯。毕竟所多者寂寞颠扑。他的有限人生轨迹，从一个角度大致反映了某种知识分子的状态。

可能，这中间有个"平常"和"伟大"的关系问题值得想想，但我无力在此探讨，也不想说"英雄是否死了"，只是想，"平常"是不易的。

斜阳系缆：
漫谈历史中的俞平伯

俞平伯　丁聪绘

那还是庚午秋，一九九〇年十月，忽闻俞平伯先生以九十岁高龄遽归道山了。想到俞先生大概是来也从容去也从容，落花淡定，似具一种特别的风致，还记得他咏春的旧词"春来依旧矣，春去知何似。花鸟总芳菲，空枝闻鸟啼"，寸心真堪细味。

盍兴乎来！得读俞先生大本小本新本旧本的遗著，又一番春草绿庭阶的时候了。翻览旧章，已兼旬日，可片片段段，终不得纲领，不由颓然一叹：以俞氏之数度劫波，沧桑略饱，如其自述"苍狗白衣云影迁，悲欢离合幻尘缘"，又加晚景有十年安定，亦未断文墨因缘，何以不曾作过自传、回忆录或者哪怕一点儿"忆往"呢？这很"可惜"。在时人看，也未免"不入时"。莫非情形真的是秋月当窗情味已归寂寥？也许"不言"正包含着许多东西，难言或惘于"往事知多少"；或许"不入时"也正是老人的个性？

215

由个性而想到俞先生的"超脱"和"日暮心"等，世情冷暖中其人心境当与"故作洒脱"无关，也不是"向前看"那般事，实际上倒不如说禁忌犹在更合适。比如一九五四年那场大批判，以俞平伯为靶子，使其"名播"四海，三十余年不移，是直到一九八六年才作了新的结论予以解脱，俞先生虽是好做梦的人，然而这场噩梦何其长也。翳影不去，不够超脱的人难免熬它不过，超脱如俞氏者，大概也只能"而已而已"了。让人可以理解的是：时间流逝以及一种传统的文化性格对历史的"抗拒"，往往在于将荣辱得失都看淡漠了。诚然，"无言"也是一种言语，下面这段话似乎可以发往日"未发之覆"。据俞老外孙韦奈记：

> 一九九〇年十月十五日，我的外祖父俞平伯在家中与世长辞，在病榻上苦熬了半年的他，终于得到了解脱。丧事遵嘱从简，像生前一样，他穿着半新不旧的中式棉袄、夹裤和一双布底鞋，在火化场依次排队，等候完成人生的最后一步。
>
> 他将近一个世纪的人生之路并不平坦，然而在他八十五岁那年，只用十四个字概括为"历历前尘吾倦说，方知四纪阻华年"。华年受阻，应始于一九五四年那场对他来说是极不公正的批判，那年他只有五十四岁。（《我的外祖父俞平伯》，《光明日报》一九九二年四月四日）

俞老晚年心态流露，在"倦说"二字，然而"方知"一句，落一"阻"字，似包孕甚多。"华年"当为韶华之年，"四纪"已近于"知天命"了，大坎坷在此际，也就是所谓"人过中年"。不过俞平伯的超脱又非仅在坎坷之后，读他早年的散文，便可知他于人生即离之间特有的感悟，是因源远所以流长的。他有散文一题曰《中年》，便说：

> 当遥指青山是我们的归路，不免感到轻微的战栗（或者不很轻微更是人情）。可是走得近了，空翠渐减，终于到了某一点，不见遥青，只见平淡无奇的道路树石，憧憬既已销释了，我们遂坦然长往。所谓某一点原是很难确定的，假如有，那就是中年。
>
> ……
>
> 再以山作比。上去时兴致蓬勃，唯恐山径虽长不敌脚步之健。事实上呢，好一座大山，且有得走哩。因此凡来游的都快乐地努力地向前走。及走上山顶，四顾空阔，面前蜿蜒着一条下山的路，若论初心，那时应当感到何等的颓唐呢。但是，不。我们起先认为过健的脚力，与山径相形而见绌，兴致呢，于山尖一望之余随烟云而俱远；现在只剩得一个意念，逐渐的迫切起来，这就是想回家。下山的路去得疾啊，可是，对于归人，你得知道，却别有一般滋味的。（《杂拌儿之二》）

俞氏多感岁时却少激昂意态，退而于古槐居里自吟自嗟，也是一种性格使然。从客观上说，是就某种得失是非让一地步而天地稍宽；就主观而言，也不妨获得一种达观或静观的状态，聊以解忧。我们从这一思路去想，或者可以替俞平伯晚年的"讳言"以往以及"有弗为"作一解。不过，解谜总不免有"强作"的一面，何况世情心史往往最难透辟分明。即以一九五四年"批俞"大冲击以后，红学史云遮雾苦有增无已而言，俞氏身处其中，除了只能躬自厚责之外，又何以清理"剪不断，理还乱，是红学"呢？"倦说"同"困知"相联系，也很自然的。一九七五年俞平伯曾念着"不胜回车腹痛之悲，悬剑空垅之恨"，回忆畴昔与陈寅恪共读韦庄《秦妇吟》（没世重出）的情景，并草《读陈寅恪〈秦妇吟校笺〉》一文，其中论及"韦庄晚年深讳此诗之原由"，自称"呓词"，其实有"慎言"深意。文章先引陈寅恪对此一问题的看法："端己之诗流行一世，本写故国乱离之惨状，适触新朝宫闱之隐情，所以讳莫如深，志希免祸。以生平之杰构，古今之至文，而竟垂戒子孙禁其传布者，其故倘在斯欤？倘在斯欤？"俞平伯认为陈氏的结论"固视旧说为有进"，进而又点出："然终不过可能或有之事耳。于篇末再作疑词，亦其慎也。昔刘孝标之重答秣陵曰：'音徽未沫，其人已亡；青简尚新，宿草将列。'窃有同慨焉。"由此不免想到现代红学史上所曾面临的类似情况，想到探求历史真实的困难以及前贤对这种真实的尊重，后人又是否与俞先生"有同慨焉"？这是读先生未沫之言可以兴会的一点启示。

话说回来，几十年风也萧萧雨也潇潇，在寂寞和沉默中做着"想回家"的归客，俞平伯的由隐而显，本是不情愿地由现代历史戏剧来作了安排。晚生者也能多识其名，盖源于一九五四年那场运动及其余波后浪——恐怕没有多少人了解那个作为"五四"新诗人、曾以现代散文小品名家兼擅治古代诗词曲的俞平伯——这场运动使"俞平伯"三个字成了"整个学术文化领域里的资产阶级唯心论"的代名词。如果说后来还有另外一点格外的印象，需补说的是来自十年前读杨绛的《干校六记》。杨文记实，然而所记当年"下干校"的细事，委婉有风人之旨，就中，又尤以记年逾七旬的俞平老和俞师母"还像学龄儿童那样排着队伍，远赴干校上学"一节，最令人唏嘘。

一九五四年陡然掀起的"评红批俞"运动，现在可以看得比较清楚，既出之偶然又可归诸必然。翻检旧案，这场运动可以称得上中国现代学术思潮史上的重点章节，即在现代文化的意识形态支配背景、思想模式、治学方法以及思潮风气等方面，都要求一个整体性的深刻变动，或者说，要求在"不破不立"之中确定一种由思想斗争来统帅的新的学术范式。结合对俞平伯的批判和对《红楼梦》的讨论，以唯物史观为圭臬的社会历史批评，现实主义和典型化的文艺理论以及进行思想斗争的方法日益成为主导，大抵都是新范式的展开。这一变动，在学术史的意义上，和"五四"以后一批学人用新方法整理国故（包括胡适以考证为宗的新红学）有点相似，但性质、势头、影响都严重、深远得多。如果说这是一篇"大文章"，批判俞平伯的"《红楼梦》研究"恰好拿来做了"破题"。

读"故纸"一束以及近几十年的红学小史，不知为什么会有"相逢一笑"之感。这倒不是自觉"旁观者清"或"看人挑担不觉沉"，相反，却免不了有"你不说我还明白，你越说我越糊涂"的情况。是真糊涂。因为原则上虽然明白"真理越辩越明"，但在具体进入问题时，接触与《红楼梦》有关的作者、作者与文本关系、版本、结构断续、内容意义阐释以及叙述方式、风格等上面发生的争论，往往聚说纷纭，令人莫衷一是。兼而怀疑，由于史料的阙隐不彰和优秀作品所具有的开放性、阐释的更多可能性，清楚是否可能？或者说，（倘若）"水至清则无鱼"，便好吗？大概也因此，"红学"不妨成了与对象若即若离的另外一种"游戏"。参与"游戏"，也意味着寻求某种当下性的文化旨趣。不过，这还是显示了一种典型的学术困难，"实事求是"的困难：太执着不行，学术本身却要求执着；太有定见不行，学术又需要定见以至于排他性的定见来支撑。我想，学术的进境，又只可能在于相对地克服这种困难的努力中。

话扯远了，还是说一九五四年的俞平伯。据统计，从一九五四年九月到翌年五月，国内主要报刊发表批俞文章和座谈纪要约一百三十余篇，不包括毛泽东那封著名的信和俞平伯的检讨。后来对这场运动的评价也很不一致，或基本肯定，或基本否定，或有所折中，这也不必多说了。只是我们忍不住好奇，要将有关文字拿来对读，多少觉得有些事情太离"求是"的谱。比如，俞平伯并非纯粹的红学考证家，他曾在早期出版的《红楼梦辨》中说过文学考证可以同小说批评相结合的意思："考证虽是近于科学的，历史的，但并无妨于文艺底领略，且岂但无妨，更可以引读者作深一层的领略。"又说："我们可以一方作《红楼梦》的分析工夫，但一方仍可以综合地去赏鉴、陶醉；不能说因为有了考证，便妨害人们的鉴赏。"他还一再申言：小说只是小说；希望能"不把浑圆的体看作平薄的片"。但是后来的批判则断言，俞平伯"只不过是以考证的方法代替了文学批评的原则而已"。这么一来，"帽子"和"脑袋"之间似乎还有相当大的距离。"帽子"从此滥制矣。

又比如，俞平伯在一九五二年重版《红楼梦辨》（更名《红楼梦研究》）时，已删掉了"把曹雪芹的生平跟书中贾家的事情搅在一起"的《红楼梦年表》，也删去了"《红楼梦》是作者底自传"这句话。实际上他早在一九二五年就修正和批评了"自传说"，并强调："小说纵写实，终与传记文学有别……吾非谓书中无作者之生平寓焉，然不当处处以此求之，处处以此求之必不通，不通而勉强求其通，则凿矣。以之笑索隐，则五十步与百步耳，吾正恐来者之笑吾辈也。"（转引自刘梦溪《红学》）但是一九五四年的批判却仍然要栽给俞平伯一罪："和胡适一样，说《红楼梦》是作者的自传"，后面烧火升温，请君入炉的话当然也还多，这样的例子更还不少。俞平伯当然讷讷不能辩。

说到学术史传统，自有卓然的典范或溃毁的教训，有这样的思想或那样的方法，有学风上的朴实或者空疏，流派也不尽二三数。但是若究其要旨，深的不能说，浅的，在学和术的入门处尽量做实事求是应该算一条、起码的一条。章太炎讲治学心得，所谓"审名实、重佐证、戒妄牵、守凡例、断情感、汰华辞"大抵也以此为宗基。可这也是迫于时势牵拘未尝就容易做到的。俞平伯的思想高度和学术路子，或不免有其局限，而求真（真率、坦诚）、求是（平情平心而论）又不失其可以一近罄欬的风度，也就是说，无论在整个做学问的过程中会不会有失误，都抱着平实地了解和研究的态度，用他自己的话说，"自以为是很平心的"。俞平伯的"红楼梦研究"确没有多么了不起处，但他的"平心"自省可堪体味，尽管当年他所处的时势情境不肯容纳这两个字。

"试玉要烧三日满，辨材须待七年期。"（白居易《放言》）等着俞平伯的，不止一个"七年"。

> 盖闻逆旅炊粱。衰荣如此。墓门宿草，恩怨何曾。是以白饭黄斋，首蓿之盘飧还是；乌纱红袖，傀儡之装扮已非。
>
> 盖闻游子忘归，觉九天之尚隘；劳人反本，知寸心之已宽。是以单枕闲凭，有如此夜；千秋长想，不似当年。（《燕郊集·演连珠》）

俞平伯作过一些"连珠体"的文字，颇可讽诵，也是借以述发对世态人情的体会，如谓"上书慨慷，非无阿世之嫌，说难卑微，弥感忧时之重""思无不周，虽远必察，情有独钟，虽近犹迷""塞雁城乌，画屏自暖，单衾小簟，一舸分寒"，或者"悲愉啼笑，物性率真，容貌威仪，人文起伪"，等等。颇可见理趣、性情。这亦如他的散文小品（《杂拌儿》《燕知草》《燕郊集》等），虽然评家觉其有板滞、繁缛、朦胧或者枯涩的毛病，但有个性和特有的风致，仍是为人为文于世于己若即若离的一格，骨相不失冲淡自然。即如下面的文字，也还可感：

> 人和"其他"外缘的关联，打开窗子说亮话，是没有那回事。真的不可须臾离的外缘是人与人的系属，所谓人间便是。我们试想：若没有飘零的游子，则西风下的黄叶，原不妨由它们花花自己去响着。若没有憔悴的女儿，则枯干了的红莲花瓣，何必常夹在诗集呢？人万一没有悲欢离合，月即使有阴晴圆缺，又何为呢？怀中不曾收得美人的倩影，则入画的湖山，其黯淡又将如何呢？……一言蔽之，人对于万有的趣味，都从人间趣味的本身投射出来的。这基本趣味假如消失了，则大地河山及它所有的兰因絮果毕落于渺茫了。（《清河坊》）

孔子有言："盍各言尔志。"这趣味的依恋，载道怕载不起，总还不妨"言志"，这性情在俞平伯的天地里沉浮，局限自是不待言。好处大概是不拘泥，或者说有所执有所不执，不端着架子，礼法、世故种种也不大在乎了。落到文字，虽然表面上俞平伯的涩味不如朱自清的清秀，不得"入口即化"，也不如周作人的简淡蕴藉，但在内里的气质，恐怕又最洒脱和雅致。进而言，也是"以自然为怀"，如其所谓"一切文化都是顺自然之理以反自然",人就生活在这种矛盾里,意识到这种矛盾的不可强作解结,也便能徜徉于"渐近自然"的一层。我想,他的"趣味为主",便这么着来了。也是不愿胶柱鼓瑟的意思。读书、作文、赋诗、说词、度曲,连带着为人处世,因研究《红楼梦》而挨批,总之在"趣味"一点,都可以互为印证。

时代也曾不容许趣味的存在,俞先生亦长久沉默。现在重晤先生的文字,知味仍复不浅。知堂曾说,"平伯所写的文章","是那样的旧而又这样的新"。感觉这还是很相宜的话,宜于三复斯言。俞平伯的文化经历也表示,他既是个新人物又是个旧人物,这使他承受幸与不幸的命运,走完旅途。谁又能简单地洞察历史?

一九九二年四月,北京小街

泥龙竹马眼前情：
丰子恺与《缘缘堂
随笔集》

丰子恺

"樗蒲锦背元人画，金粟笺装宋版书。"有这样的雅藏，兼得雅室明窗，小语春风，恐怕是常人难得躬逢的一种雅遇。不过，虽为粗人，也不妨碌碌之中偷半日闲，偕一二好友，逛逛琉璃厂，在沧痕遗沛间，略微知会古人所津津乐道于"柔篇写意"的那种滋味。固然是"门外"徘徊，一时也小有悠然。

转思藏书读书之乐，李清照《金石录·后跋》有"甘心老是乡矣"的话，其体会亦非个中痴人所不能道："故虽处忧患困穷，而志不屈……收书既成，于是几案罗列，枕籍会意，心谋目往神授，其乐在声色狗马之上。"念此又想，像她夫妇当年那样"枕籍会意"的快活，也不一定非有高古的楮墨不可吧。读书，倘能潜心会意，也无异于世间得一性情相通的知己，虽无雅室明窗、笺装宋版，也乐得随心置取，宜冬宜夏了。

自己的书架，虽是寒碜，好在还有两三本惬心的书，虽不算珍本，承它们不弃，可作浮生伴侣。久了，便有些感情。其中有丰子恺所作《缘缘堂随笔集》一本，自认此书的装帧版式、纸质墨色、天头地脚皆称匀当，于枕畔消磨、案头清供都无不可。随笔集，在文学史书上固然没什么位置，但正如袁中郎的意见：若惬意，正不必俟他人。

以"缘缘堂"室名为题，集合了丰氏大半生百来篇随笔。体无一律，所写起于青年时的感怀，终于暮年忆旧，寥寥也跨过近半个世纪。那样的文字好像没什么"中心""纲目"，说是一苇航船且行且泊，卧看云起，月下小窗，也差不多，倒确是随笔的意思。此类文字一般被归入散文，只是比我们惯见的散文还"散"一些：自然、社会、家庭、个人，或旅行或平居、或写生或谈天，不必"应景""应制"，也不如惯见的散文用力。用力有用力的好处，但有时也会病在用力上头。不用力就随便、不拘束，等于任你漫读。随便，虽然难免不大合规矩，总显得近人情一些吧。恰如青菜豆腐家常饼之于正式的酒肉宴席，兴之所至而无厌腻。当然，要是觉得读了心里有一个"好"，大约也是说不出好在哪里的好处。我想，《缘缘堂随笔集》的这一特点在这一则里已有足够的表现（也并非篇篇如此）：

　　　　打开十年前堆塞着的一箱旧物来，一一检视，每一件东西都告诉我一段旧事。我仿佛看了一幕自己为主角的影戏。

　　　　结果从这里面取出一把油画用的调色板刀……但我

取出这调色板刀，并非想描油画。是利用它来切芋艿，削萝卜吃。

这原是十余年前我在东京的旧货摊上买来的。它也许曾经跟随名贵的画家，指挥高价的油画颜料，制作出帝展一等奖的作品来博得沸腾的荣誉。现在叫它切芋艿，削萝卜，真是委屈了它。但芋艿、萝卜中所含的人生的滋味，也许比油画中更为丰富，让它尝尝吧。

据说好文章是可以浓圈密点的，其实有"说不出来的好"，本该是"妙处难与君说"的另一境，尽管要使评点家沮丧。

再延伸了想，文章是做出来的，然而又有没有"不做文章"的文章呢？或者，声音是听到的，又有没有"听不到"的"想象"的声音呢？读了《山中避雨》，觉得正可转回来想想"无文章"的文章及其他。比如作者写他游山遇雨，雨不止，山既游不成，文章恐怕也该"枯"到这儿了，况且茶也越冲越淡。作者却写道：

茶博士坐在门口拉胡琴。除雨声外，这是我们当时所闻的唯一声音……可惜他拉了一会就罢，使我们所闻的只是嘈杂而冗长的雨声。为了安慰两个女孩子，我就去向茶博士借胡琴。"你的胡琴借我弄弄好不好？"他很客气地把胡琴递给我。

我借了胡琴回来，两个女孩很欢喜。"你会拉的？你会拉的？"我就拉给她们看……在山中小茶店里的雨窗下，我用胡琴从容地（因为快了要拉错）拉了种种西洋小曲。两女孩和着了歌唱，好像是西湖上卖唱的，引得三家村里的人都来看。一个女孩唱着《渔光曲》，要我用胡琴去和她。我和着她拉，三家村里的青年们也齐唱起来，一时把这苦雨荒山闹得十分温暖。

似乎不见经营，一经营倒掩其本色。意思也淡，若浓了，弦外余音文外余味反不易得。这情形姑且算到丰子恺随笔的第二特点。

或许还有第三个特点……

若说这种随便，也算一种风格吗？随，当然不是夫子所谓"行成于思毁于随"的"随"，或多在一种"不执"的态度，流露于文字间，既不能拉扯上文论家确定的文体风格，只有归于"无风格"了。不过，这种"无风格"亦未始不成一种特别的风格——读多了正儿八经的文章，会觉得"随"有随的好。失之东隅，收在桑榆，同是感受，"意外"有"意内"不具的滋味。

风格其实含有"外形"与"内赋"两个因素。或可分为两组，一组"质料因""形式因"，一组"动力因""目的因"。人们一般容易注意前者，或者也重视写作中的目的设计，实际上作者的性情及其自然的表达（我以为这是个主要的动力因）却往往被挤到无足轻重，又不觉地给"矫情"开了路，恐怕"打起黄莺儿"不够"郁郁乎文哉"呢！细想，不独丰氏随笔肯于适性自在，古来如河沙数的诗歌、散文，总归是见性情的生命更清新久远些，工拙倒还在其次。

即便不讲究，凭一份性情，就让创作"不期然而然"也未尝不好。固然，这样的随笔难免不实用或者琐屑，比如丰子恺也喜欢作漫画，开头喜欢把信口低吟的古诗词句译作小画，如《人散后，一钩新月天如水》《几人相忆在江楼》等，寥寥数笔，绝说不上多么好，却不乏情趣，朱自清看到也说："好像吃橄榄似的，老觉着那味儿。"那味儿也许并不足道。但一来作者的性情使然，只得不管别人的好恶高低。二来，江河不舍涓滴。如果说，一个人对世间卑微的生灵事物是热爱、亲近，能够设身处地孜孜不倦地去体验、理解的，他也才有可能进入更伟大、更有价值的境界。换句话说，因事小而不为，便能事大吗？在这一方面，"于世何补"不是个好问题。丰子恺也只能说：其然，岂其然哉！又比如"鹤立鸡群"，鹤当然不如鸡有用处，但倘有"煮鹤焚琴"的人定要派它实用，而想杀它来吃，它就戛然长鸣，冲霄飞去，不知所至了！

"随笔"中有一篇题为《野外理发处》。看去不过是写人生中一个无聊的瞬间，搁到别人未必有此闲心，怕是终归落到无聊索然。即如野渡系舟，凭篷窗眺望，眼前总像镶在框里的一幅画。凑巧"画"中得一副剃头挑子，此种世相小景正在有味无味之间。"我"一面姑且就此来斟酌方寸作一幅画，一面不妨随想玩味："平日看到剃头，总以为被剃者为主人；剃者为附从"，但若从绘画的角度看呢？"适得其反，剃头司务为画中主人，而被剃者为附从了"，甚至这"画"中又"似觉只有剃头司务一个人,被剃的人暂时变成了一件东西"。这看法可能让人别扭,说是不合情理又未尝不在情理——据说人的豁达无过于发现自己的可笑。想到"被剃头的时候,暂时失却了人生的自由,而做了被人玩弄的傀儡",心里会"咯噔"一下,尽管知道做"剃头傀儡"还不算可笑,兴许由此又想到别的地方去了也未可知。

写"平淡"本身并不比干别的低一格,从平淡里写出意思来,倒是需要悟性。或者说需要感应能力。现代人的这种能力,难道不应该更丰富、更细微才好?

读了《做父亲》《吃瓜子》《车厢社会》等篇,觉得原也不必想到"化腐朽为神奇"上去,有时,生活本身很有的可感受,何须一定非这么"化"那么"化"不灵。

"泥龙竹马眼前情,琐屑平凡总不论,最喜小中能见大,还求弦外有余音。"(《丰子恺画集·代自序》)"缘缘堂"缘于其性情,仿佛上述的情形。

上世纪末,丰子恺生于杭嘉湖平原上的小镇石门湾。少年时负笈杭州,曾师从李叔同、夏丏尊,逐渐走上艺术一途。他后来以漫画闻名,一些表现人情世态的小幅,笔墨间的清新,大都透出为人的清和。他一生中除了短期游学日本和抗战中举家西迁,多数日子度过于故乡、杭州、上海几处的山水风物之间,或教书或作画或写作、译书,似与时代风云有所隔。有人评他是后继陶渊明,若说近自然真率的人生态度相似,却不一样隐逸。这种较平静的文人生活,容或有研究者去这样那样地评价,不过总该充分估计到环境、际遇、性格、艺术事业对丰子恺人生定位的综合影响，给予他精神上的调适，又反过来在他的笔下得到体现，就像山色与湖光的相为映照。

再广而论之，调适着一定理想的现实主义，总是比较合于自然的选择。即使箪食瓢饮在陋巷，也还有精神上的补偿。"对境心常定，逢人语自新。"丰子恺爱引用这两句咏儿童的诗，用到艺术上，便是说对着物象能够撇开其意义而看见其本身的意思；用到生活上——做能做的事，做自己喜欢做的事，不勉强不虚伪；还不妨享受人生，静观和体悟已知和未知的一切。"能缘所缘本一体，收入鸿蒙入双眦"（马一浮题诗），这大约能使"缘缘堂"聊以自慰、自娱。此堂此人此心，有草木相伴，飞鸟暂止，语燕频来，或可"草草杯盘供语笑，昏昏灯火话平生"。"非淡泊无以明志，非宁静无以致远。"诸葛武侯的这两句话，见出他文韬武略之外的另一面。淡泊、宁静有"逃避"的意思，同时也向来被认为是一种砥砺考验，向来为仁人胸襟所向往。虽然丰子恺的"静处"与儒家的"内圣"不是一回事，但也未至消极的逃避，所谓"闲居的岁月往往正是作品多产的时期"，闲笔漫画，静观人生，也有他自己的且及于广大的爱憎与悲欢。过了几十年或许更久，人们还能咀嚼这悲欢："我的孩子们：憧憬于你们的生活的我，痴心要为你们永远挽留这黄金时代在这册子里。然这真不过像'蜘蛛网落花'略微保留一点春的痕迹而已。"（《给我的孩子们》）也像是在限制中寻求个我的自由，礼崩乐坏，虽不能扶危济颠，持守着"真善美"的价值祈向，或可不落于乡愿、市尘。然而此生当下,超然是否也是一种参与?"入而不入,不离而离",也许这彷徨的意态,得失难计,只在唤取了解人生意义的真诚。正如"无常"的旅途,觅一瓜豆可依的栖园,总觉得亲切。尽管在时光圆滑的"渐渐"中,舞台上如花的少女,将来会是火炉旁的老婆子,旧时王谢堂前的燕子,到头来飞入寻常百姓家,只要不失通过探索自我去探索人生的真诚,又何妨"客里相逢,篱角黄昏,无言自倚修竹"(姜白石)……

关于理想与现实的冲突主题,毕竟,"随笔"和它们的作者难以独自担承。正如文化思想史的研究者常常谈道,入世与出世、忧患与风流的矛盾困扰了许多代人。所以"二重人格"不过是不断被经验到的事实。"我自己明明觉得,我是一个二重人格的人。一方面是一个已近知命之年的、三男四女俱已长大的、虚伪的、冷酷的、实利的老人……另一方面又是一个天真的、热情的、好奇的、不通世故的孩子。这两种人格,常常在我心中交战。"《做父亲》写到该不该对天真的孩子说"合理"的谎话,很像这情形的微妙写照。承认这一矛盾,并把它艺术地揭示出来,不是逃避到自奴于人或自欺欺人的安全感中去,却吐露了真率和自我调适的可能性,即在现实的向度之上加诸理想的向度,加诸情感的与智力的潜能的表现。人生是不圆满的,但人格是可以趋向完整的,通过了解自身,通过创造活动肯定自我的个体性,实现与自然的统一。在我想,心理的、文化的调适,既非压抑或分解自我的人格,也非简单地调和心性中的矛盾,而是趋向完整人格的自发活动。"自发活动的字面意义即出于自由意志的活动。所谓'活动'，这里不是指'做某件事'，而是创造性活动的能力，它体现在人的情感、理智、感觉经验方面以及意志方面。"（弗罗姆：《对自由的恐惧》）丰子恺的笔下，无论是泛着依恋童心的色彩，还是对自然、艺术的心驰神往，大抵在肯定着人生活动的自发品质。

"渐行渐远，萋萋刈尽还生。"终究，百来篇随笔的生命不过在于它寻觅非强迫的响应。虽然世上的文章以煞有介事为多，那是另外一回事了。

总之，看起来，没有多少特色似的。到十年浩劫，对特色更施以严格的规定，焚琴煮鹤，"没有特色"的特色也彻底归于零。许多人搁了笔，被迫干些糟蹋自己的勾当，包括和了血泪来写检讨、交代。不用细表，丰子恺的遭遇与别的受迫害者没有两样。所幸因染病受伤（说幸也不怪），可学习"新丰折臂翁"，免去做"长工"的苦，回到"日月楼"里度其日月长。二十世纪七十年代初，那是什么时节；难得他竟能不为势数所迫，暗自续写随笔，就是《缘缘堂随笔集》中后一部分"朝花夕拾"式的篇什。几乎除尽烟火气、止水微沦的漫忆，读来或可相忘于江湖了。

或许并不容易解释，那种琐屑的回忆那种历历如在眼前的人伦物事有什么意义。诸如在劳动、喝酒、骂人中陶然自乐的癫六伯，有着与闰土一般经历的王囡囡之类，他们恐怕已经在世上痕迹全无，却因在记忆的描写里，永是生动地展开。意义，就在于那是生活自发活动的本身。在过去与现在之间包含着"时间"的主题。时间不仅是已经逝去的日子，还意味着难以言尽的心理内容以及在失去与获得之间挣扎的人的性情，也许还有渴望着濡沫的悲欢。当我们正自信弗往不至地认识和把握生活时，回头想想，生活是怎么一回事？

有一篇故事写个豆腐店司务，"每天穿着褴褛的衣服，坐在店门口包豆腐干"的，人称阿三。阿三偶然被人劝购一张彩票，未料竟中了彩。一时便闹得很热闹。阿三阔了，到了年初一，穿一身花缎皮袍在街上东来西去，大吃大喝，滥赌滥用。穷汉向他讨钱，一摸总是两三块银洋。有人奉承，赏赐更丰……老人倒看得清楚，说："把阿三脱下来的旧衣裳保存好，过几天他还是要穿的。"

"果然到了正月底边，歪鲈婆阿三又穿着原来的旧衣裳，坐在店门口包豆腐干了。只是一个崭新的皮帽子还戴在头上。把作司务钟老七衔着一支旱烟筒，对阿三笑着说：'五百只大洋！正好开爿小店，讨个老婆，成家立业。现在哪里去了？这真叫没淘剩！'阿三管自包豆腐干，如同不听见一样。我现在想想，这个人真明达！货悖而入者，亦悖而出；来路不明，去路不白。他深深地懂得这个至理。……他可给千古的人们作借鉴。"（《歪鲈婆阿三》）

这种故事讲起来真是平常，又怪有滋味。"煞有介事"的招数倒兴许作不来。

"文化大革命"后有"写文革的文学"，这儿却是"文化大革命"中写"非文革文学"。别人搁了笔，丰子恺却忘形于被迫的桎梏，使心地暂时脱离了当下尘世。是逃避吗？逃避也是对抗，用他的性情，他的理想的调适来实现并不悲壮的对抗。当然还有"随笔"。

到了儿还是说：人生真乃意味深长！

一九八九年十一月，北京小街

梁实秋

十步之内　挹其芬芳：
梁实秋与他的小品

　　一九八七年秋季，梁实秋先生在台北病逝。在这之前，从海峡那边偶尔传过来老人怀乡的文字，"度马恋旧秣，羁禽思故栖"，闻之愀然。"月是故乡明"，还有故土故人、北方的栗子、白菜……犹绕心头。他说过："自从离开北平，想念豆汁儿不得自已。"唯老乡能体会他梦里那碗豆汁儿的滋味。然而此情可待已成追忆，今读逝者遗文，莫不泫然。梁先生逝后，其女自北京千里奔丧，中道受阻，犹为天下不合情理之事添了一条不幸的注脚。

　　若干年间，梁实秋居海隅而身遭谤议，其人其文难以平心论之。其生也晚的一辈人，大约只能从鲁迅文集中知其"漫画"像，也不过一鳞半爪而已，未知古来几多人和事，多有苍黄反覆，遽难定论。昔《吕氏春秋·察传》云："辞多类非而是，多类是而非，是非之经，不可不分，此圣人之所慎。然则何以慎？

236

缘物之情及人之情，以为所闻，则得之矣。"做到这一层实在并不容易，十数年前尤甚，在一味偏"左"的眼光下，既不能缘情慎察以为所闻，梁实秋之被摒斥，并不奇怪。

梁氏八十余年生业，撮其要者，不过读书、教书、译书、著文几样可述，立于朝或鸣于市是谈不到的。粉笔生涯之余，耽于书卷，隐于文艺，历三十年不舍之功，翻译《莎士比亚全集》，已令人馨香祷祝了；尚有不少小品文字，其言侃侃，虽以为斯文如敝帚，多有可会心者，可摩挲者。我于闲暇间曾搜集之，朝夕启扉，齿颊留香，亦有一时难以况说之体味。细想，也不过如促膝抵掌，闲话家常，虽星斗之光未必掩天，怕是自己的偏爱吧。

梁氏的散文小品结集后多以"雅舍"名之，雅舍虽为作者抗战时客居重庆北碚的两间简陋瓦屋，但在它主人心里恐怕有着永怀的亲切——"纵然不能蔽风雨，雅舍还是自有它的个性，有个性就可爱。""客里似家家似寄"，雅舍之间正不妨以亦家亦寄的人生咏叹寓之。小品文字也可与万籁清音、一己性情相徘徊，于月下寒窗清晖满地或兴阑人散细雨蒙蒙之际，一吐对这个世界的观感。

"雅舍"小品给人涉猎广泛、信手拾掇的印象，却还算不上吟风弄雅，仅看其题目，诸如《洗澡》《孩子》《敬老》《吃相》《广告》《麻将》《下棋》《理发》之类，便可见近俗近俚。归拢了看，无非把种种人们熟悉的际遇和自迷的状态给略略"曝光"，也像是一面面镜子，虽没有特别庄重的事情让人尴尬，品品人情的微妙、世态的纷纭或者有意无意的小把戏，也是特别的一格，见出"有个性就可爱"。历来小品文章或主风流飘逸，或呈膏腴精巧，或只是平实散淡罢了。"雅舍"属于后者，且有以幽默来助谈兴的意思。这种风格好像很平淡，是在从容迂缓里包藏了犀利的。响远不在音高，酒好不必醉人，原是一个道理。

像"谦让"这样一个小题目，我不知道做论文如何能做得，却私许"雅舍"的举重若轻。它先从"指事"切入，那情形在交际场中几乎是必演的保留节目："一群客人挤在客厅里，谁也不肯先坐，谁也不肯坐首座，好像'常常登上座，渐渐入祠堂'的道理是人人所不能忘的。于是你推我让，人声鼎沸。辈分小的，官职低的，垂着手远远地立在屋角，听候调遣。自以为有占首座或次座资格的，无不攘臂而前，拉拉扯扯，不肯放过他们表现谦让的美德的机会。有的说：'我们叙齿，你年长！'有的说：'我常来，你是稀客！'有的说：'今天非你上座不可！'事实固然是为让座，但当时的声浪和唾沫星子却都表示像在争座。主人觑着一张笑脸，偶然插一两句嘴，作鹭鸶笑。这场纷扰，要直到大家的兴致均已低落，该说的话差不多都已说完，然后急转直下，突然平息，本就该坐上座的人便去就了上座，并无苦恼之象，而往往是显着踌躇满志顾盼自雄的样子。"

举一反三，这种无意识虚伪，国人可说乐此不疲见怪不怪。然而这里边的微妙，我们大多又不遑深究的。梁先生却还要说"怪之不怪"有它"类情"的一面："考让座之风所以如此地盛行，其故有二。第一，让来让去，每人总有一个位置，所以一面谦让，一面稳有把握……第二，所让者是个虚荣，本来无关宏旨……我从不曾看见，在长途公共汽车站售票的地方，如果没有木质的长栅栏而还能够保留一点谦让之风！因此我发现了一般人处世的一条道理，那便是：可以无须让的时候，则无妨谦让一番，于人无利于己无损；在该让的时候，则不谦让，以免损己；在应该不让的时候，则必定谦让，于己有利，于人无损。"

倒也不用痛心疾首，就这么一副心肠，可怕的是还要作上国君子的模样。谁能说小品不算一把庖丁解牛式的刀子呢？刀不刀原不一定要杀伐见血不可。

然而"雅舍"的文字还不免会被当作"小摆设"的。

即或在"五四"以后，小品文在中土也未至消歇，虽然在有的时候，小品的存在竟成了问题。尤其是不够战斗不够载道的小品文字最受抨击。然而小品的惊悚委顿既无益于"平天下""铲恶秽"，倒是可以使种种"新八股"驰骋于文化沙漠之上，使文化更其粗鄙，生活更其缺少温润，以至于旷日持久，心灵随着语言一道板结，小品的品格之失其本色，已无待于外力的斲伐了。

"雅舍"的本色大抵在于"小"也在于可"品"，也是承认在体性、格局上有限制，正不出前人委婉的批评："虽小却好，虽好却小。"但小有小的价值，且不妨小中见大，不是说"萧萧数叶"可以"满堂风雨"吗？倘小嗓儿硬派作大花脸，也很难让人消受。以往文坛有"假大空"之弊，可见偏执于"大"，结果并不美妙。其实，"雅舍"诸篇虽然不够大模大样，不尽合于某种"主义",却并不乏对社会现象、心态的贴切观察与批判。所谓"指事类情,见仁见智",所谓"谈言微中亦可以解纷"。不似某些大路杂感文字的意有余味不足,扬道理而屈性情,如同一撮盐冲一锅汤,一盘难啃的鸡肋。多识于草木虫鱼、笔札翰墨、衣食住行,唯其寻常,也唯其可品味,虽然味性温淡,却宜于心会神契。这里边有寄托有旨趣,不过扫却了痕迹,如杯茶盏酒灯花静落。所谓"花看半开,酒饮微醺",最令人低回。

毕竟,小品不是廊庙里的供器。

我读"雅舍",愿意了解一些我不知道或知之却不曾体会到深一层的人情世态,在这一点兴味上它真能使读它的人不腻。看起来小品忌直露,同时又忌隔膜。虽然挑不起高头讲章的分量来,入木三分却一点儿不省气力。常常我们所说的"透辟",在"雅舍"就是搔到生活的痒处,发人一噱,也见出事象的性格来。

如写"下棋"——"观棋不语是一种痛苦,喉间硬是痒得出奇,思一吐为快,看见一个人要入陷阱而不作声几乎是不可能的事。如果说得中肯,其中一个人要厌恨你,暗暗地骂一声'多嘴驴',另一个人也不感激你,心想'难道我还不晓得这样走!'如果说得不中肯,两个人要一齐嗤之以鼻:'无见识奴!'如果根本不说,憋在心里难受,受病。"——确实,人究竟是怎么一回事呢?

如谈"写字"——"写字的人有瘾,瘾大了就非要替人写字不可,看着人家的白扇面,就觉得上面缺点什么,至少该有

'精气神'三个字。相传有人爱写字，尤其爱写扇子，后来腿坏，以至无扇可写，人问其故，原来大家见了他就跑，他追赶不上了。如果字真写到好处，当然无须健腿，但写字的人究竟是健腿者居多。"——我倒是觉得，情形也不尽然，现在你如其在公共场合为"俗墨"所苦，可能知道爱写字的人怕是比"健腿"还多了一种本事。

诸如此类的小品文字，不便一一。我自然并不觉得好在吐唾珠玑，其实不过是减少废话，言之有物而不见执缚。这也许会使人想到现今散文废墨之多，絮叨不休。正是"花如解语还多事，石不能言最可人"。"雅舍"中有一则《沉默》，写到一位沉默的朋友无言造访，二人默对，不交一语，茶尽三碗，烟罄半听……主人从这位有六朝遗风的朋友联想到沉默也是一种境界——"安得夫忘言之人而与之言哉！"可能是一种更高的境界，无言独化，一种超脱。"一般的仁人君子，没有不愤世忧时的，其中大部分恛默无言，但间或也有'宁鸣而死，不默而生'的人，这样的人可使当世的人为之感喟，为之击节，他不能全名养寿，他只能在将来历史上享受他应得的清誉吧。……在如今这个时代，沉默是最后一项自由。"此所谓"可与智者道，难与俗人言"，雅舍主人也许还未想到——当这最后一项自由也会被剥夺时，便只有死能保持这自由了。他曾隔海相忆的老舍，莫不正是如此令人嘘唏的命运！

写文章也是说话。但一种心的语言乃是近于沉默的，所谓"大音希声"，文学语言的根性乃是在那深湛的灵府，所以说得很少也许倒会显出很多，在时间和空间中，也许"诗"正出自一种神秘。正如雅舍主人经岁月之旅消磨而且沉积，仍望缥缈乡关，情怀寂寞。苏东坡诗云："非人磨墨墨磨人"，"雅舍"的乡愁也已在"不言愁"里了，他可以就谈谈"吃"，让旧时风物水流云在，谈谈"东安市场""北平年景""水木清华"……作者偶然提到五十多年前一次在清华听梁启超演讲，说他"风神潇散，声如洪钟"，"讲起《桃花扇》，诵道'高皇帝，在九天，也不管他孝子贤孙，变成了飘蓬断梗'，竟涔涔泪下，听者愀然危坐，那景况感人极了"。然后，又添一闲笔："他讲得认真吃力，渴了便喝一口水，掏出大块毛巾揩脸上的汗，不时呼唤他坐在前排的儿子：'思成，黑板擦擦！'梁思成便跳上台去把黑板擦干净……"当年盎然生气，至今俱成广陵散，读"雅舍"谈往的笔墨，依然不胜遥想。

以往的"文学史"，常常像一本本算不清的账。然而到现在，总该渐渐淡化那种褊狭的斗争清算意识了。一个开明的社会，总该宽容思想与艺术表达的自由。小品的生命尤在于自由。

文人的不自由以及写作的矫情，固然常由于异己力量的勒控驾驭，也在于他有意无意地要把平常的自我换成一个反常的戏剧化的自我。于是一篇文字也会有什么背景、来头，有粉饰，有阿谀，有"瞒和骗"，他的心灵已经早已不自由了。"雅舍"不过以平常心写了些平常事，不强说硬说，以为世事都在这里洞明了。这倒成了它可贵之处。

读书、体察、阅历，用具体的人生作成平凡的文字，原也不太计较功利。你可以消闲解颐，也不妨有关于文化的琢磨，至于海内外仁人那一份文化的乡愁更可能令人动容怃叹。梁实秋始终是个普通的人，同时又是两脚踏中西文化、一身处新旧之间的一个学者。唯其愿做平心而论而不喜笼统偏执的判断，他会喜欢和怀念许多旧的事物，因为那是有内容的能唤起人回忆的东西，正如北平市上的爆肚儿，腊八的那一锅粥，平生快意，总归难以忘怀。同时他又说："人生之应该日新又日新的地方亦复不少。""雅舍"中于是亦复不少对迷恋骸骨或唯新是骛的批评。

"雅舍"给人一种观世的眼光，然而在我看，具体的褒贬并不重要，如许文字小品也不是人们一服即效的良药。它的风神乃是在借某种语言的表达，执守着个体精神的自由，或者说体现着良知的精神家园。"贤者识其大，不贤者识其小。"确实，这是我们在沉溺于群体意识时所该注意到的。对个人主义的长久批判是否一并引出了扼杀个性创造力、想象力的魔鬼？梁实秋说得不错："我们对于一件事或一个问题，要想理解它或批评它，便应该自己好好想一下，不能被别人牵着鼻子走。想过之后，如果认为应该跟着别人走，便堂堂地去一同走。这不是被人牵着鼻子，当然更不是被人抽着鞭子。"

一种作为前提的个体自由的价值，当然不能同存在的社会性、选择的功利性混在一起来谈。如果混为一谈，就会抹杀选择的权利，还不仅是选择这还是选择那的权利。在这个意义上，说"大河无水小河干"，恰恰是一种颠倒。长久的颠倒，使人习惯于消除个性的安全感，习惯于戴上面具，说话用舞台腔，生活在一场可悲可笑的戏剧里。

回到被称为"千古事"的文章，梁实秋曾在札记中引用一位英国批评家的话说："任何人都可以用戏剧的腔调念出一段剧词，或是踩上高跷来发表自己的思想；但是用简单而适当的语文来说话写作便比较困难了。""雅舍小品"的风格大概也正在这番话的意思里，它不是"踩高跷"的。

据说，剑拔弩张读小说，茶余饭后话散文。有这样的认识，论到小品怕是要更闲一些。"不为无益之事，何以遣有涯之生！"这话也不算全错。然而"闲"里的意味，或可申写性灵而不悖于风雅，进而"意在破人执缚"，不也是无"益"之益吗？

一九八九年三月，北京槐树庄

废名

『我是梦中传彩笔』：
废名略识

　　二十世纪一百年，已届最后一个十年光景了。这时候，岁月荏苒之感格外容易拂来。做事、睡倒之余，读几本旧书，更不觉会想到这上面去。有诗漫道：吟到天荒心事涌，长天一月坠林梢。比如"五四"那时的作家，算上稍晚一点的，仍健在者恐怕已晨星寥寥；翻看给一九一七年至一九二七年的文学作记载的《中国新文学大系·小说集》，将作者数数，大约也只有冰心、冯至等尚在了，最近才辞世的是曾写出"世态一角"的凌叔华女士，还有"红学耆宿"俞平伯先生。我读这本新文学的旧集子，不知怎的就想到了"逝者如斯"。

　　这本集子，收入冯文炳的几篇小说。冯文炳又叫废名，两个名字都听说过，但其人其文却不知其详。这难怪，因为一来种种文学史不大提他，大概觉得提不起劲来；二来，其生涯和创作均未于时代生活留下较深的触痕。悄悄来，无声去，废名

245

死于一九六七年，不知是否善终。一辈子常在做着教师的事。他的作品不多，写作，从二十世纪四十年代后就不勤了，稀少以至于无，除了一两种讲义。在还有一些名气的现代作家中，废名的信息实在不多。文学史之忽视他，也在常情之内。

总觉得有个朦胧、模糊的影子似的。

我想多查一些关于废名的资料，所获无几，幸亏人民文学出版社一九八五年印了一部《冯文炳选集》，把"影子"显出来不少——一个在树荫下打坐、幻想的废名，文有奇气而生活平淡朴讷的废名。履历也确实平淡，照例应该说：湖北黄梅人，一九〇一年生，一九二二年入北大预科，后入本科英文系学习，一九二九年毕业，留校任教，抗战时回乡教书，之后重任教于北大，一九五二年转吉林大学。倒不是有意省略，让人扫兴，废名的经历就这么个寻常样子。那么他的作品呢？也少令人激动，兼难读。有特色的集子，我以为是《竹林的故事》《桃园》《桥》，均出版于一九三二年之前。还有若干出入文史的小文章，味道特别，与他的小说一样，旨趣微妙而恍惚，似乎是李商隐以后，现代能找到的第一个朦胧派吧。

废名的文字像他的人，多空灵气，倒不一定是"做"出来的。究竟如何？

想了解，待有所了解之后，又觉真是不易了然。然而废名曾引日本作家佐藤春夫的话说："一个人所说的话，在别人听了，绝不能和说话的人的心思一样。但是，人们呵，你们却不可因此便生气呵。"得承认这话透着几分哲理：世上事究竟有不少难以完全了解，了解亦不免"错位"。而废名自己的话——
"最高兴我的文章的是我自己，最不高兴我的文章的是我自己"，
竟带着禅机了。据说，废名曾一度有厌世倾向，心好佛老，比
较了解他的是周作人：

> 余识废名在民十以前，于今将二十年，其间可记事颇
> 多，但细思之又空空洞洞一片，无从下笔处。废名之貌奇
> 古，其额如螳螂，声音苍哑，初见者每不知其云何。所写
> 文章甚妙，只是不易读耳。……废名在北大读莎士比亚，
> 读哈代，转过来读本国的杜甫、李商隐、诗经、论语、老
> 子庄子，渐及佛经，在这一时期我觉得他的思想最是圆满，
> 只可惜不曾更多所著述，这以后似乎更转入神秘不可解的
> 一路去了。……废名平常颇佩服其同乡熊十力翁，常与谈
> 论儒道异同等事，等到他着手读佛书以后，却与专门学佛
> 的熊翁意见不合，而且多有不满之意。有余君与熊翁同住
> 在二道桥，曾告诉我说，一日废名与熊翁论僧肇，大声争
> 论，忽而静止，则二人已扭打在一处，旋见废名气哄哄的
> 走出，但至次日，乃见废名又来，与熊翁在讨论别的问题
> 矣。废名自云喜静坐深思，不知何时乃忽得特殊的经验，
> 跌坐少顷，便两手自动，作种种姿态，有如体操，不能自
> 己……照我个人意见说来，废名谈中国文章与思想确有其
> 好处，若舍而谈道，殊为可惜。废名曾撰联语见赠云"微
> 言欣其知之为海，道心恻于人不胜天"，今日找出来抄录

于此，废名所赞虽是过量，但他实在是知道我的意思之一人。(《怀废名》)

性情内向，甚至落落寡合，狷而不至于狂，这是废名之为废名(他会忽然一个人住到雍和宫的喇嘛庙里去)，生前身后寂寞，却也有他的超旷。他的天地不大，但艺术感觉不错，也就不专是小，如汪曾祺指出，"写小说同唐人写绝句一样"(废名自语)，"说穿了，就是重感觉，重意境"，也就成为另一个路子。虽然缺少"入世"的意态，但说他不倚门户比较淡泊，也还可以的。因此废名虽一度为"语丝"中人，却与社团纷立冲突甚多的文坛瓜葛最少，也是不入时尚的地方。比较相知的当然是苦茶庵，废名的几本集子的序都由周作人来作，可见。

鲁迅先生有三言两语说到废名作品，恰到分寸，一是"冲淡中有哀怨"，一是不大"闪露"，"于是从直率的读者看来，就只见其有意低回、顾影自怜之态了"。"直率"似乎是我们多年来更为习惯的一种阅读情境，从这一面去看，废名的短处明摆着；若从另一面看呢？"低回""顾影"也便意味创作个性上的一种"废名风"，又何妨树荫下闲坐时看其一枝一叶……在废名那儿，生活枝叶的形影有恍惚迷离之致，猛一看就不大实在。比如说，情节淡，主题也淡，没有一般作小说多见的交代详细、起承转合那一类，叙述起来，感觉同别人不一样。一是"简"一是"跳跃"，留空白而利用空白，便造成文章的奇气，一是似乎自言自语，叙述者和叙述对象之间有一种自相缠绕然而又"梦非梦花非花"

的关系，这同他语言"泉在涧石"的特色又是接近的。

流水潺潺，摇网从水里探起，一滴滴的水点打在水上，浸在水当中的枝条也冲击着查查作响。三姑娘渐渐把爸爸站在那里都忘掉了；头毛低到眼边，才把脑壳一扬，不觉也就瞥到那滔滔水流上的一堆白沫，顿时兴奋起来，然而立刻不见了，偏头已给树叶遮住了，——使得眼光回复到爸爸的身上，是突然一声"啊呀！"这回是一尾大鱼！而妈妈也沿坝走来，说盐钵里的盐怕还够不了一餐饭。(《竹林的故事》)

秋深的黄昏。阿毛病了也坐在门槛上玩，望着爸爸取水。桃园里面有一口井。桃树，长大了的不算又栽了小桃树，阿毛真是爱极了，爱得觉得自己是一个小姑娘，清早起来辫子也没有梳！桃树仿佛也知道了，阿毛姑娘今天一天不想端碗扒饭吃哩！……古旧的城墙同瓦一般黑，墙砖上青苔阴阴的绿——这个也逗引阿毛。阿毛似乎看见自己的眼睛是亮晶晶的！她不相信天是要黑下去，——黑了岂不连苔也看不见？她的桃园倘若是种橘子才好，苔还不如橘子的叶子是真绿！她曾经在一个人家的院子旁边走过，一棵大橘露到院子外——橘树的浓荫俨然就遮映了阿毛了！但小姑娘的眼睛里立刻又是一园的桃叶。阿毛如果道得出她的意思，这时她要说不称意罢。(《桃园》)

249

平常的乡间人事在废名笔下，自有生趣和难言的哀怨，即或是表达"哀怨"的题旨，也未必应该仅局限在一般的表意上。废名的"低回"大概较早见出王夫之所谓"以乐景写哀，一倍增其哀乐"的意思。我想，他的"简"，他的"跳动"，令人感觉陌生的情调、气氛，并非出于修饰的需要，乃是在用语言来编织现实时，试图越过形似而呈示耐得寻味的心理空间。或者是梦，梦是"另一个世界"，梦是美丽的画。

菱叶差池了水面，约半荡，余则是白水。太阳当顶时，林茂无鸟声，过路人不见水的过去。如果是熟客，绕到进口的地方进去玩，一眼要上下闪，天与水。停了脚，水里唧唧响，——水仿佛是这一个一个的声音填的！偏头，或者看见一人钓鱼，钓鱼的只看他的一根线。一声不响的你又走出来了。好比是进城去，到了街上你还是菱荡的过客。这样的人，总觉得有一个东西是深的，碧蓝的，绿的，又是那么圆。(《菱荡》)

也许废名的笔墨多不合于狭义的小说，却近于广义的美文。《桥》的非连续性的"自语"性几乎走到文体更边缘的地方，神光离合，扑朔不定，非梦似梦。有人说，小说就是写故事，至少废名不完全是。

中国文人有不少是喜欢写梦的，如庄周、陶渊明、李商隐、汤显祖、曹雪芹,而且都写得不坏,尽管近世往往厚"实"薄"虚"。这多半也有些缘由。

有人讲废名小说好在其"乡土文学"的一格,或"田园风味"如何,总像浮在表面的认识。进一层不如说,在废名那儿,梦的世界有意低回:"我感不到人生如梦的真实,但感到梦的真实与美。"废名还说:"中国人生在世,确乎是重实际,少理想,更不喜欢思索那'死',因此不但生活上就在文艺里也多是凝滞的空气。好像大家缺少一个公共的花园似的。……李商隐诗,'微生尽恋人间乐,只有襄王忆梦中',这个意思很难得。中国人的思想大约都是'此间乐,不思蜀',或者就因为这个缘故在文章里乃失却一份美丽了,……读庾信文章,觉得中国文字真可以写好些美丽的东西。'草无忘忧之意,花无长乐之心','霜随柳白,月逐坟圆',都令我喜悦。'月逐坟圆'这一句,我直觉地感得中国难得有第二人这么写……求之六朝岂易得,去矣千秋不足论也。"话说到这样,我们看他的文字中有六朝、晚唐、南宋的影子是很自然的。

"我是梦中传彩笔,欲书花叶寄朝云。""朦胧"倒不都是故作晦涩、曲笔,有时却需要一些自由而达于深远的性情与寄托:"庾信的文章,我是常常翻开看的,今年夏天捧了《小园赋》读,读到'一寸二寸之鱼,三竿两竿之竹',怎么忽然有点眼花,注意起这几个数目字来,心想,一个是二寸,一个是两竿,两不等于二,二不等于两吗? 于是我自己好笑,我想我写文章绝不会写这么容易的好句子,总是在意义上那么的颠斤簸两。因此我对于一寸二寸之鱼三竿两竿之竹很有感情了。我又记起一件事，苦茶庵长老曾为闲步兄写砚，写庾信行雨山铭四句，'树入床头，花来镜里，草绿衫同，花红面似'。那天我也在茶庵，当下听着长老法言道，'可见他们写文章是乱写的，四句里头两个花字'。真的，真的六朝文是乱写的，所谓生香真色人难学也。"语言或者美文后面，也许隐含着与道统、文统相异其趣的自由意志吧，也就可见"五四"那时也正是一个难得的时代。

所谓"自由意志"，在废名，也不过闲坐树荫下，但他写过《陶渊明爱树》，很向往"坐止高荫下"的陶令公的："《山海经》云，夸父不量力，欲追日影，逮之于禺谷，渴欲得饮，饮于河渭，河渭不足，北饮大泽，未至，道渴而死，弃其杖，化为邓林。这个故事很是幽默。夸父杖化为邓林，故事又很美。陶诗又何其庄严幽美耶，抑何质朴可爱。陶渊明之为儒家，于此诗可以见之。其爱好庄周，于此诗亦可以见之。'余迹寄邓林，功竟在身后'，是作此诗者画龙点睛。语云，前人栽树，后人乘荫，便是陶诗的意义，是陶渊明仍为孔丘之徒也。最令我感动的，陶公仍是诗人。他乃自己喜欢树荫，故不觉而为此诗也。'连林人不觉，独树众乃奇。提壶挂寒柯，远望时复为'，他总还是孤独的诗人。"这也都见出性情真切而又感觉微妙的地方，这里面包含着欲求解脱而又难解脱的怅然困惑，又未必只能以"平淡""隐遁"概而言之的。

读废名的一些小说，虽然还不到"视觉的盛宴"，对语言的感觉总比较突出，包括因陌生感而产生的累，因模糊不定而产生的隔膜。废名有"过"和"僻"的地方，当然就作了追求的代价。也因注重疏脱的想象而突出了语言在文学表达中的地位。这同雕字琢句不一回事，同浪漫式的抒情也不一回事，他大抵只是在幻想，画他的幻想，也玩味，包括某些无法说清的东西、意义，于是便有空白，有不连续的跳动，有一种莫可名状的恍惚了。同时又带着一种氛围、空气……仿佛把书拿来就可以感到、嗅出。我觉得这是就文学语言本身来做努力的，同只借语言来抒情、表意有所区别。他似乎不仅仅把语言当成工具，语言也是我们存在的本体，文化的生成，不论是什么样的语言。而想象活动以至于非常规的表达把生活的神秘显现出一些来，让人感到那是一个完全的东西。如汪曾祺说道，隐喻、象征，避开正面描写，为了引起诗意的、美的联想。"弄明白了，就没有什么意思了。有意思的不是明白，是想。弄明白，是心理学家的事；想，是作家的事。"怎么想？名堂很多，废名便向往凡人的感觉美："说着瑶池归梦，便真个碧桃闲静矣。说着嫦娥夜夜，便真个月夜的天，月夜的海，所谓'沧海月明珠有泪'，也无非是一番描写罢了。最难是此夜月明人尽望，他却从沧海取一蚌蛤。"这也需要取一番自由的心态，创造并非亦步亦趋的。"庸熟之极不能不趋于变"，语言时尚的背后是文化的格局。这大概也是废名沉浮的意义。

废名的影响有人不重视，有人重视。好像沈从文、何其芳、汪曾祺都受过影响，或者还可以顺便扯到林斤澜、何立伟等，这倒真有"欲书花叶寄朝云"的意味，使人想到废名的那支"彩笔"。

天光云影：
话说朱湘

朱湘

依在图书馆的桌旁，看书，很安静，可能还有点儿寂寞。外面闲云也无，树影参差，长窗一时隔绝了远处喧沸的市声。书的空间永远是独特的沉默，却深邃地容纳了曾经嚣动的历史；有限，又如探索不尽的重重曲殿回廊。翻着卡片或几册旧书，有所凝神，不禁想起无形的天光云影在这里徘徊。

我借阅几本朱湘的书，大都是朱湘的诗以及关于这位诗人的种种内容。作为"五四"以后中国现代新诗之旅中的一员，朱湘已死去五十多年。岁月逝波，世情逐浪，还能有几人知道朱湘其诗其人？而且写诗读诗这回事，时下也近于被视为"神经"或竟至于不可思议，也许时代生活的散文化正在使诗情萎缩，情形也正未易知。但是一旦回头去看文学史，朱湘那一抹痕迹仍然是个谜（尽管未必有重大的意义）。他有才情，个性鲜明，加上已有所成就，又还在即将跨入三十岁的年纪……这些，无论怎么，都难于同一件"投水自杀"的事情联系到一起。他去得太突然。让人想，诗人之死的原因，也许就在于他是诗人，不是别的什么；他是一种特别的诗人，不是一般的诗人。还有什么原因？我在读朱湘时，对此颇想有所了解，就像红学家们考证曹雪芹的身世归宿一样，但亦不甚了了，不得不又一次意识到：关于人，不可能彻底解释的历史情况，往往也是真实的，正如历史中存在许多没有明确答案的问题。

一九三三年，由上海驶往南京的轮船上，朱湘投水自沉，寒江冷月葬诗魂。死者一九〇四年生于湖南沅陵，因字子沅，原籍安徽太湖。少小聪慧，喜爱文学，一九一九年秋考入清华学校，即开始创作和翻译诗歌；又因不肯遵守刻板的校规，被学校开除。一九二三年离校后，奔波糊口之余，仍致极大的热情于新诗运动。二十岁，正是意气风发，出版了第一本诗集《夏天》，打算"凭了一支笔"，呼唤自己的憧憬，其实也还只是一片少年天真的情怀。这一年他与刘霓君结婚，亲事属旧式包办。从后来看，这一桩婚姻似乎不算好也不算不好，隐私的事情我们不大能了解，但朱湘毕竟不是韵事风流的才子（其浪漫远不如徐志摩、郁达夫、郭沫若），在他的精神世界里，爱情的位置似乎远不如诗的位置更重要。一九二六年，因朋友帮助，朱湘重新进入清华学习。第二年赴美国留学，主修西方文学及多种语言，辗转几所大学。还是因为个性太强，不愿受洋人的气，自觉难以适应死气沉沉的环境，又想回来做一番事业，于是等不到毕业，便于一九二九年归国了，先任教于安徽大学，后又因不愉快而离开，此后直到死，不曾安定，南北漂泊，渐入窘境，情绪败坏或因之不能自拔。他身后萧条，留下一个影子，若干本薄薄的诗文集。短短一生，与他人可能选择的"生命不息奋斗不止"或"随遇而安知足为乐"的状态是全然不一样的。自然，这是一幕悲剧。死，总是对痛苦、对无法从痛苦中挣扎脱身的一种了结，当然也一道了结了理想和艺术。我冒昧地想，朱湘的气质恐怕与不理想的现实环境是最难和谐的。他的精神"疾患"多半在于适应能力太差，而实际上环境与传统的压力要比诗人自以为凌驾一切的个性沉重得多。从这一角度来看，家庭关系及处世谋生所带给他的苦恼，要比搁在常人身上可能更足以致命。毋庸讳言，他是敏感而脆弱的，生死得失也许不曾深想。帕斯卡尔曾说"人是会思想的芦苇"，朱湘则像是缺乏承担思想的意志的一根芦苇吧。跃向江流的时候，他也许会后悔，也许不曾后悔——一切都难以断言。

"嘤嘤其鸣，求其友声。"朱湘曾说自己最看重朋友友情与文章。人生难得知己，他的朋友怀念他，亦曾中肯地指出：朱湘的性格急躁、敏感，却不乏热情与真挚，尤其是对于新诗的那种休戚与共的感情，对于在"五四"之后发展新文学的殷殷之心，我们能从《朱湘书信集》中分明感受到。还有一种意见，关于人也关于文，说朱湘的特点，在于能成其为"诗人的诗人"，"纯诗人"，在中国现代文学史上少见。这印象换句话说，即指认在创作和人格上可以有一种超越性——卓然不群、领异标新，或者不俗。

"不俗"，倒不在于张扬自我、慷慨激昂的那一套。也许事情恰好相反。

　　其实朱湘的诗以及他的活动基本上没有很大的格局和影响。他的诗题及咏叹大都极平常，牵挂着平常的生活场景与思绪，不大容易寻到重大而深刻的素材与主题。但这也并不妨碍它们成其为新鲜而蕴藉的诗：

> 白云是我的家乡，
> 松盖是我的房檐。
> 父母，在地下，我与兄姊
> 并流入辽远的平原。
> ……
> 我流过四季，累了，
> 我的好友们又都已凋残，
> 慈爱的地母怜我，
> 伊怀里我拥白絮安眠。(《小河》)

> 春夜梦回时窗前的淅沥；
> 急雨点打上蕉叶的声音；
> 雾一般拂着人脸的雨丝；
> 从电光中泼下来的雷雨——
> 但将雨时的天我最爱了。
> 它虽然是灰色的却透明；
> 它蕴着一种无声的期待。

> 并且从云气中，不知哪里，
>
> 飘来了一声清脆的鸟啼。(《雨景》)

诸如此类的小诗，如飘叶风铃，比起更为流行时髦的"分行口号"或者"怒吼、呻吟"，比起以官能魅惑为宗旨的现代诗，它们显得素朴，也就是朱湘"不俗"的地方：对自然与人生保持着一种去其凌厉矫揉的态度，笔下流出一种温和的艺术姿态，一种平静、温柔的美学情趣。

这儿，缺乏深度、力度、激情、历史感以及别的什么好东西。不必讳言，这是朱湘诗的短处。他不是时代的歌手，却还可以算作追求诗的本身内容的探索者。诗史上的杜甫、李白自然光芒万丈，王维、李商隐又何尝不有其一定的价值！朱湘自己也曾思量道："文学只有一种，不过文学的路却有两条。唯美唯用并非文学的种类，他们只是文学的道路……力量不够的人走了半截路，走不动了，便停下了，所以他看另一条路上的人以为彼此是不同甚至相反的，唯有天才从不同的路上同达于归宿，彼此相视而笑，李杜，莎士比亚易卜生便是好例。"由旧诗到新诗，诗的表现更为自由了，诗的内容也拓展了，在这后面应该有种文化气度的开放。朱湘说不上"大家"，却也无"小家子气"。与其说他是纯艺术论者，不如说他十分重视感觉与想象在诗中的作用，忌求怪，忌浮夸，求得一种耐人咀嚼的诗味，虽然他的实践难免是不成熟的，但能说有什么不好吗：从初始的经验和日常兴趣中发展起诗的意象，使诗的语言负载着非常规的文化信息，也许，正是朱湘"不俗"的意义。

> 水样清的月光漏下苍松，
> 山寺内舒徐的敲着夜钟，
> 梦一般的泉声在远方动……（《梦》）

沈从文先生曾说："使诗的风度，显得平湖的微波那种小小的皱纹，然而却因这微皱，更见寂静，是朱湘的诗歌。"静，不一定是朱湘诗的全体风格，但就审美态度而言，沈先生说得不错。再考虑到文学史的情形，或许能发觉这种态度——自然诗人以无渣滓的心，领会一切，以东方的感情从容歌咏而成的从容方向——与浪漫主义的自我表现论的对立。这情形正如艾略特所提出的诗学概念："诗不是放纵感情，而是逃避感情，不是表现个性，而是逃避个性。自然，只有有个性和感情的人才会知道要逃避这种东西是什么意义。"（《传统与个人才能》）通过逃避"通常所理解的个性"来真正有效地维护自己的个性，这个道理朱湘不一定是自觉的。然而情形可能正是如此：在文化传统的无形制约、影响下，所谓自我表现，所谓张扬个性，也许并不真的表现了自我、个性——它们往往会变成转瞬即逝的东西。我因此而愿意理解，朱湘以平静的方式来守护着自己的感情和个性。我还想到梁宗岱谈到法国大诗人瓦勒里的话："瓦勒里的意思是说：多数文艺界的权威都是利用我们的官能与情感的弱点，创造些悲剧的基调、惊人的姿势、夸大的描写或神秘的意象……达·芬奇独不然……他的目的并非要我们屈伏，而是要我们同意；他的异迹就是散布光明，拨开玄秘的云雾；而他的深度就是把一幅画或一切事物的远景清清楚楚地描画指示出来。"（《诗与真二集》）

关于新诗的格律音韵，直到今天还是一个在实验和讨论着的问题。朱湘属于讲求音韵格律的一派，这使他不如别人来得洒脱。他作得辛苦，恐怕这与他追求诗的纯粹性有关。在这一方面朱湘显然受到西方音步诗的影响和中国古典诗词的熏陶，想在一种限制中叩问、创造。他甚至表示："决计复活起古代的理想、人格、文化与美丽，要极端的自由，极端的寻根究底。"大概，这所谓的自由，在他不是理解为放纵，而在于对松散文字与思想的抵抗，在于追寻不常有的字和不可思议的偶合、音与义的配合，在诗中创造一个梦。他对新诗如何寻觅最妥帖的表达形式颇费苦心，比如涉及诗的境阔与言长的关系、显直与隐婉的关系、敷畅与蕴藉的关系以及音乐性与绘画性的关系等。不过，到今天"最妥帖"也还是一个梦吧。朱湘羁身于不理想的现实世界，他始终又有一个梦的世界。

近年出版的《中国新文学大系（一九二七——一九三七）·诗集》有一篇序言（艾青作），曾谈到朱湘，一句说他是"新月派"的成员，一句说他是充满凄苦与忧愤的诗人。这两条，读遍朱湘的文章，恐怕也找不到充足的证据。尤令我困惑的，则还有另外的定论之语："有的人不过是用艺术作为哀叹人生的虚无而已，只有像朱湘那样投江自尽。"朱湘是"思想虚无"的吗？恐怕每一个认真读过朱湘的人都难以得出这样简单的看法。相反，我倒是在朱湘的文字（特别是他的书信）中感到了一股强烈的爱国的民族感情以及对新文学事业的一腔热忱。他对当时社会现象的丑恶，感到"愤怒和羞惭"，"为中国鞠躬尽瘁，这是我们早已选定了"的。虽然他是脆弱的、失败的，但脆弱和失败也还不能掩灭他的真诚。

一个凡人和一本薄书：梁遇春留真

梁遇春

　　面前摊开的一本《梁遇春散文选集》，薄得清爽，只有一百余页，价不足五角，价廉物美。不过这是数年前的事。数年来可惜未能一阅，让它冷落架上，陪我过稀里糊涂的日子。我读了很多书，却没有读它，大概因为懒，或者是读书读得太功利吧。

　　这时翻开它，却发现它还是那么清爽，让人觉得好的散文集真有书里书外特别的情调。

　　这本集子的作者说他的经验：当初，兰姆等人的小品集总是"轮流地占据我枕头旁边的地方"。这时读它，也正夜静灯莹，很是相宜。梁遇春说："小品文家信手拈来，信手写去，好似漫不经心的，可是他们自己奇特的性格会把这些零碎的话儿融成一气……拈花微笑。"这似乎涵蓄一种境界，所谓"知其妙而不知其所以妙"，静下心来就不妨一遇的。虽然不能探讨这类散文的特性，却还能感觉它们的情调确是偏于静的一面，不

262

似小说以动为主，常常动得不能自已，因而有许多热闹可看可想。说它往往随意而谈、漫不经心，当然不是说写散文可以不要"以学养思，精思入神"，大约除了经意、经心之外，还有不经意、不经心的一面，或者——还能从经意、经心中跳出来，并不一味"经"下去，包括"经世致用"。这意思也在散文的"散"字里。这些年，人们的生活与心理，"经心"的情形偏重，又偏于动的一面，故而散文不如小说行时，以小说名家的人很多，散文则大概不成气象。我们看文学史上散文作品及作家怎样的有光彩，便可能会想到这后面背景的变化。

还是读梁遇春的散文。读，也有两种，一种名人名作，一种凡人凡作，梁氏自属后者。即使是在"五四"以后的新文学史上，梁遇春也算不上大家，而且很早就病死了（二十七岁年纪），所以影响小，知者论者不多。不过台湾诗人痖弦最近说，台湾散文创作的风气一直很健，而作者又往往受惠于前代作家，如朱自清、周作人、梁实秋，其中还有梁遇春。这当然不是无缘由的外行话。与梁遇春为友的废名（冯文炳）也说过："秋心（梁遇春笔名）的散文是我们新文学中的六朝文，这是一个自然的生长，我们所欣羡不来学不来的。""秋心写文章写得非常之快，他的辞藻玲珑透彻，纷至沓来，借他自己《又是一年芳草绿》文里形容春草的话，是'泼地草绿'。我当时曾指了这四个字给他看，说他的泼字用得多么好。"这个意思很难得，不光是说文采，梁遇春的散文有它们可爱的个性。

世上许多散文，我们读来读去，渐渐觉得个性实在更要紧。比如说有些散文缺乏魅力，不一定由于文字差或者抒情写意不够，只是怕无自家面目，落到常见不鲜的套子里去。散文的程式化倾向，从二十世纪五十年代以来，积习较深，当然有着时代抹去个性的那种文化背景。正如吃东西人们喜欢有味道，食之无味往往因为只喜或流于"一味"，真性情或因不保险或因不合于"时尚"（比如有时"矫情"就很流行），不能在散文中闪露，久之便想有也不能有了。像席勒的话"只有错误才是活的，真理只好算作个死东西罢了"，我们很难有这样想、这样去尊重个性创造的态度。言人所不能言，难道不是散文创作的魂吗？梁遇春的散文如"泼地草绿"，也许首先在于不掩饰作者的性情：

> 中国普通一般自命为名士才子之流，到了风景清幽地方，一定照例地说若使能够在此读书，才是不辜负此生。由这点就可看他们是不能真真鉴赏山水的美处。

作者的学识也够得上才子了，却难得有"反才子"之意，说出由虚伪的习惯、面子的缘故怎样造成人生真趣的失落，非有热诚的性情不能得人生真正的趣味。他说："因为人生乐趣多存在对于一切零碎事物普通游戏感觉无穷的趣味。要常常使生活活泼生姿，一定要对极微末的娱乐也全心一意地看重，热烈地将一己忘却在里头。比如要谈天，那么就老老实实说心中自己的话，不把通常流俗的意见，你说过来，我答过去地敷衍。

这样子谈天也有真趣，不致像刻板文章，然而多数人谈天总是一副皮面话，听得真使人难过。"(《"还我头来"及其他》)不过，我们平常很少觉得难过，说"皮面话"久了，也是熏陶，谈天、开会以敷衍时为多，也就近于无聊。以至于游山玩水，也只好借几句陈语来遮掩心里的空虚。写散文和读散文,也算是"谈天"的一种方式，那么梁遇春散文追求"谈天的真趣"，便与"俗套"的散文以至于常规的思想意识有了冲突的地方。

比如谈"打麻将"，他先讲赌钱的一般心理特点："因为钱这东西可以使夫子执鞭，又可以使鬼推磨，所以对钱的占有冲动特别大点。赌钱所以有趣味，因为它是用最便当迅速的法子来满足这占有冲动。"但是，既然为赌钱，工具当然是简单些好，为什么我们中国却发明出麻将牌这个笨家伙？还真是个问题——考诸我们礼义之邦，"总觉得太明显地把钱赌来赌去，是不雅观的事情，所以牌九……过激党都不为士大夫所许赞，独有麻雀既可赌钱，又不十分现出赌钱样子，且深宵看竹，大可怡情养性，故公认为国粹也"。再由麻将牌批评到文化性格，梁氏的话是讽刺的，今天听来可能也逆耳："实在钱这个东西，不过是人们交易中的一个记号，并不是本身怎么特别臭坏，好像性交不过是一种动作，并不怎么样有无限神秘。把钱看作臭坏，把性交看作龌龊，或者是因为自己太爱这类东西，又是病态地爱它们，所以一面是因为自己病态，把这类东西看作坏东西，一面是因为自己怕露出马脚来，故意装出藐视的样子，想去掩护他心中爱财贪色的毛病。深夜闭门津津有味地看春宫的老先生，白日是特别规行矩步，摆出坐怀不动的样子。越是爱贿的官，越爱谈清廉……我们明是赌钱，却要用一个很复杂的工具，说大家不过消遣消遣，用钱来做输赢，不过是助兴罢了。"（《论麻雀及扑克》）这么说，听起来就像是在日常的风景画上戳了个洞，由此还会品味到生活的其他方面去吧。

又比如说"学问的风气"：

> 在所谓最高学府里头，上堂、吃饭、睡觉，匆匆地过了五年，到底学到什么，自己实在很怀疑。然而一同同学们和别的大学中学的学生接近，常感觉到他们是全知的——人们（差不多要写做上帝了），他们多数对于一切大大小小长长短短的问题，都有一定的意见，说起来滔滔不绝，这是何等可羡慕的事。他们知道宗教是应当"非"的，孔丘是要打倒的，东方文化根本要不得，文学是苏俄最高明……他们头头是道，十八般武艺无一不知……更使我赞美的是他们的态度，观察点总是大同小异——简直是全同无异。有时我精神疲倦，不注意些，就分不出是谁在那儿说话……有时学他们所说的，照样向旁人说一下，因此倒得到些恭维的话，说我思想进步。荣誉虽然得到，心中却觉惭愧，怕的是这样下去，口只会说别人懂（？）自己不懂的话。随和是做人最好的态度，为了他人，失了自己，也是有牺牲精神的人做的事；不过这么一来，自己的头一部一部消灭了，那岂不是个伤心的事情吗？（《"还我

头来"及其他》)

关于写文章、说话，我们常常听有人告诫，莫说自己懂别人不懂的话，却很少想到不能免俗的另一面，即梁氏所说的情形——只会说别人懂自己不懂的话，原因，也该摸着自己的头想想的。

梁遇春大概是个一脑子"怪"想法的人，如"一肚子不合时宜"的苏东坡，不过也可用句老话来形容：此公爱作怪论，但可喜。或者，其论之怪，其实在于善于发现人生事情的矛盾。萧伯纳说过："天下充满了矛盾的事情，只是我们没有去思索，所以看不见了。"梁遇春的个性大约首先是爱思索。比如他谈"生死"，与别人不同，别人大都从生的角度去谈死，他却说，安德莱夫说他身旁四面都被围墙围着，"而在好多墙之外有一个一切墙的墙——那就是死。我相信在这一切墙的墙外面有无限的风光，那里有说不出的好境，想不来的情调。我们对生既然觉得二十四分的单调同乏味；为什么不勇敢地放下一切对生留恋的心思，深深地默想死的滋味。压下一切懦弱无用的恐怖，来对死的本体睁着细看一番。……来，让我们这会死的凡人来客观地细玩死的滋味；我们来想死后灵魂不灭，老是这么活下去，没有了期的烦恼；再让我们来细味死后什么都完了，就归到没有了的可哀；永生同灭绝是一个极有趣味的 dilemma（进退两难），我们尽可和死亲昵着，赞美这个 dilemma 做得这么完美无疵，何必提到死就两对牙齿打战呢"？（《人死观》）这个人写文章，有些魏晋人的达观成分在里边，但达观原是愁闷不堪无可奈何时的解脱说法，另一种说法则是在深入那种矛盾的人生情形，以至于"进退两难"的境界时，消解了某种自以为是的偏执。两种达观所隐含的意蕴，梁遇春都有，因此他在那篇委婉低回的《"失掉了悲哀"的悲哀》里写道：

> 不知道应该去肯定或者去否定，也不知道世界里有什么"应该"没有。我怀疑一切价值的存在，我又不敢说价值观念绝对是错的。总之我失掉了一切行动的南针，我当然忘记了什么叫作希望，我不会有遂意的事，也不会有失意的事，我早已没有主意了。

这自然不免过于消极颓唐，却也不妨说这里展示矛盾的意义乃在于提示人们的反省吧。梁遇春的散文多有反讽意味，人云"早起三日当一工"，他却论述"迟起的艺术"："你若是感到生活的沉闷，那么请你多睡半点钟……迟起本身似是很懒惰的，但是它能够给我们最大的活气，使我们的生活跳动生姿；世上最懒惰不过的人们是那般黎明即起，老早把事情做好，坐着呆呆地打呵欠的人们。"（《"春朝"一刻值千金》）

怪论狂态有"做"出来的，正如达观也有装出来的，但梁氏为文的情意有真气而无死气，正是想怎么说就怎么说，倒没有"唯我正确"的样子，他承认自己"醉中只是说几句梦话"罢了。这么说那么说，总归由这笔下去看一看人生。他的散文量不大，描写的方面不多，但是涉及的内容可以说不流于浮浅，几乎有好几个层面的意思，如"认知"（包括知识的和灵感的）、文化心理观照、道德感悟、社会现实批判以及人生哲学等。尽管不具有理论阐释的清晰性，其情思却是不拘束地萦绕于"看人生"的主题。限于篇幅，我不能引述《谈流浪汉》《救火队》这类语惊四座的聊天文字了。

　　梁遇春的经历使想写传记的人难以措手。他一九〇六年生于福州，十八岁考入北京大学，由预科入英文系，一九二八年毕业。有两年曾任教暨南大学，后又回北大图书馆任事，一九三二年因猩红热症逝世。短短一生，成就主要在于散文，其文有英国随笔风格，当然主要还是以性情与文思上的"脱俗"为可贵的个性，同时为这位"流浪的过客"留下一些影子。他的译著不少，有《英国小品文选》等近二十种。另外有十七篇关于"海外出版界"的专栏文章，见解不俗，这本《梁遇春散文选集》未选，可查重印的《新月》杂志。

　　梁遇春早逝，不知是否与他那过于敏感的性格有关系，这不能强说。不过他虽然向往"流浪汉如入生命的波涛汹涌的狂潮里生活"，甚至说"鬼混"是培养作家的无上办法，却终究感叹自己虽生活在满天澄蓝、泼地草绿的季节中，"简直是挂着蛛网，未曾听到过管弦声的一所空屋"。他写下一些表达彩云已散、凝恨无端的悲哀情绪的句子后，也就到另一个世界里去了。似乎因这样的性情，也难以长寿。这样倒也免去了以后的许多麻烦。不过，当我们几十年后读到这本新印的故人故集，还是有一份时光历略之后的慰藉，如梁遇春所说，从无知的天真走到超然物外的天真，正是"世路如今已惯，此心到处悠然"，"必定要对于人世上万物万事全看淡了，然后对于一二件东西的留恋才会倍见真挚动人"。(《天真与经验》) 欧阳永叔谓"棋罢不知人换世，酒阑无奈客思家"，描写的大概正是这种感悟。

写作的命运：沈从文的『进』与『退』

沈从文　丁聪绘

　　该读书的时候没有好好读书，想读书的时候没有书可读，能读书的时候呢？又发愁读不过来了。人生苦短，几十年读书滋味，你知我知。是读书种子，也长不成材料，"半成品"或"处理品"，可作我们这一代人的自况。

　　昔曹子桓云："年行已长，所怀万端，时有所虑至通夜不瞑，志意何时复类昔日……少壮当真努力，年一过往，何可攀援，古人思秉烛夜游，良有以也。"总觉得这些话也是说给我的。然而心虽有，力却不跟劲儿。这个冬天，买来的煤不好烧，为了取暖，常常烟熏火燎地侍候炉子，不觉念到心头：自己同冒烟不发火的炉中煤，倒是相去不远。

　　从前有过雄心，计划着该把"二十四史"通读一遍，其实好计划终不免束之高阁。这些年也好歹弄些文学评论文字，也想过该把古今中外的优秀作品多读一些才好，实行起来则不过

271

什不能一，零沽而已。到现在说起"人生识字忧患始"，想法种种，都不免一份读书人的呆气，正被准备"腰缠十万贯，骑鹤下扬州"的人所笑话。

不敢谬称"作家"，却间或有兴趣读读作家写的书以及写作家的书，也是聊遣寂寞。现时所谓作家（据说入了作家协会的就是作家了），即古时所谓文人。古时未曾组织"文人协会"，也无从讲究学历，大概读书比较多，会作诗文，便算得文人，"腹中贮书一万卷，不肯低头在草莽"，李太白一定是个不甘寂寞的文人。而赋得《子虚》《上林》的司马相如得到汉武帝赏识，自然是遇了明主。相反则有祢衡祢正平，才思敏捷，却因狂放不羁，为人主所杀，虽然人才难得，究竟要被当途视为异物。他后面有嵇康、阮籍，心性或直或曲，形骸或直节或佯狂，各以"死"和"醉"承受那时代予文人的不幸。不过我们想，遭放逐的屈原，被贬谪的柳宗元、苏东坡，他们的诗文留下来，也还真是不平则鸣、穷而后工。一页页历史，默读古书，眼前正有长卷不尽，如汤汤流水。

说到读书，现代文人的视野该比古人所见宽广得多。古之文人即或坐在"八千卷楼"里，白首穷年，也还是在"子曰""诗云"的规模里转、熏。直到清末严复"认真译了几部鬼子书"后，情形渐渐有了根本性变动。清末，科举制不行了，影响到教育制度的维新，学子们便有不少跨海越洋去求新知，新式学堂也在国内逐渐开设起来。大变动之际，是"五四"的新一页。

"五四"一代文人宣传新思想、推进新文艺，因革损益，说起来还是同读书最有关系。刘半农曾书赠鲁迅一副对联，其词曰："托尼学说，魏晋文章。"（托尼指托尔斯泰、尼采）鲁迅许为知言，八个字说的是读书对创作的影响，倒也不能小瞧了。当年北京大学校长蔡元培身为清朝的进士，又是辛亥革命的元老，也曾学而不厌，还跑到德国去求学问道。所以我们大致去看，那时较有建树、影响的文人，都有些中、西两面的学植，所读过的书，也不是我们"闹文化革命"前后的人所可同日而语。

不过，也有例外。历史之不易把握，每因其中有难以归纳的特殊、偶然、例外。

比如沈从文。二十世纪三十年代已成了著名作家、大学教授，可一查他的底子：湖南凤凰人，生于一九〇二年，并非贫农出身，却只受过两年私塾加上高小未毕业的教育。不能不说是作家中的例外。事实如此，却有意外之传奇，正如他笔下那些牵动人情的人和事，表示着生活本身亦如演不尽的传奇，只是并不一味花哨罢了。所谓"例内""例外"，或者"一般""特殊"，想想，总与人生主客观两面的关系，与人们打点自己无可如何时称作"命运"的那个词纠缠在一起，正像讲史时最难说清往事种种究竟出诸偶然还是必然。沈从文《湘行散记》记过他一个旧时朋友：人年轻时大多容易幻想将来准备做什么，他这个朋友说："不要小看我印瞎子，我不像你们那么无出息。我要做个伟人！说大话不算数，你们等着瞧吧。看相的王半仙夸奖我这条鼻子是一条龙……大爷，你瞧，你说老实话，像我这样一条鼻子，送过当铺去，不是也可以当个一千八百吗？"就这个好汉朋友，后来与沈从文重逢，大概在经历了一番时代所激起的狂热之后，做了个地方小官，"六年来除了举起烟枪对准火口，小楷字也不写一张了"。他对于鼻子的信仰已经失去。那时沈从文写道："我不看重鼻子，不相信命运，不承认目前形势，却尊重时间。我不大在生活上的得失关心，却了然时间对这个世界同我个人的严重意义。我愿意好好的结结实实的来做一个人，可说不出将来我要做个什么样的人。"这真是"如鱼饮水冷暖自知"的话，但回首去看，也不免还有时时节节的抑扬沉浮呢！

读《从文自传》，加上凌宇写的《沈从文传》，隐约感到，世事无常，什么都是可能的。沈从文十几岁当兵，浪迹湘西，如果他并不曾从那世界中走出来，谁又知道他该归宿何处？如果当初他只身空手落魄北京城，缺乏信仰、意志和某种机缘，他又如何挣脱潦倒或庸碌的命运？作为"例外"之人，"例外"便不能不是严苛的考验，或足以把人折杀到毁灭；同时又是一种资本：蛮荒山水粗朴人生给予他的气质、个性和那一份经验，又是"例内"之文人所没有的。因此他笔下的"湘西"，开出一别见情致的乡土世界。仿佛天涯远梦，——目前，正有浓淡难与君说的梦别之感，到今朝流风余韵犹系纸墨之间。过了许多年，作者的生命老去了、死去了，又委实还留在作品里边。"庄生梦蝶"永远是关于文人的美丽故事，那美丽是忧愁的。

例外之人，写下了例外的故事，却因其例外而成其难以再抹去的价值。虽然人们习惯上不大认同"例外"，回头想，实在是恐怕成为例外之人的。例外之人不免孤独，需要有一份格外的勇气，来坚持着战胜与世飘零的"例外之感"。实际上，当沈从文从乡下人努力着变成城里人时，也正是"发乎情而止乎礼"，至少不复当年的清新风发了。作为一个"乡下人"（当然也要读书，学习驾驭文字语言），沈从文常如此自况，在我想，被另一种文明形态或生活方式所塑造着的时候，其价值在于持守着与自然与人生相通着的那一份性灵，不放弃也就对了。例外之人也就是踯躅于文化边缘上的"边际人"。我觉得有一种意见大概不错：作为一个边际人，他可以吸取"主流文化"（或曰"中心文化"）的一切长处，又易于保持住自己的客观性、超然性、批判性。永远不接触"主流文化"，便笃定是个"乡下人"，而一旦把主流文化与从它外面带来的特殊禀赋融汇在一起，就往往造成一种"特异"的气质和才干。历史上无数成大事者来自中心文化之外，道理即在于此。

好像是这样。十年前沈从文旧作稍稍解冻，那时好奇而读，正是初识"陌生"，有一番例外的况味——怎么同以前读过的小说、散文意味不大一样呢？似乎引起联想："例外"，虽为当时体现着中心文化意识形态的文学史教本所排斥，却终究排斥不掉它的意义。比如沈从文的抒情文体、诗意、带有原始情调的形象世界中所含的人生内容，一页一页，也都远了朦胧了，却还在心之隅牵着些丝缕。这样去体会人生如水云的各种色彩和音乐，倒也不想去纠缠于该不该表现那些男女的悲欢际遇，去讨论作者的文化意识是保守还是进步了。文学的旨则本来是数言难尽，一律难当的。过去的梦影可能折照着现代人的灵魂，也可能折照着失去"家园"的伶仃无依。在"例内"，我们的感觉何尝不变得迟钝？然而不是只有热爱自然、人生的人，才可能开始真正领会自然、人生吗？

"我平日想到泸溪县时，回忆中就浸透了摇船人催橹歌声，且被印象中一点儿小雨，仿佛把心也弄湿了"……在这种今与昔、人境与心境的往复回旋中，沈从文就来写他从军时几个伙伴的故事：他们已经消失或被遗忘了，包括一个赵姓成衣人的独生子，还记得他伶俐勇敢，梦想当上副官，恋着城里绒线铺的女孩子，那女孩子明慧温柔……"整整十七年后，我的小船又在落日黄昏中，到了这个地方停靠下来……"石头城恰当日落一方，满河是橹歌浮动。作者缓缓讲述：在那绒线铺里，"真没有再使我惊讶的事了，在黄晕晕的煤油灯光下，我原来又见到了那成衣人的独生子。这人简直可说是一个老人。很显然的，时间同鸦片烟已毁了他……我憬然觉悟他与这一家人的关系，且明白那个似乎永远年轻的女孩子是谁的儿女了……他的那份安于现状的神气，使我觉得若用我身份惊动了他，就真是我的罪过"。他望着天上一粒极大的星子，想着星子阅历沧桑的镇定，听黑暗河面起了缥缈快乐的橹歌，"从歌声里我俨然彻悟了什么。我明白，我不应当翻阅历史、温习历史，在历史前面，谁人能够不感惆怅？"(《湘行散记·老伴》)。

这好像是对人间以及退到自己心中都无法说明到透彻的一种静观，所谓"不想明白道理却永远为现象所倾心"。静，容易体会到的是：编织着优美淡远的美感境界，在侧重于"因静照物"的传统诗文书画中，常有人生淡淡的哀戚或寂寥飘上心头留在纸上。这种境界，更进一层说，又可能是一种文化的"梦境"，有着躁动、痛苦的时代生活在文人心理上反弹出来的内容。于是这"静"，与古典式的静穆、空寂又不成其一致，动而复归于静，具体是动的，概括是静的，看来既是艺术的选择，也是文化心理上的平衡，借此以逃避不可靠的情感生活与道德生活。沈从文大概也是这样。其实他的诉说，在在隐含了痛苦，但并不曾因此而喊叫，似乎那痛苦原是与自身精神上的痛苦（理想的徒然）连体的，那时代的文学，就这样，往往不能不悲凉着，无情而情，无语而语。沈从文仍然有他委曲的寄托："我还得在'神'之解体的时代，重新给神作一种赞颂，在充满古典庄严与雅致的诗歌失去光辉和意义时，来谨谨慎慎写最后一首抒情诗。"(《水云》)

读十二卷本《沈从文文集》，发现沈从文的世界有着许多难以整理的矛盾，他企图整理仍复徒然，许多故事和叙说不免永远萦系于生命进向与存在困境、理性和情感相冲突的主题了。他毕竟无法跨越限度，却也达到了某种限度，他说："人生实在是一本大书，内容复杂，分量沉重，值得翻到个人所能翻看到的最后一页。而且必须慢慢地翻。我只是翻得太快，看了些不许看的事迹。"(《烛虚》）写作品的人也像一篇作品，飘零于文字之海。

据说是由于"历史的误会"，沈从文在不到五十岁时，搁下了笔，从此转向文物研究领域。沈从文好像并不认为是不幸的事，虽然一般的看法倾向于说他受到了不公正的对待。放下笔，也许确因他自己感到有一种限制，或是怕跟不上时代生活，或是怕可能的风霜，再加上文物研究对他本有吸引力，都促成了"转"的选择：这项工作兼有安全感和寄托，磨光阴于古物间，后来看，比起置身于风风雨雨的文坛，该承认是可庆幸。但是沈从文创作的中止，其实又未尝不是持续着创作危机的结果，实际上在二十世纪四十年代，已经有着超越以往的困难了，他确实很难再写下去，如果想写得更好的话。

中国的文人似乎容易衰老，老境的心理不容易再燃烧旺盛的创作热情。除了回忆录，显然有相当多的著名诗人作家，后来转向文史教学、研究等方面，或成为社会活动家。老舍又似乎例外。在这一点上沈从文倒不算例外，却也难得他的"敢舍"，将得失置之度外，以"知天命"的态度，一步一个脚印地走完人生旅程。

我们得承认他说"塞翁失马，焉知非福"有他的道理。人生的轨道原没有什么一定。对文学，真诚地爱它，投身于它，又真心地离开它，可悲亦可喜，也许其中该有一份对人生、对命运的独特理解。换句话说，是彻悟。还记得俞平伯先生的话：

"当遥指青山是我们的归路，不免感到轻微的战栗（或者不很轻微，更是人情），可是走得近了，空翠渐减，终于到了某一点，不见遥青，只见平淡无奇的道路、树石，憧憬既已消释了，我们遂坦然长往……我感谢造化的主宰，他使我们生于自然，死于自然，这是何等的气度呢！不能名言，唯有赞叹，赞叹不出，唯有欢喜。"

山水·历史·人间：
曹聚仁的『行记』
与『世说』

曹聚仁

抽斗里到现在还放着一本册子，硬皮面，中等开本，风光插页。当年属意于插页上的山水亭园，想着有朝一日或可一一寻访，将些记游拾得的文字补到本子上去，也是一个不坏的梦。可惜，碌碌十几年竟不曾转梦成真。诸好山好水，既未能身往其间，便只好退而想象。每读前人、今人记游述胜的诗、文、画、影，犹自可嚼，给市井庸常的日子添些遐思。其实又偶尔作惶恐想：都市中人的生活与自然总有一层隔膜了，旅游之成为"无烟产业"也难免不够清静呢。那时，在本子空白处抄了几句闻一多的诗："青松和大海，鸦背驮着夕阳，黄昏里织满了蝙蝠的翅膀……自从鹅黄到古铜色的菊花，记着我的粮食是一壶苦茶！"（《忆菊》）至今回想，还有当初抄写时朦胧莫名般的感动。

自然无言地感动人生。一溪流水，数片白云，江上清风，山间明月，原是人所感怀不尽的。人心中隐秘的琴弦宜于由自然去拨动，影响及于人生的各个方面，尤其是艺术，所谓"师造化"。想起以前看抒情风景画大师柯罗的画，霍然心动："一辆露水洗过的夜班马车，默默地在这昏睡的人世上奔驰；四下处处是一派迷茫，独有偏僻的一角勉强看得出'柯罗'的名字。"柯罗把色彩融到自然中去了，他的画也是自然赐予人生的礼物。再说中国文艺史上的好例也不算少。比如我们读明末张岱的小品，尤能感到自然与性灵的相通。《陶庵梦忆》写他"拿一小舟"独往西湖看雪的情景："天与云与山与水，上下一白，湖上影子，唯长堤一痕，湖心亭一点，与余舟一芥，舟中人两三粒而已。"几笔如画，如此境界，画师巧匠大约也该袖手了，曹聚仁先生以"何等境界"四字赏之。我后来读曹先生的文字，也感觉到他受张岱的影响。如他的《湖上杂忆》写道："丁卯秋，我从上海归杭州，时三更将尽，月色皎白，雇小舟直驶岳坟，默不作声，任桨板拍碎湖波。那年深冬，黎明，白茫茫大雾，把西湖整个儿包住了，对面不见人。轻舟从雾袋中穿过；到了湖边，才看见那么一条细痕。湖水真赏，只能这么体会，舌与笔都已穷了。"

景生情，情生文，文亦复生情。浮攘人世，有时若能得一与自然的机趣相契，如"相看两不厌，唯有敬亭山"的意思，便足珍置。常想"管领湖山"的机会不多，补的办法大概是借助于读读书。古今写山川风物的书不少，繁而损之，以笔记、小品更为相宜，轻叩缓发，可资浮想。这比起粗放式的观光，或许心头还留清兴，以待来日。有这样的念头，把曹聚仁的《万里行记》找来浏览，闲中意味，仿佛枕上片时春梦，但行尽江南千里，盘桓其间，也是读书乐事。

关于这本书，由泛泛地说好，进一步该体会到有特色。《万里行记》作者人们原不大熟悉。话说二十世纪三十年代，曹聚仁也是个伏处书斋、执教学堂的文人。抗战军兴，他成为流动的战地采访记者，这一转变使他笔头天地渐宽，也有机会把"史与地"交织的念头作一番料理，杨万里所谓"闭门觅句非诗法，只是征行自有诗"正是题中之义。只是作者一九五○年卜居香港后才开始动笔，《万里行记》陆续在香港报纸上刊出，后集为一书，我所见为二十世纪八十年代的大陆版，已是作者身后的事了。

前面说到特色，大抵在于融文学、史学、地理、人情味、见闻与感想于谈天文字。或者说"杂"，杂中见醇，也就是读完了还能有余味，这就不似一般类型的游记。按作者透露的意思，又不过是对一种人生设计作一交代：文人的生活不都在书斋里，"行万里路读万卷书"原是古来许多文人的胸襟抱负，到得近代更体现学术、思想和风气由纸上向路上的转移。像清代颜习斋、李恕谷一派的警惕于"书生无用"（所谓"愧无半策匡时艰，唯余一死报君王"），就是鞭策。曹聚仁的思想路头及家学濡染，近于颜李的笃实、不尚空谈心性，所以想步徐霞客的后尘，上路时带了一本唐宋诗集、一本顾祖禹的《读史方舆纪要》，正是"走读"。《万里行记》自述平生心仪，乃在斯文赫定，即如瑞典考古探险家斯文赫定那样做亚洲腹地的旅行。想法好，却不易实现。但对"人文地理"这一观察取向的重视，还是体现在对东南河山的"速写"中。行迹所到，史地、人物、古迹、物产、交通、风俗不妨贯串于"游"，于是"杂"便有了文化漫谈的意味，也是"走"而"读"而"想"而"考"的特点。就此，晚生者远观，多少还能窥世变之踪迹呢！

游记－文化景观，说起来也就是在"可视"的自然景观之间，再加上"可想"的人的历史活动，寻找人文现象与自然地域的某种关系。关系不一定要"决定"，但相互之间总有影响有感应。比如说"感应"，由山程水驿而来的，更易于体会现象所孕生的环境气氛。这就是由写形到传神的一部分内容。使我们不能简单说是"环境决定"，抑或"人文决定"了。气氛难以分析，但确也滋生着某种带有地域色彩的文化个性。动中有静，山川同古今；静中有动，又有水流云渡。正如一条水路的情形：富春江上渔火点点，桐君山如老僧入定，由杭州而桐庐、而七里泷、建德、而兰溪、而徽州的水路，一滩复一滩，不仅风光秀丽，引得南朝文士吴均因写"风烟俱净，天山共色"等数语而传之不朽，《万里行记》还有意思把它当作文化的背景来了解：小船将徽州商人载下沪、杭，也载去了雕版和清代的朴学，许多人物也正从这条水路走向更大的"舞台"。水路周边方圆，皖南赣北闽西浙东，被曹氏称为东南文化的摇篮，不是偶然的。

山水、历史、人间，分开来三个面，合起来一个整体。今天研究文化或思想史的人，如果能到儒、释、道彼此消长荣瘁的地方走走，也许会像曹聚仁一样别生一番感悟。不能去，便随作者"风雨说鹅湖""三访牡丹亭"，游于"山阴道上""风月屯溪"……单就几百年间的风物谈，苏州、扬州、南京、上海的兴衰朝暮，已足够剪灯把盏、西窗夜语，兴或有不尽：仿佛重见诗人墨客徘徊于湖山；纸笔砚墨、诗书曲画、茶酒烹饪、古寺与舟船、春梦与杜鹃、塔影暮鸦、征尘战鼓，一一来而复去；林处士、苏小小、沈三白、陆放翁、汤显祖或执于"朱陆异同"的理学家，《儒林外史》中的人物，也并不很远；忽觉"芳草乍疑歌扇绿，落英错认舞衣鲜"，宛然如复过往；又有"风流顿尽溪山改，富贵何常箫管哀"的诗句，可发古今同为一慨。顺带想，彼时曾有诗派、画派、曲派之各领风骚，学术上皖学、浙学、吴学、扬学纷起卓然，也都见出文化源流、风气，到二十世纪又开这出新局面来。

房龙曾说："历史是地理的第四度，它赋予地理以时间和意义。"大概倒过来也能说通。这么看，《万里行记》写到的地理环境，是历史的空间，也是人间戏剧的大舞台。华夏文明也有相当一些性格气质与辛稼轩所谓"剩水残山"息息相关的。我们试想，历史上有几度大迁徙与文化重心的转移，六朝时的南渡、南宋时的偏安、海禁的松开，前尘影事，沧海月明，《万里行记》或也能证其消息、观其推移的。其中还有一个小例子，倒是和文化的大题目有关。书中提到这么一件事：三十年代丁文江氏曾要助手替他整理一份材料，即把二十四史中立传的人物，依现在的省籍作一统计，按时代先后排列，这份统计表定名为"中国历代人物之地理的分布"。曹聚仁据此而说大轮廓是这样："中华民族所经营的文化，首先在黄河流域生根，沿汉水流域南伸，发展到长江流域，再沿海发展到闽粤一带来。用我们自己的话说：过去三千年，不妨说是河流文明；到了近三百年，不妨说是海洋文明。过去的中国文化，自北而南，自西而东；近代恰巧换个方向，变成了自南而北，自东而西，这便临到了李鸿章所说的'三千年来未有之变局'。"

这一文化格局变动的大关节，是不是这样，还可思量，值得注意的却是"看大形势"的眼光，而且并非凭空臆断。更具体说，重心的转移趋势表明，一种较开放的人文地理环境，会促成传统格局及地域观念的变化，这就涉及了文化选择的主题。还有其他话题，如怎样评价经济与文化的影响关系，如现代工业文明背景下人与自然关系的疏离、深层文化景观之于社会发展的意义，又都属于读后的联想了。

"处处山川怕见君"，从来言情写景的诗人，能得着这一语，足以平生快慰。就诗言，天真圆转，出于性情；散文有生气，大约也在见性情的真。有这一条，不妨它散一些，也不妨加进博闻的材料，疏密繁简、或情或理，都无不可。写山水如此，写人间，我想大体也如此。记得以前读《知堂回想录》，喜其盎然有韵致，有一份史料价值，也有一份性情，并不枯窘。也才知道这里边有曹聚仁先生的促进之功。其时曹氏在香港与在北京的周作人书信往来，此事能成，端赖有心人。按说曹氏本是鲁迅的好友（宋云彬曾问过曹聚仁：鲁迅为什么没骂过你呢？），且与周作人并无深交，他促成此事，自然也可说是处事多从人情上去着想，——萧伯纳说得不错：肚子饿了的恺撒，也就是一个穷人。后来终于读到他晚年写的《我与我的世界》（未完成），觉得他也正是取史料（第一手）与性情并茂的路子，与《万里行记》相通；若干篇什，渗透了人间味，挑灯夜读，一时不能释手。《我与我的世界》性质上近于自传、回忆录、感想录、随笔的混合，望闻问切，在反映时代生活上，也还十分春色映到三分。尽管多为一枝一叶，大泽涓滴，也可当"世说"来看，只是这一部要比南朝的那一部"世说"多了些烟火气。

今天来看，曹聚仁生于一九〇〇年，卒于一九七二年，该属上一代的人。晚清、民国、"五四"、"大革命"、抗战、解放，他所亲历的，乃是二十世纪中国大变迁的时代，也是读书人有过歧路彷徨的时代。昔风旧雨之间，说到个人不免有种种升沉穷达，事关大义，则天下兴亡。这样，看世界也看自己，能看得透彻些通达些，颇不容易。这同观者的态度有关。曹聚仁曾解剖自己：优柔寡断，赋性怯懦，近于屠格涅夫笔下的罗亭。写自传而不否认自己的弱点，好像便有个平实的立脚点和态度去看世事。人虽然不能完全超脱潮流之外，却还存在"有所执"与"有所不执"的分别对待。为人做事当然该执着个标准，择其善者；至于看待自己与世界的关系，又不必把自己看得太重，仿佛演戏一定要在热闹处似的；有时看得更透，还不免落到曹雪芹的自语：无材补天，枉入红尘。致良知明事理是执，牵扯到事功、名累，从大胸襟讲，又不必偏执。曹聚仁说他在"边沿"上站着，以静观自得为乐，又说"既不能令，又不受命"，"愿意躲在某一角落上作极安静之呼吸"，倒是坦白道出老庄在自己精神上的影子。

当然也还不致放纵到玩弄人生。实际不过是在经历了政治生活震荡和思想苦闷之后,作为怯懦者所选择的有限自由,或者说在"任自然"与"重名教"之间达成精神上的妥协。他从浙东山区走出来,进入五四新文化天地,读书、问学、写文章、教书、做记者,见闻和思考都不会少,但看得出,直到晚年,关于自由和责任、入世与出世,在他心理上的矛盾,仍未了断。他引述鹤见佑辅《读书三昧》中的话:

> 以社会秩序为中心的孔门思想,和以个人自由为要点的老庄思想,过去三千年间在中国不断地冲突激荡,乃至长短相补而发达起来似的。不论任何民族、任何时代,大概于内部一面包藏这样两种思想的交流,一面向着永远的未来继续迈步……从古以来,人类所抱怀的价值判断中,有认社会秩序为中心的思想,和认个人自由为中心思想的两个源流。这两种思想,不管在什么时代、什么民族,总常相并存的,取种种方式而表现出来。那最显著而又是最彻底实验过的,是古代希腊的时候,以秩序为中心而建筑社会的,是斯巴达;以自由为基础而经营集团生活的,是雅典。

上述意见也可交代曹聚仁感到矛盾的心理情结。一九五〇年,他由上海到香港,自白:"我们已经进入了新的法家天下……不过,我们这一群知识分子,却恋恋于雅典精神而不忍舍。过了罗湖，我们所进的，乃是希腊精神的天地。"同时他又为新中国而鼓舞，向往于祖国的统一、富强，始终不把政治成见当作看世界的标准。眷怀反顾、两相依依的结果，必然使他还是要走到社会大潮的"边"上去。

"边"的意义何在，不谈事功，谈作文章。有人说，"其实边上大有文章可作，没有边，何来中心？"（金克木《说"边"》）试也想，看人看历史，从边上看与卷在中间看，肯定不一样，是否能说看得比较自然，有价值而正史不取的，也能不拘泥，留些侧影、素描。翻曹氏"世说"目录，可见边边角角、野草闲花，却涉及不少有意味的人和事，未始不因其边际眼光而看出纷纷的音容个性，不写出来真是可惜了。

"世说"写人物有几类：一是师长辈的，二是朋友同事，三是亲人，四归其他。尤以前两类为疏落有致，得其妙肖。以叙事夹议论，求其生气；逸闻趣谈如颊上添毫，衬其性情；这也是随笔的"活"胜于志传的"死"，最宜体会到人情味儿。可举例子太多，读时曾折角为记，后来，不堪折了。

> 经（亨颐）校长，他是那么高，怕有六尺三寸高吧，站在讲台上，俨然是我们的家长似的；他留着短短的胡子，说话慢慢地。大概《雷雨》中的周朴园，就是这么一个样子。说经校长气度很好，大概可成定论了。他就像汪洋广阔的宰相，兼容众长，又能获得众人的钦仰，也就是孟子所谓之似人君，不似君子的意思……他写得一手好魏碑，也

会画山水花卉，刻得一手好印，他会喝酒，饮酒赋诗，遗
世独立，颇有魏晋文人的气象。他一直是一师的家长，谁
想到了一师，就会想到经先生，我们都是他的儿女。

单（不庵）师是一个博学的人，并不是没有见解，而
是不敢有所主张。他一生用力之处甚多，经史子三部，寝
馈其间，用红笔添注过十几回的很多。那部《后汉书补注》
的补注，依我看来，该已差不多了，他还是慎重得很，直
到他逝世前一月，还没曾完稿。单师逝世后，那位不识字
的师母，把那本批注本《汉书》带走了；他一生心血所灌
注的工作，就此石沉大海，无影无踪。

曹聚仁说他的这位老师乃"古之人也，古之人也"。

曹礼吾可以说是《世说新语》中人，……我相信他早
生一千五百年的话，一定会和王衍、乐广、谢灵运那些人
凑合得来。他在文澜阁睡过了整个春假，他的后脑，就给
那张藤椅磨得平平滑滑的。有一年夏天，那时已在真如，
潘伯鹰兄，午后照例到曹家去看礼吾，恰逢礼吾睡着了，
他就在客厅上也独自睡下去；有时主人醒来了，客人没有
醒就让他睡下去。有时客人醒了，主人还没有醒，客人也
就走了。这些故事我写下来，放进《世说新语》中去也颇
相称的。

抄几条，也想说，现象是内容，有意味而兼意义则还要借文笔的力，有本领用一种艺术形式表达出他的资料。其中就有古代小品的影响，"散而庄，淡而腴"，不干燥也不拖泥带水，呼吸自如。此外还有些条近于小说的素材，婉转动人。也少见世间流行"穿靴戴帽"溢美溢恶的情词，关于吴稚晖、戴季陶的文字，也并不离谱。

曹聚仁称赏高尔基的小说《卖牛奶姑娘的故事》，这小说的结语说道："这群不幸的囚徒们，他们是爱着这一送牛奶的小姑娘的了；人类，无论处怎样的境遇中，总不由得您不爱什么人或什么事物的！"这话或也能解释"世说"文字所氤氲着的人间性。他虽是站在边上观世事变化的人，但并不曾以冷眼相视；而且自知，"可喜固在此，可悲也正在此"。一隅的呼吸总与时代有距离。虽然买得青山好，却恨归来白发多。尾声，总难免有"命矣夫"的感叹入怀，其实，一腔曲衷里的意义，也并不因书的陈旧而陈旧的。

曹氏浮萍一生，却著述甚丰。"三联"近年还出版了曹著《中国学术思想史随笔》(港版名《国学十二讲》)与《书林新话》，皆宜于漫读。

一九九〇年二月，北京小街

觉有情：
梨园风景中的梅兰芳

梅兰芳

　　"昨夜星辰昨夜风，画楼西畔桂堂东。"这是李义山诗句。意思的究竟，自知不能言诠，但于灯下读史时，每觉若有所感，唯义山诗意切之或近之。

　　那也许只是一种情调，在今昔之间已拉开了距离而又有所应和的一种况味。这使我想起，以前读史时努力寻求什么的心情，如今渐已淡然。比如倘是得一两册"梨园史话"来读，过去可能是想得些戏剧知识，眼下则不如说是借一扇"窗"看看风景、领略些历史情调，更为相宜。

　　"书窗"中的风景也永是变幻，星移斗转，景异人殊。历史本身何尝不是戏剧！人们究竟做观众还是做角色，是人演戏抑或戏演人，都不易说。具体到"看戏"一事，现在看戏的人确少多了，戏迷更属寥寥。何故？记得曾同友人戏谈：既然生活里的戏，可观者已经不少，人们又何须老远地跑到戏院去耗

291

神呢！一笑之余，知道事情也不尽然，更难深论。与过去相比，所谓彼一时此一时，个中消息，大约可说：文化环境、氛围的变化影响甚大，戏剧，例如京剧，在其间也只能冷暖自知了，衰飒是无可如何的。自己年纪尚不算老，却还记得作"少年游"时，北京的前门、天桥一带尚有一些戏园子，天天有角儿们的戏目在贴演，如今完全销声匿迹。北城有人民剧场，属于犹存的京剧"重镇"，但偶尔路过，感觉也未免萧索。据说，善写狐鬼的蒲松龄曾为戏台撰一联语："功名富贵尽空花，玉带乌纱，回头了千秋事业；离合悲欢皆幻梦，佳人才子，转眼消百岁光阴。"秋色经眼，春花如梦，对戏中人事风尘的形容，现在差可拟说于戏剧春秋本身了！

且倒回去七十年吧。徐城北在《梅兰芳与二十世纪》一书中叙述道："比如一九二一年一月八日夜，新组建的'崇林社'在位于前门外西柳树井的第一舞台演戏，于是自傍晚时分开始，前门外大小店铺的东家伙计，以及许多悠闲的顾客，都不时把目光投向街心半人高的路面。他们知道此夜'崇林社'的戏码极'硬'，自第四出往后，其中的名角都不会再步行去戏园子，而必然要乘坐骡车才能与'份儿'相符。名角们（依戏码先后顺序）是：王瑶卿、王又宸、王凤卿、尚小云、刘鸿升、陈德霖、郝寿臣、俞振庭、梅兰芳和杨小楼……这些骡车将从各自的住宅出发……缓缓走向西柳树井的第一舞台。前门大街两侧的戏迷们，会兴致勃勃地辨识哪一辆是杨小楼的，哪一辆则是梅兰芳的，会从此际的'杨梅并世'回述到一九一七年谭鑫培逝世前的'谭杨梅鼎足三分'。年纪再大些的戏迷，就可以由此畅谈昔日的'后三鼎甲'（指三位著名老生——谭鑫培、汪桂芬、孙菊仙）的盛况而唏嘘不已。戏迷们有一搭无一搭地闲聊着，很有些人会等到散戏，再看着一辆辆骡车原路返回。俟蹄声鞭影消失于夜色，戏迷们这才打起'哈欠'，拱手告别，各自散去。北京似乎到了这个时刻，才算真正进入梦乡。"

这一番书窗中摄取来的"昨夜风景"，还留着几分二十年代市井文化的风韵以及传统文化中那一缕行将逝去的情调。

几十年日新月异，许多事物付之逝水，包括与梨园史息息相关的历史文化情调，也已难赋"招魂"。京剧自徽班进京，由皮簧而演为国剧，二百年来，风华荣悴种种，诚如"戏中戏"兼"戏外戏"，要说得圆洽，非大手笔不可。不得已降而借小手笔之助，便是管窥，诸如就现象、背景，取个还有价值的角度来谈谈等。我猜想，徐城北这几年在纸上弹拨不已，又来专谈"梅兰芳与二十世纪"，门道、旨趣，莫非如此吧。言轻语屑，不妨有启发性兼可读性，小坐春风。有这样的感觉，总还因为所谈的对象，虽然恍如隔世了，却还有一种历史文化情调可感，让我辈"槛外人"且依书窗而望。

谈到梅兰芳，其人其艺，皆早有定评。人，生于一八九四年，殁于一九六一年，历来口碑很好。他幼年失去父母，长在梨园世家（祖父梅巧玲为"同光十三绝"之一，伯父梅雨田为名琴师，幼时还受到名武生杨小楼关照）。他九岁学戏，习青衣行当，十一岁登台，大约十六七岁时已声名鹊起，二十世纪二十年代起更唱红京、沪、津舞台，后又出访日、美、苏，演出成功，载誉而还。红氍毹上，舞袖歌弦，终究精于此道、老于此道，人称"伶界大王""四大名旦之首"，或者"梅氏戏剧体系的创造者"等，不须词费。大凡社会生活某一行中出了大师级的人物，能领数十年风骚，总得有种种条件、机缘的遇合，梅氏之成功也并非特例。直截地说，可以就说是"幸运"：一是天生资质好，学艺肯下功夫，又加宗风清正，洁来洁往，大器早成。二是师友之间能转益勤学，台上台下光风霁月，度量宽和，艺术和人格上的修养臻于日新月满，绝少小家气象。三是他处在传统人文精神、艺术的薪火相传中，得其陶冶，又接受了新文化风气的若干积极影响，好风借力，新旧两面都得以潜移默化，丰富自身，这正是他高出前辈人和同辈人的地方。四是所处的社会文化环境，虽不算太好，却还容许他、玉成他，提供磨砺其艺术的舞台，那种令人神驰的交流场合，不妨鱼跃鸟飞，而且京剧正充满着走向成熟的活力。这都是事实，尽管梅兰芳的黄金时代（大体上从他十六七岁出名到抗战前的二十几年）正值中国现代史上一个不理想的时代。以上略说，也许不大对、不大完全。借"知人论世"的古法，是想说他的幸运，有禀赋的关系、缘分的关系，并不都是"英雄造时势"，如老子所谓，"天下莫柔弱于水，而攻坚强者，莫之能胜"。梅兰芳为人为艺的品性，齐如山曾以二十年的观察，叹为"谦虚而恭谨"，确实成为可风的典型。就入世一面而言，其人实至名归，世之于他或他之于世，彼此"觉有情"，也弥足珍视。还是延伸了说"幸运"，梅兰芳的寿数终止于一九六一年八月，当时许多人都出乎意料很觉惋惜，但焉知不是一种幸运呢！人归道山后不几年，急风骤雨式的京剧革命和"文化大革命"便接踵而至，梅先生若在，其处境如何、归宿如何，都不敢想，也不堪想了。

二十世纪六十年代，以京剧演现代戏问题为突破口，先是引发"戏曲革命"的"大手术"，进而扩展为对"旧文化"的"大扫除"和一场政治文化大动乱。京剧何幸？京剧何辜？它却因此而失去原有的轨道，失掉其文化属性了。这些，不再同梅兰芳有直接关系。但历史地看，也并非忽然降临的劫难，梅兰芳的魂灵，生前身后怕是免不了同中国历史动势有一番尴尬的相遇。徐著对此有一节描述，说到梅兰芳一九四九年十月底到天津演出，曾与记者交谈，话题也牵涉京剧艺人的思想改造和京剧改革：

梅兰芳在谈话中讲："京剧改革岂是一桩轻而易举的事！不过，让这个古老的剧种更好地为新社会服务，为人民服务，却是一个亟须解决的问题。我以为，京剧艺术的思想改造与技术改造最好不要混为一谈。后者在原则上应该让它保留下来，而前者也要经过充分的准备和慎重的考虑，再行修改，这样才不会发生错误。因为京剧是一种古典艺术，有几千年的传统，因此我们修改起来，就更得慎重些。"最后梅兰芳归结说："俗话说，'移步换形'，今天的戏剧改革工作却要做到'移步'而不'换形'。"当天晚上，记者写出《移步不换形——梅兰芳谈旧剧改革》为题的访问记，第二天就发表在《进步日报》上了。

　　大约过了五六天，天津市文化局长阿英、副局长孟波找到记者，询问了访问记产生的经过，并说这篇访问记在北京引起了轩然大波。一些名家认为，梅兰芳先生在京剧改革上主张"移步不换形"，是在宣传改良主义观点，与京剧革命的精神不相容……

　　梅兰芳当然也得到消息，尤其是当他知道已写了批判文章的名家当中包括田汉之后，紧张中更增强了重重疑虑。因为在梅兰芳五十五岁的生命途程里面，除了幼年时遭到长辈或师傅的呵斥之外，成名后不论是谁当政，他梅兰芳从没受到过一星半点的批评。他认真做艺，诚恳待人，他广交天下朋友，从不欺人也从不求人;他从不背后批评人家，也不见人家背后批评自己。如今招了谁，惹了谁，竟至像田汉这样的老朋友一时都翻了脸? 梅兰芳几夜没睡好觉……

这事的结果，自然以梅氏作自我批评下台阶，而且他的自责显然不得不进入新的权威理论模式："形式与内容不可分割，内容决定形式，'移步必须换形'。这是我最近学习的一个进步……"事情好像已经被主流意识所规定了——改良即反动，虽然一旦接触到实际，情形往往复杂得多：为什么"移步必须换形"? 换形，改造，"形"与"技"后面的历史文化内涵，京剧的有机生命系统也就必须割断，尔后焚琴煮鹤的一幕原是事有必然的。不容得细想的，还不是理论和艺术实践上的问题，区别首先在于：你把它看作一种观赏性的、如乡音乡情一般熟悉亲切的传统艺术呢，还是视之为一部机器上的齿轮和螺丝钉？好在梅兰芳并非历史弄潮人，他小心翼翼躲开风浪，在"缀玉轩"里平安度过晚年。同时，多表现为应景性质的《梅兰芳文集》，与自道戏剧小沧桑的《舞台生活四十年》似乎已有令人玩味的文化差距，真像是"收拾铅华归少作，屏却丝竹入晚年"了。

即使是外行人，读一读梅氏的《舞台生活四十年》，也能感到它像它的叙述者一样朴茂无华，一点儿不做作地讲他的经历。"百本牵牛花碗大，三年无梦到梅家""今日相逢闻此曲，他年君是李龟年"（齐白石写寄），回忆是一种文化慰藉，不仅是京剧史材料，更是文化史文献。从中也不妨了解，至少在文化方面，"革命－保守"这种简单的历史解释模式不完全适用或者很不适用。拿这个作依据来"动手术""下猛药"，说轻些是"鲁莽"，说重了就等于"害命"，免不了要学侯朝宗侯公子作《壮悔堂集》的。这种情形，在对待中医、国画、古典文学研究时都有，又唯有对京剧的折腾最厉害。《齐如山回忆录》中记名净黄润甫的谈话说："咳，齐先生，唱戏这个玩意儿，细汉子不干，粗汉子干不了哇。"此语真堪玩味于中。就"戏"这个传统"玩意儿"引申了想，大概玩了许多年，而且是好东西总有人认，太"静"了不行，太"动"了也不行。

话归艺人梅兰芳，不过以风华动世，绝对算不上文化史上的突破性人物，或者说，他不曾在理论上思想上有所言说。但是在一个名伶并非昙花一现的艺术实践中，好像也有文化经验值得注意，至少梅氏并不是保守的。可以说，恰恰由于有现代文化演变背景中的艺术革新，方使其在好角如云流派竞争中显得卓然不群。比如，在成名前后始终都有紧张的多方面探索。就以一九一五年到一九一六年的一年半中间，梅兰芳排演了旧装新戏《牢狱鸳鸯》，时装新戏《宦海潮》《邓霞姑》《一缕麻》，创制古装新戏《嫦娥奔月》《黛玉葬花》《千金一笑》，并学演别见生面的南昆如《思凡》《春香闹学》《佳期》《拷红》《惊丑》《逼婚》等，到后来更精雕细磨，追求歌、舞、戏、功自然融合的艺术完整性和以少胜多的有内蕴的文化品位，便有《宇宙锋》《贵妃醉酒》《奇双会》《霸王别姬》等梅氏代表作的确立。这当中既有传统，又有创新，梅兰芳使二者融汇于一体，逐渐形成稳定成熟的风格。换句话说，"渐进的改良"或者"移步不换形"，于梅兰芳是适宜而且成功的选择，鼎盛时期"北去南来自在飞"以及访美演出所获得的巨大成功，就凭戏演在台上，魅力绕梁而走，润服人心，便是最好的检验。对此，他自己倒也不落言筌，大概只有一回是讲得比较明确的：

> 有朋友看了我好多次的《醉酒》和《宇宙锋》，说我欢喜改身段。其实我哪里是诚心想改呢？唱到那儿，临时发生一种新的诠释，不自觉地就会有了变化。自然每一出戏里的大关目，是不能改样的。要晓得演技的进步，全靠自己的功夫和火候，慢慢地把它培养成熟的。火候不到，

他也理解不出。就是教会了他，也未必准能做得恰到好处。所以每一个演员的技能，是跟着他的年龄进展，一点都不能勉强的。我承认我的演戏，的确是靠逐渐改成功的。一般老朋友们随时提供那些有价值的意见，就是启示我改良的资料。(《舞台生活四十年》)

这些话，讲"不觉""火候"、讲"逐渐""启示"，都不深，却近于"话到沧桑"，与其说是道理，不如说是意思在人情、性分之际。当世间的道理太多，彼此不可开交时，体会一下人"情"、事"情"，不也好吗？这自然也不是不要道理，不过想多念念情理罢了。

拈花微笑，一花一世界。若专讲事功，讲唱戏看戏与"修齐治平"，就索性不能讲了。眼瞧着"乱哄哄你方唱罢我登场"，又有何益。若缩小一点儿，有时艺术韵味和境界或者文化的情致和境界，也就在一唱一做之间，只能濡沫人情地去体会，倒难用大道理去衡量。黄裳先生谈梅兰芳演《洛神》的话很好："我直感地觉得这是一出'诗剧'。它是没有情节的，或者说它是只有极为简单的一些情节的。全剧只有四场，主要的只是两场，《入梦》与《洛川》。主要人物相遇的对话只有三十几句，而这些对话又是极为短促的。表演者要利用这一点点时间与对话传达一对二十年前的情人重逢以后的复杂心情。隐蔽在神话外衣里的是真实的人间的情感。这不是一个单纯的仙女，她的影子是深深地生根在原作者曹植的精神与梦境里的。这一个爱情的悲剧被长久地掩覆在美丽的《洛神赋》下面，现在要用单纯的几句语言、一些表情与身段在舞台上完美地重现出来，笼罩在清冷得有如一座大理石雕塑的美丽的女仙身上的是鲜明而炽热的爱恋。这样的表演是很难用笔墨刻画下来的。"（《黄裳论剧杂文》）

诸如此类，恐怕正是梅兰芳表演艺术的价值所在。富有人情和启发感觉的表现，在写意地呈现"诗意的存在"。至于许多的细节或者技巧，均应视为提炼诗意（包括更准确、鲜明而含蓄、富有魅力）的要求，如中国有价值的饮食烹饪之道一样，要求着"尽其物性""尽其食性"。由唐诗、宋词、元曲、明传奇、山水花鸟画以至于《红楼梦》下来，到梅兰芳的艺，也正是在传统中守护、挥洒着"诗意的存在"吧。也许从深层看，还不一定在技与道上面如何如何，平常地说，其中总是氤氲着可悲可叹可知可感的历史文化情调，或许在这个意义上如徐文长所谓："随缘设法，自有大地众生，作戏逢场，原属人生本色。"然而，昔日剧场中那种如火如荼的气氛，台上台下间的感动和痴醉，已杳如广陵散了。

在艺事的成熟阶段"进入文化"（梅兰芳不去追求廉价的剧场效果），徐城北在《梅之大》一章中特为论列，也是新鲜的看法。前面说"尽性"，大抵意思相近。事实上梅氏的文化结缘（包括多方面的兴趣和师友切磋以及"走出去"）对他的帮助真不小。其中与齐如山的交往尤见人情濡沫与君子风义。梅氏的《舞台生活四十年》虽然也如实谈到了一些齐如山当年为他排戏的情形，总因不免有所顾虑，道来不尽——。二人订交在民国二年冬天。某次，齐如山看梅兰芳演《汾河湾》，觉得表演尚有一些可改进之处，又注意到他的资质甚好，起意要帮一帮他，便驰函细论。梅兰芳也居然从善如流，随时改进。此后齐多次写信讨论艺事，直至为梅兰芳编戏二十几种，合作多年，并筹划了梅氏游美之行。齐如山的作用实在不小，京剧史上自该记上一笔，包括重新估价他对京剧研究和史料搜辑所做的第一等工作。齐如山的文化修养好、视野宽，他是清末同文馆出身，庚子乱后曾经商，于"辛亥"前后两赴欧洲，看了不少西方戏剧。所以他后来在看戏、编戏、研究戏时，路子既始终宗着传统又带着新眼光。齐之处世极有个性，他帮梅兰芳，却不要钱，作为捧梅的功臣，也并不觉得自己有什么了不起，却常常念着认识梅兰芳给自己带来的益处。二人合作二十年后，在历史的十字路口两次分手。一次是一九三三年梅兰芳举家南迁时，一次便是一九四九年的上海了。两次分手彼此都怀着复杂的感情，齐如山侃侃而言不无净直，梅兰芳更念着天涯共此的人情。不过，齐如山当初所谓彼此将是"另一个时代"的话，终究是言中了。人生有聚散，江湖相忘，梅齐二人在一九四九年一个北上京华一个去了台湾，音尘阻断，各自深藏当初那一份友情。

梅兰芳逝世后，齐曾把梅氏手写中堂挂出来，瞻望无已……他逝世于一九六二年。

一九九二年三月，北京小街

张大千

丹青华髯两飘萧：
张大千画里画外

听一位画画的朋友讲，现代派画家马蒂斯说过：艺术不过是艺术家的一把安乐椅。处在"安乐椅"境界中的马蒂斯，我不大了解，倒是记得徐悲鸿当年曾不无挖苦地称之为"马踢死"。这个恶谑马蒂斯恐怕不知道。不过，假使马蒂斯的意思是指一种人生态度的话（可能只是对一部分画家而言），倒也不妨问问，画家落座"安乐椅"上的形象与滋味究竟怎样？

偶尔看看画，顺带也看看写画家画事的书。半属附庸风雅，另一半则出于兴趣。比如看过号称"国手"的张大千的画册，进而还想知道张大千的生涯，没什么特别的原因，唯兴趣而已。产生兴趣，还因为张大千这个人物，我们过去了解得太少。自他一九四九年移居海外，与故土艺苑有三十来年的隔绝，谈到当代的中国画，也似乎不能提到他。"岭外音书断"，张大千也只有相思梦寐中了，其题赠有云，"共对春盘话巫峡，挂帆何

302

日是归年"，人还未挂帆归来，但到了二十世纪八十年代，国内对张大千的介绍及评价已经逐渐多起来了。一九八三年春，张大千逝世于台北双溪摩耶精舍，埋骨梅丘，结束其素袍布履长髯拂胸、云水悠悠风流豪洒的一生。他一生江海，纸上风雷，人如其画，姿态、色彩，可说泼墨翻彩意笔勾勒，不守绳矩而有淋漓生气。

"中外声名归把笔"，随便读一本张大千的传记，多半会同意他获得世界性的影响源自旺盛而持久的创造力这一说法。进一步可说：一是量多不胜数，恐怕算到"画富五车"还打不住；二是在海内外办画展多，墨缘甚广，因而每能声名动世，如滚雪球越滚越大；三是兼容广大，或工笔或写意或青绿或傅彩、或人物或花鸟或山水，都曾下过力气，然后多至于一，博至于约，出入古今，借广大之烟云，成自家之面目。还联系到师承基础之上的创新，或者进入意到笔到、从心所欲不逾矩的境界，自然已非"虫吟草间""郊寒岛瘦"的气象，如当年号称"南张北溥"之"北"的溥心畬赠诗所言："滔滔四海风尘日，宇宙难容一大千。却似少陵天宝后，吟诗空忆李青莲。"张大千自己对此也颇为矜重，他画了一幅《青城全景》，自弹自赞道：就说欧阳修吧，他有一首"庐山"诗，说当时人谁也作不出，只有李白能行；又有一首"明妃曲"，说这诗的"后篇"连李白也作不了，非杜甫不可；至于这首诗的前篇，就杜甫也不行了，只有他欧阳修行。这张画也是这样，"宋人有其雄奇无其温润，元人有其气韵无其博大，明清以来毋论矣"。这就是张大千的"自大"，足以见出其个性。他，或者欧阳修的"自信"，旁人或许还未必信服，但敢于自信，其实可以视为一种"挑战意识"的寄托。听其言而观其行，难得"偶逢胜日须教醉，独立危峦尚觉豪"，想到艺事人事间难免的鸡零狗碎、馁弱之风，就觉得大千的那般盛唐气派，原不失其价值。自然，以浮夸而做浪漫状，当是另一回事了。

还可以由画风扯到士风，大概可以说当代中国的书画家，张大千是顶尖中的一个了吧。也是独往独来，以天纵之资与造化争一争。他于画事之内，所谓"不止发冬心（金农）之发，而髯新罗（华岩）之髯；其登罗浮，早流苦瓜（石涛）之汗，入莲塘，尽剸朱耷（八大）之心"。画事之外，则"往还多美人名士，居前广蓄瑶草琪花、珍禽异兽，盖以三代、两汉、魏、晋、隋、唐、两宋、元、明之奇，大千沉淫其中，放浪形骸，纵情挥霍，不尽世俗所谓金钱而已，虽其天才与其健康亦挥霍之"（徐悲鸿语）。张大千好吃、好玩、好交游，兴之所至，可以花几千美金置一本古莲、两盆梅花，对于收藏得失亦能拿得起、放得下，自信"千金散尽还复来"。他的优游岁月了悟沧桑，真可说好像行云流水，玩儿起来真玩儿，干起来真干，什么都讲究最好。像这样性情的画家，还真难找到第二个。

艺术上的路子（师古人、师造化、师心、转益多师）很特别，而博弈人生或享受人生的行迹也很特别，这就难免引人注意，所谓"弄高名以动世，建奇计以立功"。在一般人眼里，就是可入"畸人传"而非"伟人传"里的人物。张大千作为职业画家、纯粹的画家，却难得有他超然尘外的另一种想法、另一种活法。除靠他那两笔"刷子"打世界外，也还靠点儿别的什么。比如说"衣食住行"的"住"，可能就讲究"以境养人、养艺"。大风堂在苏州，张八爷（大千名爱，行八）与其兄号称"虎痴"的张善子，同住网师园，与叶誉虎（恭绰）先生朝夕过从。到了北京，借到颐和园湖山一角作雅居。大风堂抗战期间入蜀，又有青城山上清宫的幽意伴其晨昏。这是一面，还有另一面，二十世纪四十年代初，他曾冒危苦绝大漠，挈妇将子，在敦煌有两年多的面壁临摹，能甘能苦，更是出人意表之举。移居海外后，数掷万金治庭园坡池奇花异木，始终是不肯居二流的气魄。这好不好呢？难说，总之唯张大千能如此就是了，也可说沧海横流，别抱寄托。这当然需要寸画寸金、钱能通神，但也还须一股意欲脱俗的个性精神，兼交际上的策略，包括借他山石以攻玉。当然，没本事一切都落空，可没有胆识，本事亦无从着落，更何谈布衣傲王侯、白屋动公卿，做个有声有色的现代山人！

徐悲鸿当年颇重人才，讲过："张大千，五百年来第一人也。"这话，张大千惶恐不敢承受，旁人听来也似如雷贯耳。台湾作家高阳以为："这话犹待时间考验，至少需要专家对他的作品作一有系统的研究，提出何以为'五百年来第一人'的依据，并经过一段时间，以待世人的认同之后，方能成立。"不过，高氏却承认张大千的鉴赏力前无古人，这就说到了大画师的本事不止限于三寸毛锥子本身，更非恣意逞强之事，所谓鉴赏非易事，最能见出深浅、见出艺与道的关系。当晚近之中国画往往成为"大路货""造钞机"时，张大千的话似乎还足以辟陋："其始学也，必先师古人，而后师万物，而后师造化，终之以师吾心为的焉。吾心之灵，与物之神遭，故其所状花草虫鱼，非仅世之花草虫鱼也，而吾心所住之象也。故所写山川风物，非仅世之山川风物也，而吾心所造之境也。故必通之于书，泽之于学，合之以其人之品节风概，而后所谓气韵也，神味也，意度也。作者既悉于是焉发之，读者亦悉于是焉喻之。出乎天天，入乎人人，艺之通于道也盖如此。"（《故宫名画读后记》）进道之阶，自然在鉴赏之修养；所谓"习周、览博、濡久、气弘、心公、识精"。高阳先生特为拈出"见、识、知"三字，谈到"知"时，额外又说到"鉴真以外，对于造假的知识之丰富，戛戛独造者，只有一个张大千"（《梅丘生死摩耶梦》）。早年的张大千确曾善于造假画，他仿石涛至于以假乱真，连黄宾虹、陈半丁、罗振玉等内行而兼名家都蒙了，可见他于"见、识、知"之外，尚多一个"胆"字，无论是做君子抑或做小人的胆子。造假为捞钱的手段，本不足为之曲讳，但这里边也还有个分别：只是遮伪，还是求真而直逼古人。张大千并不仅只有几分"贼胆"，他的仿作，确实手段漂亮，求专求精，无所不用其极，因而还连带对纸、笔、砚、墨及题款、装裱都有了讲究，各为一绝。当然，绝活并非自张大千始。高阳先生举一则佳话，说的就是传统裱工的绝活：

清初朝廷需用裱工，命苏州特送四人。至内务府报到后，发下细腰葫芦一枚，要求在葫芦中裱一层子。其中一人沉思久久，将葫芦蒂切开，塞入名为"瓷碗锋"的碎瓷片，关照同伴轮流摇动，碎屑不断散出，倒出瓷碗锋，以指扣声，知道里面已极光滑，初步工作告一段落。然后用白绵纸清水浸一夜，化成纸浆，调匀了灌入，随即倾去，等干了再灌。如是数次，方始进呈。剖开葫芦，里面有一个白纸胎。考验及格了。

"置之死地而后生"，所谓绝艺几乎都出自把一生心力灌注在艺术上的精神与毅力。张大千在敦煌洞窟里面对古代无名的卑贱者毫无依靠也毫无懈怠创造的壁画，感慨、心慕的也就是这种专一的牺牲精神吧。也许，胆量后面有其深入的体会："盖古人治一艺也，非唯所秉于天者独厚也，其用心之专，致力之勤，体物之精，而其视世之悠忽之誉，一不足以撄其心。凝神敝精，穷老尽气而不情懈，故所成就乃卓卓如此。非后世所可几及。"

一半为慕古，一半又不让古。张大千除了事事求精（据说抗战时因纸缺，他亲手试验造纸，还曾定制牛耳毛笔，用了二千五百头牛的耳中毫毛始制成五十支），其胆识还在于不乏接受挑战的豪情、勇气。敦煌之行投荒面壁固曾震动海内，另有晚年的"一搏"，更不能不令人服气。"一搏"为创作"六尺高三丈长"的整幅大画《庐山图》。高阳称：

　　此画高有六尺，持毫舒臂亦难及顶端，遑论提笔作画，在技术上是个绝大的难题……画的上头部分，都是家里人把他抬到画桌上去，趴着画的，想想八十四岁老人，长髯飘拂，又只剩一只眼力可用……如果不是一份强烈的创作欲望在鼓舞支持，一般人能吃得消吗？张大千以这种空前绝后的方式作画，曾几次心脏病发作，"休克"在画幅上，这就是他所说的在"拼老命"。

《庐山图》大体完成后几个月，张大千病逝了。未必"五百年来第一人"，却也世罕其匹，壮观地结束了一个时代。刘邵《人物志》谓："聪明秀出谓之英，胆力过人谓之雄。"这是以"智勇"来解释英雄。又接着解说："若聪能谋始，而明不见机，乃可以坐论而不可以处事；聪能谋始，明能见机，而勇不能行，可以循常而不可以虑变；若力能过人，而勇不能行，可以为力人未可以为先登；力能过人，勇能行之，而智不能断事，可以为先登未足以为将帅。"张大千于艺事，大概可算出将入帅了吧，而其中"明能见机"这一层颇可玩味。

如果说那是一位伟大的艺术家，在他的名字周围已经建立一个神话一般的传说，而我们想要叙述的，仅仅是这个传说而已——恐怕这并非传记对人物进行探讨的旨趣。与广泛的颂赞稍有不同，高阳在《梅丘生死摩耶梦》中指出："大千先生是个非常好胜争名的人，但要好胜而不树敌，争名而不见妒，就非有一套过人之术不可。"这个"术"字，我想，也就是"明能见机"的意思。高氏又说："求在性质上无善恶，但层次上有高下。张大千的术，段数甚高，以敦煌之行而做求名之术而言……在敦煌两年多，不必有何成就，只要能受得住那种苦，熬得过去，便可成名，犹之乎达摩面壁九年，显何神通，只要不言不语，忍得过去，自然就会歆动世人……张大千之术高，是在他肯付出代价，想得到，也做得到，丝毫不存侥幸之心。当然，两者只是相似，并不全同，张大千在敦煌的辛苦耕耘，在'名'以外，还是有许多收获。"由求名之术说到张大千，吃不准的是，他那时候求名的办法大概很多，何以出此拙计？一种可能是"大巧若拙""路曲若之字"，也就为超出一般水平的"术"。另一种可能：所谓"明能见机"，并不完全当作手段，某种超奇或冒险的选择以至于付出代价，本身就被看作一种存在的方式，一个超越自我的过程、精神朝圣的过程。张大千的敦煌之行以及许多不拘绳矩的行迹，似乎也可以这样看。如同博弈之戏，胜败乃余事耳，况且成功的概率也并不低呢。

狄德罗有一次说："我们这位画家稍有一些贪图名声，但他的虚荣心是孩子气的，这是对自己的才华的一种陶醉。他天真得会这样说他自己的作品：'请看吧，这才真叫美呀！'您如果夺走天真，那您也就夺走了他的灵感，也就扑灭了一团火，才华也就消逝了。我很担心，一旦他变得谦虚起来，他会不再是现在的他。"对一位叫作格瑞兹的画家，狄德罗可谓善解人意。或者说在"正确的平庸"与"有疵的才华"二者之间，他宁愿选择后者。功名心、才子气以至于纵横卷舒之道，张大千身上都不算少，好在不矫揉造作，也还不带袁子才那般骨子里的俗气，只落得仅剩沽名钓利的"巧妙"。"明能见机"的术，非学以济术不可，不学不足以言术。张大千敦煌之行不为浪得浮名，泾渭之别不可不辨。这自然更不是"文人无行加上文人无文"的"术"，也不是拉大旗做虎皮包着自己吓唬别人，其实是不学无术的"术"。

"读书万卷不读律,致君尧舜知何术？"不妨说术与道（包括艺术与人生的境界）也是通的。然而枢机何在？难免有几分不可道。张大千性格疏放不羁，却有个体会："做傻瓜的不一定是傻瓜，不做傻瓜的说不定比傻瓜还傻。"倒也没白当了百日的和尚。也是说，活得不粘滞，敢舍才能取，能出亦能入。处理画里画外、志与才的关系似也如此。还可以说，迎外养内，血脉生气，取今复古，别立新宗。胸襟、腕底有"广大"二字，如何能广大？一说为"充实而有光辉之谓大"（孟子），另一说为"不同同之谓大"（庄子）。

这可能是个挺重要的哲学问题。张大千未必想过，但不想的人未必不清楚也未必全清楚。就算明白人也还有被误的时候。亦如张大千的"广大"里也有泥沙，也有只限于"聊复尔耳"的俗尘万斛，如"应酬"耗去了许多精力。以至于晚年不无感慨："平日画的都是别人要我画的，其实那些画还不是我内心真正想画的。"想画什么，已成梦痕，残留于摩耶精舍的花影吟窗之下了。

春日至杭州，曾登吴山望远，想起苏轼一首诗提到吴山，有几句："春来故国归无期，人言秋悲春更悲。已泛平湖思濯锦，更看横翠忆峨眉。雕栏能得几时好，不独凭栏人易老。"不觉想到，蜀人苏轼的情思直可代蜀人张大千述怀了。千载之下，一样（只是更远）地迢遥怅望故乡湖山，一样地感念岁月流逝。做客天涯之后，张大千的画与诗，常带去国怀乡之情，正所谓"家法似东坡"了，大约旷达里添了几许沉挚。作《巫峡清秋图》有句："片帆处处忆猿啼，有田谁道不思归。"《红梅图》题："百本载梅亦自嗟，看花堕泪倍思家。"《兰石图》："轻风一过时时舞，墨雨新和朵朵香。不是画兰兰在画，湘江曾断几人肠。"《黄山图》："三到黄山绝顶行，年来烟雾暗晴明。平生几两秋风屐，尘蜡苔痕梦里情。"

诗画氤氲，心笔缱绻，比诸早年气盛玩华，多了一些寄托、滋味。虽不致"春愁臣甫杜鹃诗"，也还"远游无处不销魂"，其实也就是念念不忘是个乡音不改的中国人。地理上的隔绝也许会更令人时时拉紧精神上的联系，画与诗带着梦里山水、四时花信，感受到它们的姿态、格调，看起来也就是爱国主义的爱，因为这种爱作为长久的情感体验，本来出于自然，扁舟一棹，便有江湖之思，是无须特意培养的。因此，我也喜欢这样的意境，好在"直举胸臆，非谤诗史""多非补假，皆由直寻"：

谁将折柬远招呼？长短相思无日无。

挈取酒瓢诗卷上，一帆风雨过姑苏。（《风雨泛舟图》）

张大千晚年之风，于豪放中，多了一点"深"和"远"。荣光和梦，还有梦而不已的惆怅。有天风海涛之曲，亦有人间怨断之音。就理想而言，中国传统文人或往而不返，或入而能出，或不免用世与超旷的矛盾。张大千用画笔为自己画出了一个"边缘"的形象，虽少蕴藉却不乏广大生气。

一九九〇年六月，北京小街

『不怕它只是我个人的莲灯』：
梁思成与林徽因的
学者生涯

林徽因
丁聪绘

梁思成

有一位留学海外的朋友，前不久写信来，说起苦想家乡种种，最是北京的胡同儿牵肠。胡同儿？不就是那被青色斑驳的墙垣瓦脊、一扇扇吱呀作响的木门和片片槐荫所夹着的巷子吗。不过，我理解朋友的心情，我们好歹也在北京生活几十年了。而且我知道，对这地方、风土的感情，所依之深，深而不可言传，恐怕是在与家乡拉开了空间与时间上的距离之后，更能铭心刻骨的。老舍在离了北京后曾写道：

> 可是，我真爱北平，这个爱几乎是要说而说不出的……我所爱的北平不是枝枝节节的一些什么，而是整个儿与我的心灵相黏合的一段历史、一大块地方。多少风景名胜，从雨后什刹海的蜻蜓一直到我梦里玉泉山的塔影，都积凑到一块儿，每一小的事件中有个我，我的每一个思

念中有个北平，这只有说不出而已。真愿成为诗人，把一切好听好看的字都浸在自己的心血里，像杜鹃似的啼出北平的俊伟。(《想北平》)

在上一辈文人里，郁达夫根本算不上北京人。可是他描画北京的秋，也像是一首诗，可以永远地寄在乡亲们心头：

> 到了秋天，总要想起陶然亭的芦花、钓鱼台的柳影、西山的虫唱、玉泉的夜月、潭柘寺的钟声。在北平即使不出门去吧，就是在皇城人海中，租人家一椽破屋来住着，早晨起来，泡一碗浓茶，向院子一坐，你也能看到很高很高的碧蓝的天色，听得到青天下驯鸽的飞声。从槐树叶底朝东细数着一丝一丝漏下来的日光，或在破壁腰中，静对着像喇叭似的牵牛花的蓝朵……（槐树）像花又不是花的那一种落蕊，早晨起来，会铺得满地，脚踏上去，声音也没有，气味也没有，只能感出一点点极微细极柔软的触觉。(《故都的秋》)

倘若朋友能读到这些话，该会重温一番"老北京"的梦吧。北京固然在日新月异地变化着，但往昔总还似残梦一般悠长，或者就成为一种记忆的背景、感情的纽带，或深或浅、或明或晦，总不会不伴了你到天涯去。再放大些，"寻根"的想法、"皈依"的心理，以至于带有传统色彩的人格、经历，也因此而产生出来。通常的说法，称为"民族感情""爱国主义"等。在这方面，可纪念的有梁思成、林徽因夫妇。

梁、林夫妇并不是政治家、思想家，严格说也不是文学家，虽然林徽因"业余"曾发表过不少诗以及很少的小说。他们的工作和生活主要同中国古代建筑遗产有关，也同我们生于斯长于斯的"体形环境"有关，还有，同培养人才有关。梁思成是清华建筑系的创立者，任系主任多年，还曾任东北大学建筑系主任、中国营造学社法式部主任，既首选中央研究院的院士，也是中国科学院学部委员、北京城市规划委员会副主任。林徽因也一直任建筑系教授。夫妇俩均故去多年了。梁思成于大动乱（一九七二）时逝世，林徽因中年即多病，久而不支，先于一九五五年故去。

梁、林二位留下的文字不多，典型的学者遗篇。读它们却觉得，虽然属学者的眼光手笔，处在枯燥的建筑概念、公式、图表之中，却与不会说话的对象保持有心灵的交流，诚如所谓不仅用科学家的头脑，而且用中国人的心来对待。比如他们在合作的《平郊建筑杂录》中写道，观摩建筑能感到一种"建筑意"的愉快：

> 顽石会不会点头，我们不敢有所争辩，那问题怕要牵涉物理学家，但经过大匠之手艺，年代之磋磨，有一些石头的确是会蕴含生气的。天然的材料经人的聪明建造，再受时间的洗礼，成美术与历史地理之和，使它不能不引

起赏鉴者一种特殊的性灵的融会，神志的感触，这话或者可以算是说得通。

无论哪一个巍峨的古城楼，或一角倾颓的殿基的灵魂里，无形中都在诉说，乃至于歌唱，时间上漫不可信的变迁，由温雅的儿女佳话，到流血成渠的杀戮。他们所给的"意"的确是"诗"与"画"的。但是建筑师要郑重地声明，那里面还有超出这"诗""画"以外的"意"存在。眼睛在接触人的智力和生活所产生的一个结构，在光影可人中，和谐的轮廓，披着风露所赐予的层层生动的色彩；潜意识里更有"眼看他起高楼，眼看他楼塌了"凭吊与兴衰的感慨；偶然更发现一片，只要一片，极精致的雕纹，一位不知名匠师的手笔，请问那时锐感，即不叫他做"建筑意"，我们也得要临时给他制造个同样狂妄的名词，是不？

这样的意见，表面看，是讲怎样欣赏古建筑，进一层，早就涉及了一种结构中"积淀"的历史文化意味、审美意味。寻常的看法，或以为那不过是一堆堆这样那样的"封建糟粕"，或以为是早已死去的古董。在"厚今薄古"的跃进时代，这样的意见也只好不当一回事。但梁思成大概不曾改变对历史文化尊重、同情、理解的态度，因为面对一笔遗产，在没有充分的了解和比较分析之前，还能有什么更合适的态度呢？自然，在不同的趣味后面总流动着或朴素或造作的感情。梁思成看北京的"城"："城墙加上城楼，应称为一串光彩耀目的中华人民的璎珞。"林徽因也写到北海："在二百多万人口的城市中，尤其是在布局谨严、街道平直，建筑物主要左右对称的北京城中，会有像北海这样一处海阔天空、风景如画的环境，据在城市的心脏地带，实在令人料想不到，使人惊喜。"建筑家的眼睛也是他们纯朴心灵的窗口。

大地上散落着被风剥雨蚀的古建筑，第一次遇上了有现代眼光和同情心的斟察者、探秘者，也作为技术史、文明史的材料被整理，尽管仍然可能被战火吞掉，被"革命"革掉，被"建设"除掉。

一九二八年梁思成夫妇在美攻读建筑与美术后返国任教。尔后直到抗战爆发的一段时间，他们除了教学，主要从事古建筑的调查研究。当时北方土地上犹是战乱未息，交通不便，工作、生活的条件都在难以想见的"糟糕"里。几个书生"孤掌而鸣"，诸事烦难，却不弃恒心及难被世人理解的志趣，尽其心力寻访古迹，做一种别人不屑干、不愿干、不能干的事情。倒也没谁差使他们，他们满可以待在客厅里品茗闲谈，感叹着："'保存古物'，在许多人听去当是一句迂腐的废话。'这年头！这年头！'每个时代都有些人在没奈何时，喊着这句话出出气。"

后来，收在《梁思成文集》一、二集中的调查报告，反映了他们当时所做的"有限性工作"的意义，也反映了对古典庄严、智慧的一份同情理解和孤寂者的苦乐。

一九三七年，梁思成、林徽因等四人深入山西五台山，发现了佛光寺极具价值、保存仍好的唐代木构建筑。后来在追记中写道："到五台县城后，我们不入台怀，折而北行，径趋南台外围。我们骑骡入山，在陡峻的路上，迂回着走，沿倚着崖边，崎岖危险（一九八五年我乘汽车去佛光寺时还能感到山路的陡险——笔者）……近山婉婉在眼前，远处则山峦环护，形式甚是壮伟。到了黄昏时分，我们到达豆村附近的佛光真容禅寺，瞻仰大殿，咨嗟惊喜，我们一向所抱着的国内殿宇必有唐构的信念，一旦在此得到一个实证了。"也是"不看不知道"，长途苦旅后的收获，亦非个中痴人所难以理会。这种考查，他们在冀东、冀中、京郊、山西等地开展了多次，兵荒马乱，举步维艰，不能有安心观摩的条件。要乘火车，然而车很糟，"加之以'战时'情形之下，其糟更不可言。沿途接触的都是些武装同志，全车上买票的只有我们，其余都是用免票'因公'乘车的健儿们"（《正定调查记略》）。要住，但"打听住宿的客店，却都是苍蝇爬满，窗外喂牲口的去处。好容易找到一家泉州旅馆，还勉强可住，那算是宝坻的'北京饭店'。泉州旅馆坐落在南大街，宝坻城最主要的街上。南大街每日最主要的商品是咸鱼……每日一出了旅馆大门便入'咸鱼之肆'，我们在那里住了五天"（《宝坻县广济寺三大士殿》）。当然，更艰苦还在工作本身：（佛光寺正殿）"斜坡殿顶的下面，有如空阁，黑暗无光，只靠经由檐下空隙，攀爬进去。上面积存的尘土有几寸厚，踩上去像棉花一样，我们用手电探视，看见檩头已被蝙蝠盘踞，千百成群地聚挤在上面，无法驱除……照相的时候，蝙蝠见光惊飞，秽气难耐，而木材中又有千千万万的臭虫（大概是吃蝙蝠血的），工作至苦。我们早晚攀登工作，或爬入顶内，与蝙蝠臭虫为伍，或爬到殿中构架上，俯仰细量，探索唯恐不周到，因为那时我们深怕机缘难得，重游不是容易的。"（《记五台山佛光寺的建筑》）

没有奖金，更没有奖章以及"知识分子事迹报告团"什么的，"左右萧条，寂寞自如"。自如，无非意味着"做该做的事"，也就是卑之无甚高论的责任感。除了做得不够，无他遗憾；除了得到学术发现，也无更大的慰藉：一旦在遗建中发现精美奇特的构造，每每又高兴到发狂，疲乏顿然消失。

从整个建筑学或古文化研究来看，梁氏夫妇的努力只能是有限的、小规模的工作。社会也不大帮助他们，不过连老子也说过"天下大事必作于细，天下难事必作于易"的话，其实，并不宜把大小、新旧、急缓作为判断学术工作价值的唯一标准。人们也该承认，既然祖先留下了创造的形式，既然它们负载着一定的历史文化信息（甚至成为后世的旅游资源），研究它们，便不能不从获取第一手的实证材料入手，以之为基础。寺庙、佛像、栏杆、牌楼、塔、桥、民居、店面，既是建筑形体也是人文景观的主要因素，无论你喜欢不喜欢，觉得有用没用，打算肯定还是否定，恐怕都需要先了解，认识它们的结构、材料、背景，鉴别、辩证、比较，然后是阐释。如果没有这一不惮烦琐、吃力的过程，开辟初始的古建档案，大概梁思成后来便无法到美国去讲中国古代建筑艺术。林徽因也无法在那篇成为专业基本读本的《清代营造则例·绪论》中阐述中国建筑的基本特征、结构方法。他们的影响会长久存在。

在一个动荡的时代里，传统与现代的思想冲突时时以各种形式泛起。在对传统建筑文化尚未有充分认识之前，许多文物建筑便已荡然或被破坏。"反封建""模仿欧美""厚今薄古""深挖洞"以至于"文化革命"，每一次浪潮，都或多或少株连到古代建筑文物。能为古建筑说话的人，如梁思成，不是很多。像北京的城墙，梁思成曾力主保存，提出过辟建环城花园的建议。大概是说了也白说，到城墙彻底拆除，城砖被挪去修防空洞、市民小厨房时，梁思成更是失去了说话的权利。我还记得，一九六八年到一九六九年，城墙大规模拆除之际，西直门城楼拆到半截，露出一座元大都的小城，跑去看，虽然是外行，仍觉得很有意思，可惜照了张相，还是毁平了。不知道当时梁先生是否知道，有何感想。毁了的便永远毁去了，只能说是"学费"而已，由此想到梁先生"宁肯保存"的主张，不能不感慨于孤寂者的远虑。四十二年前，他说过："北平市之整个建筑部署，无论由都市计划，历史，或艺术的观点上看，都是世界上罕见的瑰宝，这早经一般人承认。至于北平全城的体形秩序的概念与创造——所谓形制气魄——在在都是艺术的大手笔，也灿烂而具体地放在我们面前。……我们除非否认艺术，否认历史，或否认北平文物在艺术上历史上的价值，则它们必须得到我们的爱护与保存是无可疑问的。"(《北平文物必须整理与保存》)由早期"建筑意"概念的提出，发展到"体形环境"——大建筑秩序观，梁思成坚持着偏于保守的非简单激进的态度，确立优先考虑"体"以及与"体"协调的"用"。他警告说："爱护文物建筑，不仅应该爱护个别的一殿一堂一楼一塔，而且必须爱护它的周围，整体和邻近的环境……摹仿或摹仿不到家的欧美系统建筑，庞杂凌乱的大量渗透到我们的许多城市中来，劈头拦腰破坏了我们的建筑情调，渐渐麻痹了我们对于环境的敏感，使我们习惯于不调和的体形或习惯于看着优美的建筑物被摒斥到委曲求全的夹缝中，而感到无可奈何。"（《北京——都市计划的无比杰作》）不幸而言中。二十世纪八十年代的北京虽然尽可能地维持古城风貌，也不能不承受"不破不立"产生的无可挽回的后果，而且在城市功能膨胀中于"体"与"用"的矛盾中处于尴尬，处于生态失衡中了。晚生者不知道白塔寺、隆福寺是怎么回事，为什么走到朝阳门、崇文门、西直门……竟没有门？"东四""西单"何以为名？说到××大厦，××饭店却如数家珍……长城既然是骄傲，城墙为什么不能手下留情？梁思成在解放初期提出过一个较合理的方案，即保存旧城，在京西五棵松一带建新城，它南起丰台，北至圆明园福海，形成一条新的南北中轴线，与老北京的旧中轴线比翼双飞，长安街一路兼挑二者，一头是现代中国的政治心脏，一头是古老中国的建筑博物馆。梁思成的设想，不用说早已被否定了，原因恐怕谁也说不清楚。

不过，梁思成毕竟坚持过作为学者的独立意识、不人云亦云的性格。他是被时代所挫败的。这往事的意义，如马寅初关于人口的主张，在于为决策民主化、科学化提供了深刻教训。

梁思成、林徽因都是名门之后（一个是梁启超长子，一个是曾任民国司法总长的林长民之女），并有通家之好。林徽因而且多才多艺。二人结婚前，林曾随父赴欧洲，与诗人徐志摩结交。回国后逢泰戈尔来华，林徽因与徐志摩陪同翻译，时人记云："林小姐人艳如花，和老诗人挟臂而行，加上长袍白面，郊寒岛瘦的徐志摩，有如苍松竹梅一幅三友图。"（吴詠《天坛史话》）徐志摩后娶陆小曼，一九三二年因飞机失事遇难，事发后，梁思成赶至现场参与处理后事，还捡回飞机残骸一块，由林徽因挂在居室中作纪念。据说林徽因手中存有徐志摩的部分手稿（可能是情书、日记），陆小曼拟编徐氏全集，而林徽因始终不肯出示，相信这也是人之常情。林与梁一道留学美国时，已决定了共同以建筑学为终身事业，他们的后半生虽不免历经坎坷，想做的还远远做不到，毕竟还依愿而行了，像许多历经沧桑的中国知识分子，把心总系在祖国的命运上。而这种联系终究体现在做自己认为应该做的事情上，比如把研究建筑作为"第二生命"，然而它们远不是轰轰烈烈的。林徽因二十世纪三十年代写过一些沉吟的小诗，其中有一首《莲灯》：

> 如果我的心是一朵莲花，
> 正中擎出一支点亮的蜡，
> 荧荧虽则单是那一剪光，

我也要它骄傲地捧出辉煌，
不怕它只是我个人的莲灯，
照不见前后崎岖的人生——
浮沉它依附着人海的浪涛
明暗自成了它内心的秘奥。
单是那光一闪花一朵——
像一叶轻舟驶出了江河——
宛转它飘随命运的波涌
等候那阵阵风向远处推送。
算作一次过客在宇宙里，
认识这玲珑的生从容的死，
这飘忽的途程也就是个——
也就是个美丽美丽的梦。

一九九〇年八月，北京小街

小窗一夜听秋雨：
重读杨绛《干校六记》

杨绛　丁聪绘

　　有一天，在一位朋友家，多坐了时辰，朋友留饭，说是要请我尝尝他煮的鱼汤。不一会儿，鱼汤端上来，据说有他老家潮州的风味，名曰"乌梅鲤鱼汤"。一尝，果然别致，很清淡，有一点儿酸味，又说不出别的感觉，只能说"很鲜"。我说自己从未这样地吃鱼，我们吃鱼，或烧或蒸，总要加许多调料的，因此味道浓而不清。这可以说是不同的口味，不过，有了这一回的经验，觉得清淡也很好。我还想起"君子之交清淡如鱼汤"这句话可作这一餐纪念，只是自己却搞不来，可见又不仅仅是"清淡"而已。

　　浓郁更好，还是清淡更好，很难说。这也像写文章、读文章，各有各的风格、趣味。只是要好而又是清淡的好，似乎更不容易些。所以有人谈艺术：好的清淡，大抵浓而后淡。比如写字，先临这临那，着意这样琢磨那样，写到一定境界，烟火气少了，

324

出之自然，当然也有功夫化在里面。另有一位朋友指点我看帖，我看有的字写得并不太美，近于拙，也似漫不经心，朋友却说好，好在没有烟火气、去掉痕迹了，却有内力。打住闲扯，就说七八年前，读过的杨绛先生的一本散文小集《干校六记》。书很薄，也没写什么大事情，如果拿这个做理由，也可能解释掉何以印象不深。不过，这其实同口味浓而单调时的不认鱼汤，差不多。那时读书，自己总爱念叨狄德罗的一句名言——"请震撼我"，未免把"载道""言志"都看得过重些，也过于表面了一些。最近，趁闲时重翻了一回《干校六记》，却淡淡地起了些兴味，也许是头上又添了几根白发的缘故吧。

《干校六记》算不算得上正式的散文？好像作者、编辑者都未派定过。钱锺书先生的"小引"也没提这事，只是说："'记劳''记闲'，记这，记那，都不过是这个大背景（注：搞运动）的小点缀，大故事的小穿插。"另外，作者在结尾时也不过只说："回京已八年，琐事历历，犹如在目前，这一段生活是难得的经验，因此作六记。"话都说得十分安静。一个不过说，不妨把"六记"当作"大背景中的小点缀"来看；一个也不过讲，虽然经验难得，究竟还是从琐事中来的。这一份并不刻意激扬文字来借以表达什么的心情，便在这"六记"里淡出淡入。其实并不一定是文章要怎样写才好的问题，更多地在于笔下所透出的风度。这一种"非正式"的散文，正如一些本不一定有意为文的"回忆录""札记""书信""日记"，往往有特别的价值，有亦文亦史亦令人有所感兴，间接增加点儿经验、品品世事人生的价值。

这么一说，在刊物、报纸上专写专发的散文，却往往大部分带着做文章的痕迹了。文章未尝没有做得好的，但我觉得，似乎还是以不冠冕堂皇的散文——如《干校六记》——更得些散文的真谛。真山真水虽然不免平平常常，犹胜人工庭园一筹。我们看好的风景画，很少有画北京颐和园、北海一类的，便知道这并非偶然。

到今日，算起来已是回首二十年前的事了。知识分子下"五七干校"，知识青年"上山下乡"插队落户，我们这一代人也都赶上了。那一股股旋风一样使人身不由己，茫茫然东西南北，如一场奇怪的、不知何来何往的"梦"，也只是现在回忆起来有如此的感受，而当时如《干校六记》所记的，更多的则是"运动"中人的一种准机械状态。说是有"先知先觉"者来教育"后知后觉"者，而且是体脑并作的"再教育"，其实大多数人又处在"不知不觉"的状态里。《干校六记》写道"下放记别"，真是太平淡了，然而恐怕正是真实的情况——因为别无选择，也容不得想到什么选择，一切变得很自然，甚至反常与正常的区别也消失了，尽管"拔宅下放，好像是奉命一去不复返"。她写道"没有心情理会什么离忧别恨，也没有闲暇去品尝那'别是一番'的'滋味'"：

默存走到车门口，叫我们回去吧，别等了。彼此遥遥相望，也无话可说。我想，让他看我们回去还有三人，可以放心释念，免得火车驰走时，他看到我们眼里，都在不放心他一人离去。我们遵照他的意思，不等开车，先自走了。

下面又有一段"送别"，是送别人：

二连动身的日子，学部敲锣打鼓，我们都放了学去欢送。下放人员整队而出，红旗开处，俞平老（注：俞平伯先生）和俞师母领队当先。年逾七旬的老人了，还像学龄儿童那样排着队伍，远赴干校上学，我看着心中不忍，抽身先退；一路回去，发现许多人缺乏欢送的热情，也纷纷回去上班。大家脸上都漠无表情。

"送别"，大约是文学作品中颇有文墨可施的一种情境。不过，我们只好说，在这儿没有"诗情"，实在是时代所特定的一种"送别"，虽然在一种"机械的确定性"中，人还是难免有感情，哪怕是被压抑着：

阿圆送我上了火车，我也促她先归，别等车开。她不是一个脆弱的女孩子，我该可以放心撇下她。可是我看她踽踽独归的背影，心上凄楚，忙闭上眼睛，闭上了眼睛，越发能看到她在我们那破残凌乱的家里，独自收拾整理，忙又睁开眼，车窗外已不见了她的背影。我又合上眼，让眼泪流进鼻子，流入肚里。火车慢慢开动，我离开了北京。

　　用句老掉牙的话形容，这么记该是真实的，不仅用不着使假，也不用加油添醋，平实、平易。但也不是无味，叙述表面情境时，似乎内里有些难以言传的愁怀。比如作者说她给已经先期下放的钱先生运床："我用细绳缚住粗绳头，用牙咬住，然后把一只床分三部分捆好，各件重复写上默存的名字。小小一只床分拆了几部，就好比兵荒马乱中的一家人，只怕一出家门就彼此失散，再聚不到一处去。据默存来信，那三部分重新团聚一处，确也害他好生寻找。"一件小事的点缀，如果和大背景联系着，那么小事可能意味小事以外还有些什么，平实之中总有些蕴藉了。可惜这往往又不能解说清楚的。

　　把《干校六记》翻下来，还是觉得所记事情过于平常，尽管分别名之为"记劳""记闲""记情""记幸""记妄"等。那种日子无大意义，正是芸芸众生的际遇，有些小风波穿插，也不过"杯水风波"而已。正如作者自言自语"我以菜园为中心的日常活动，就好比蜘蛛踞坐菜园里，围绕着四周各点吐丝结网，网里常会留住些琐细的见闻，飘忽的随感"。

　　　我们收菜，有一位老大娘带着女儿坐在我们窝棚前面，等着拣菜帮子……
　　　我就问，那些干老的菜帮子拣来怎么吃。

　　小姑娘说：先煮一锅水，揉碎了菜叶撒下，把面糊倒下去，一搅，"可好吃哩"。

　　我见过他们的"馍"，是红棕色的，面糊也是红棕色的，不知"可好吃哩"的面糊是何滋味。我们日常吃的老白菜和苦萝卜虽然没什么好滋味，"可好吃哩"的滋味却是我们应该体验而没有体验到的。

还有一些诸如此类的偶见闲闻、风土人情。但有一件也确在淡淡诉说中带着沉重：

　　我远远望着，刨坑的有三四人，动作都很迅速。有人跳下坑去挖土……后来，下坑的人只露出了脑袋和肩膀，坑已够深。他们就从苇席下抬出一个穿蓝色制服的尸体。我心里震惊，遥看他们把那死人埋了。

　　借铁锹的人来还我工具的时候，我问他死者是男是女，什么病死的。他告诉我，他们是某连，死者是自杀的，三十三岁，男。

　　冬天日短，他们拉着空车回去的时候，已经暮色苍茫。荒凉的连片菜地里阒无一人。我慢慢儿跑到埋人的地方，只看见添了一个扁扁的土馒头。谁也不会注意到溪岸上多了这么一个新坟。

死者的具体情况，死的原因、后果都没有说，也许根本就不能知道也无须考查，就那么连马革裹尸也没有就埋掉了拉倒。这种微不足道的死，如果说有些残酷无情的话，其残酷无情还在于人已失去对残酷无情的感觉，"无事的悲剧"总是比"有事的悲剧"更令人震惊，平静的叙述也总是比大声疾呼，更令人嗟叹。平实地写，写平实而琐细的事，没有贯串的讲解、交代，也没有多少议论、感想，《干校六记》的这种风度，我想，大概本之于由一种比较特别的生活（后人也许将不会明白"干校"是怎么一回事）本色状态在文字中呈现，其效果与用文字来刻画、渲染生活远不一样。它使我们看见或者重新回味，普通人受环境和时代宰制的那种顺波沉浮的状态。在那种生活里，缺少中心，缺少有意义的冲突，甚至缺少有价值的奋斗牺牲、苦乐悲欢，但并不意味着人是自在自由的，是在田园牧歌里，相反，倒是一幅普通人无力改变其命运的写照。他们（按照《干校六记》的说法也可以叫"我们"，即在干校里待下去，又看不到出路的人们）克服不了他们的环境，只能无目的地适应环境的变化。命运在这里，看起来不像是悲剧，只是人生的讽刺。

"大背景的小点缀"，钱锺书先生说得不错。想到这对闻名中外的学者夫妇，在干校里咫尺天涯，欣幸着"经常可在菜园相会，远胜于旧小说、戏剧里后花园私相约会的情人"，那景象不禁令人莞尔。有家回不得，虽然这个"家"，过去能抛下（一九四九年许多人都往国外跑）而终不忍抛下，这个"家"的概念，在钱先生内心，又不仅是人情的、物质的、地理的：

　　默存过菜园，我指着窝棚说："给咱们这样一个棚，咱们就住下，行吗？"

　　默存认真想了一下说："没有书。"

　　真的，什么物质享受，全都罢得，没有书却不好过日子……

书也好，像这一类的其他细节也好，都算是小点缀，但它们和大背景或者说整个的环境有着或浅或深或明或暗的联系。联系多为因果的，然而意图和结果之间、前景与背景之间却往往隐含着讽刺性的差距。《干校六记》是纪实的，却也因而带有荒诞、反讽的意味了。《凿井记劳》与《学圃记闲》都写了作者和同事们在干校的劳动生活，打井、种菜，条件很差，人却也不怕苦地干，总也奋斗了一个寒暑吧。可是：

　　过了年，清明那天，学部的干校迁往明港。动身前，我们菜园班全伙都回到旧菜园来，拆除所有的建筑。可拔的拔了，可拆的拆了。拖拉机又来耕地一遍。临走我和默存偷空同往菜园看一眼告别。只见窝棚没了，井台没了，灌水渠没了，菜畦没了，连那个扁扁的土馒头也不知去向，只剩了满布坷垃的一片白地。

这段记叙，让人想到，莫不是"局部的合逻辑，整体的不合逻辑""部分的有价值，整体的无价值""表面的有意义，实质的无意义"吗？人类生活常不免处处都有荒诞的土壤。

也许，曾经确定无疑的意识，在真实里却遭到嘲讽；也许，唯一确定无疑的正是在所谓真实里有许多东西不是确定无疑的。

《干校六记》写道："我们奉为老师的贫下中农，'对干校学员却很见外。我们种的白薯，好几垄一夜间全偷光。我们种的菜，每到长足就被偷掉。他们说：'你们天天买菜吃，还自己种菜！'……我们不是他们的'我们'，却是'穿得破，吃得好，一人一块大手表'的'他们'。"一些读来略让人心酸的小故事，当局者可能是非曲直各有解说，但只有放在一个大背景中来看，才能从荒诞中有所理喻。《干校六记》中的《"小趋"记情》写得最有温润气息。那只小狗虽然不免有"吃屎以求生"的狗性，实在也最通人性，这样说，本身就有点儿荒诞。然而"小趋"的无可奈何被抛弃，还是引出了人的苦涩幽默：

> 默存和我想起小趋，常说："小趋不知怎样了？"
>
> 默存说："也许已经给人吃掉，早变成了一堆大粪了。"
>
> 我说："给人吃了也罢。也许变成一只老母狗，拣些粪吃过日子，还要养活一窝又一窝的小狗……"

据说，被讽刺的人和事，往往是能力、意识却不如我们的人和事。这话恐怕只说对了一半。有时讽刺——如《干校六记》

的讽刺倾向——却是不免要把"我们"也包括进去，也就是说身临其境的话，我们又何尝能逃脱大环境的宰制，逃脱自我讽刺？据说"干校"作为已逝的"新事物"，其主要效果之一乃是提高了所在地方的物价水平。作者在离开干校时自白："改造十多年，再加干校两年，且别说人人企求的进步我没有取得，就连自己这份私心，也没有减少些。我还是依然故我。"毕竟，这一份感慨也寄存在人生纠葛着的真实与荒诞里边，好像一种人生等式，加减乘除了一番，得数是零。

有人提出，中国的散文有"感伤"与"达观"两种传统类型。大致而言，一个有我一个无我，一个执着、进入，一个超脱、静观，一个浓郁，一个清淡。这也是两种人生态度、审美态度。这么说，我们且不厚此薄彼，可说杨绛先生的散文是属于"达观"类型的了。《干校六记》的取材立意之不拘于微末、平常，已先给予初步的印象，更能说明其心理态度的，则是整个叙述的平静从容。尽管本可能引起"对反常的抗议"和"悲悯心"的地方，却也并不特别使力，都安静过去了。甚至记到女婿的自杀，也不过几行字，简略交代"工宣队领导全系每天三个单元斗得一，逼他交出名单。得一就自杀了"。不过，这只在我们不相干的人来看，是"冷静超脱"罢了。"悬想人情，遥体事态"，回到往昔那个大环境大气氛里，这一切又能怎样？正如钱氏夫妇在干校里所过的默默承受的日子，这一切说是达观也罢，总归意味着"回到生活的本来样子"。同时，平静里未始没有更深沉的抗议。

　　说到达观，也许同杨绛散文中的中和气氛有联系，也就是说记人述事，散散淡淡，没有极端的冲突或者说"戏剧化"的倾向，不是没有矛盾，没有戏剧性，但不到危机的严重程度。杨绛先生前年出版的小说《洗澡》，读了，也感到有这个模式，恕我不列举了。除了前面说过，生活可能本身就这个样子，没有多少戏剧高潮与英雄角色，还有，许多重要的东西是可以在潜台词中去寻找的，她不用都说出来。说得越多以至于太爱耳提面命，未必效果就一定好。当然，由所谓"达观"，返回来看《干校六记》，也不觉会想到作者与其作品之间是否产生着某种"超脱"的人生态度，以面对纷纭世事与无常的命运，是否真的超脱了？怎样才算超脱？我都很难断定这一点，而且"看透"与仍然有所执着之间，同样不容易非此即彼地说清积极还是消极，也难以此来判断作者的心态。但是我觉得"阅历"即历史的学习和感受，是一个影响因素，爱好自然、人生以及了解它们的兴趣，还有"衣带渐宽终不悔"的情怀，也是影响因素，于是有"平常心"、有了悟。我这样看《干校六记》的静观人生，倒也不相信那已是一种出世的道风禅意。换句话说，态度的基点可能在于尽管历史的局部往往是不合理的，而历史从整体上说又是合理的。这似乎是个矛盾的统一，既不悲观也不乐观。

　　正因为如此，也很难说《干校六记》这样的散文就一定是"达观型"的，它又何尝不有些感伤在里面："我顺着荒墩乱石间一条蜿蜒小径，独自回村，近村能看到树丛里闪出灯光。但有灯光处，只有我一个床位，只有帐子里狭小的一席地——一个孤寂的归宿，不是我的家。因此我常记起曾见一幅画里，一个老者背负行囊，拄着拐杖，由山坡下一条小路一步步走入自己的坟墓，自己仿佛也就是如此。"

平静里有着抗议，讽刺里有着同情，自慰中有着自嘲……都是有些矛盾的，然而也确非"达观"两字所可尽括无遗。这大约也正是《干校六记》这类散文很难给它归类入选的缘故吧。闲来多话，只能称之为"不定式散文"。

杨绛先生比钱锺书先生小一岁，今年该望八十寿了。杜甫有云"老来渐于诗律细"，正是极美好的意思。希望着还有《干校六记》一类可记可观的文字，给我们以读书之乐。

一九九一年四月，北京小街

高阳

灯火阑珊：闲话高阳和他的书

海内喜读高阳书者，不知凡几。这些年，大陆与港台文学渐通款曲。先是金庸的"新武侠"不胫而走，至今风头不弱，令诸多老少爷们儿走火入迷（一些书生朋友也成了铁杆"金迷"）。约七八年前，高阳的历史小说亦悄然偕南风而至。虽然此间所见版本仅为高氏著述总目的一小部分，风神所在，反响大约也不能算小。偶闻一句话，道是"有井水处有金庸，有村镇处有高阳"，语近夸张，亦非无稽之谈。

半年前，消息来得突兀，高阳先生以痼疾不治，驾鹤西行了，据说是刚过了七十寿日不久。其人兴酣摇笔似乎总是不能自休，虽算不上名山大业，风景尚在佳处，想不到天不假年，煮字不能疗疾，"酒子书妻"（高阳自谓）一时俱杳。许多人都说了惋惜的话，那时我正在津津有味地读一本高著《金色昙花》（写民初政海及袁世凯"洪宪"前后旧事），不能释手之外，平添哲人其萎之念，无个去处。

　　遗著八十九部，其中于书林独步一方的历史小说占六十余部。高阳手笔，就我有限之见，无论小说一途（代表作如《慈禧全传》《胡雪岩》《红楼梦断》）或"二三雁行"般的文史杂著（如《高阳说诗》《红楼一家言》《梅丘生死摩耶梦》《古今食事》《明末四公子》《清末四公子》等）都可说好读、耐读。读了，一层，不妨广见闻，可药孤陋浅薄，二层，是有品位，如黄垆买醉，不觉醺然。接着，或可由高阳此一掌故纷陈的"聊斋世界"，想到冯远村所谓"看书宜耐"："贪游名山者，须耐仄路，贪食熊膰者，须耐慢火；贪看月华者，须耐深夜，贪见美人者，须耐梳头。聊斋之妙，同于化工赋物，人各面目，每篇各具局面，……如福地洞天，别开世界；如太液未央，万户千门；如武陵桃源，自辟村落。不似他手，黄毛白苇，令人一览而尽。"这方面，"几人真是经纶手"？不易说，但说高阳笔墨一流、是"国手"，源于心服此老，包括其功力、气象。

　　高阳原名许晏骈，杭州人。杭州横河桥许氏为大家望族。乾、嘉至道光年间，一家七个兄弟先后乡试中举，其中三个两榜出身，御赐"七子登科"匾额。高祖许乃钊行七，官至江苏巡抚；行六的六老太爷许乃普是嘉庆庚辰榜眼，官吏部尚书。光绪初年的军机大臣许庚身，再早些入值南书房的许寿彭，皆为高阳的曾叔祖。不过，这翰林之家不可能世袭，也由于时代变动大，到许晏骈这一辈，钱塘韵事早已风流云散。他本人由于时值抗战而失学，书生从军，辗转去台湾，一九六〇年后服务于报界，主笔政，渐渐由读书而谈书论书而著书且大著特著了。寄身心于文史，尤其于清代史事掌故深研几索，别出蹊径，多半还有世家遗风的影响，所谓"其来有自"，又所谓"文章憎命达"。著书者别署"高阳"，有一说是取"酒徒"意思，另一说称高阳好酒，然佐酒者常是掌故、牢骚之类，故典出《离骚》首句"帝高阳之苗裔兮"，也有说是以许氏郡望为名，底细究竟如何，就不知道了。

"华发酒痕每每新，可能躖笔作闲人？乡关梦里疑曾到，世事杯中信不真。"这几句诗后面的影子，好像是一个与世飘零怅怀天涯归梦、托命于诗酒文章的高阳。所以台湾张大春先生悼高阳文，亦有这种对其人文心风度的感想，并引杜少陵诗作结："摇落深知宋玉悲，风流儒雅亦吾师，怅望千秋一洒泪，萧条异代不同时。江山故宅空文藻，云雨荒台岂梦思，最是楚宫俱泯灭，舟人指点到今疑。"知人见道，以杜陵野老荒台咏古之诗，为高阳的情怀、风格写照，理想不理想不论，概说其人"自封野翰林"的笔墨因缘，云山丘壑相通，也可称异数之遇了。

酒、书、梦、笔，故国平居，灯火阑珊，也许是传统中国文人寂寞中的生活所依，精神趣味所恋。从大处去作历史衡量，如修、齐、治、平等，这便不够"及义"，也不必一定要说香草美人以喻忠贞之类，但不少传统的诗文书画或者戏剧、小说倒是在其中孕育了自己的品格、形态以及不同时代的知音者。尝想，许多文人墨客为什么写作？难道不正是要寄托他们那一份古今皆可"通感"、皆可"体味"的文化情怀吗？是否就是历史文化之灵性之神韵？至少不妨把"情怀"当作可感知意会的理解过去和现在的一个视角，关键不在于理论判断如何、分析方法如何，是否给出结论指导，与其堕于工具主义的操纵，被功利、目的所牵引，还不如把定见搁下，先来同历史作一番"相遇"，或者说"非强迫的响应"，也是"通感"的，具有开放性的"相遇"，不也好吗？在这一点上，把"斗争"换了"对话"，"批判"换了"理解"，颇有意味。

许多年来，我们习惯于剑拔弩张、爱憎分明地去"占领历史"，以史为鉴或古为今用，也几乎是开卷不忘的。读书，或热坐蒸笼或冷卧冰凌，难得平心。但头童齿豁，渐渐觉得事情原也不那么简单，更不必"实用"当头（一来不易"实用"，二来不免有负作用）。这时读高阳的历史小说，便觉天外有天，别有兴味，再好些，眉头心上，或许消遣中有启发，无意得之，更具一种滋味。这滋味如何大抵是说不清的复杂，总非"强说滋味"一类。好之者，即有同嗜焉的二三友人，谈论高阳，每以评论为难事，大约讲史如此，读史如此，不"强说"，却好在醺醺有味吧。卷帘日长人静，或者雪夜闭门偎炉，读高阳闲书快何如之！掩卷之余，兴有未尽，不免念到"别来江海事，语罢暮天钟"。

一部二十四史，剪不断，理还乱，难怪欲说而无从说起；

尤其晚清因变交织的史局，更令今人惑于泾渭之乱，充分理解和鉴往知来之乐每不易得。因此就了解历史而言，有隔膜、有武断扭曲、有笼统观之、有简化的认知等。所以"还历史的本来面目"，实在是一句无多少把握的话。稍有不同的是，高阳作历史小说（并非以史学自任），虽然重视钩沉抉隐、索幽发微的学问功夫，却不大受历史理论的局限。换句话说，那不是"历史"，而又因其成为"不是历史的历史"，别具意味——说来也只是使描写的事情、人物有来历有血肉，更像那么回事而已——首先体现在有一种不大隔膜、造作的历史氛围感，它从容、充分地出现在高阳的故事里。不端架子，靠材料的揣摩讲故事。故事讲得有魅力，倒不一定靠虚构渲染，高阳的路子在于从故纸中挖掘本事材料，挖掘掌故逸闻以及历史人物活动的种种关联，用现在的说法，是一种信息处理。讲史者的情怀、气质、功力好像便是处理其信息库的软件。真工实料，其人野获冥搜、"采铜于山"不让稗官。世上史学家不少、小说家不少，这样的学者型而加才人型的"故事篓子"却不多。

不多即不庸，人才难得。除了脑筋不糊涂，思致敏达，做这一行，认认真真投入，以至于人磨墨、墨磨人，于书山稗海沉潜含玩，丹铅不辍，倒是得下一番苦功夫、笨功夫。对于古典知识"用力甚勤"，大概是高阳创作自立门户兼有厚重、不浮不虚的根基之一。如是，方能苦中有甘、拙中见妙。看得出，高阳在倾心注意于文史苑囿时涉猎甚广，尤其是有清一代的史传、笔记、诗文集寓目既多、勾稽亦久，由庙堂之高九重之深到江湖之远市井之繁，种种朝章典故逸闻奇事谙熟于心。一旦酒酣心热，略定题旨，铺纸伸笔，似乎材料已罗于胸，信手拈来，不妨娓娓而叙、侃侃而谈。用"博闻强记""善体物情"八个字来评价高阳创作的苦与乐，是相宜的。此老腹笥之宽，几乎令人妒煞。书卷气，作为高阳小说的独家风味，恐怕为诸多同类作品最难替代。或谈礼、吏、兵、刑、或谈科场文卷，或谈票号典当，或谈梨园粉墨，或者就谈吃、喝、嫖、赌，世间制度、风物、人情种种，样样通已不多见，行行当行本色或只是略谙门道就更少。高阳的小说，可能又见长于这种"知识"风貌。一种让人"读掌故"的小说，可能不大合于一般"小说分类"或"小说理论规范"，换句话说，它既不大"传奇"，又不大塑造什么或有结构上的讲究。但他也写人、叙事，有稗官、说部的旧意思，说是"不是小说的小说"，可以承认而且正别备一格。这在高阳，固然是"摹体以定习，因性以练才"，在读者，也不妨性习相资，因其所好。

想到刘勰说过，"博见为馈贫之粮，贯一为拯乱之药，博而能一，亦有助于心力矣"（《文心雕龙》）。在这儿，讲治学，讲构思为文，讲为研究或为创作而治史，博见与精识、与贯一应该不仅不矛盾，而且总是基本的东西，如造屋的地基。而这个时代的文化精神，就这一点而言，似乎比较更注重"贯一"。"博见"好是好，但非一日之功，恐怕是努力来不及或浮躁嚣然风气所不屑一及。于是种种宏言谠论，标榜为真理、规律之阐释的大话浮文，不旋踵来去。贫不能馈补仍要作，势必流于空疏、勉强。此所以不耐读之作敷衍一时、热闹一时。"快餐文化"之所以时髦，原是自然的吧。与此相类似，今人忌讳"知识老化"，可曾忌讳"知识断档"？忌讳"掉书袋"，可曾忌讳"没书袋"？诸如此类，读高阳的书，可能会有些这样的想法。不过，有读书癖、考据痴因而如鱼饮水冷暖自知的高氏本人，却未必会想那些，他一直记得幼年故宅老屋中清代大书家梁同书写的一副抱对："世间数百年旧家，无非积德；天下第一件好事，还是读书。"

从幼稚起读书，有苦有乐。苦于读"致用"的书，乐于读"消闲"的书。而消闲的好去处，莫过于浸淫"封神""七侠""三国"之类，因其热闹，往往奇局莫测，有戏可看。这类文字，读而再三，其中或文或武、或神或俗，观成叹败，披奇揽秀，渐渐觉得，世事纷纭，往往不脱一个"争"字。某姓得了天下，就要保天下，防止别姓争了去，而别人仍复来争，所以有人说一部历史就是一部"相斫书"。当然，一个"争"字总包含了极复杂多样的历史内容，故读史又不免有治丝益棼之感。然而大致说，争这争那，多少都同"秩序"有关，故事一层，历史上的政治、经济、文化一层，似乎都有个建立秩序、破坏秩序以及又如何重建秩序的主题。如此，圣君、贤相、名臣、良将、高士不出，如苍生何！这是老谱，也就是许多叙事史、小说叙述模式负载的文化旨趣。但是到了十九世纪下半叶的晚清史页，历史情况恐怕更呈现出深刻的困境与悲剧性。因而争端机牙错出，秩序的维持和修补面临内忧外患的空前挑战。如果说这是比较空洞的认识，那么读读高阳著《慈禧全传》六卷八本，环环相套的朝野故事，一场场戏，兼戏中戏、戏外戏，或许能得到具体的感受。又由于他主要是从"朝廷－秩序维持"的角度去落墨，似乎个中滋味对历史情况的体会感，更见复杂、颇耐琢磨。

比如关于"争"，晚清政治生活在内外压力下如何"争"，政海波澜往往牵及"和与战""图变与守成"这一类攸关事体大局的矛盾冲突。这里实际上内含意愿与能力、自由与历史结构制约等一类难解开扣的矛盾。简化的写法是一种，可快刀乱麻，褒贬鲜明。而高阳则写得不明确，且令人感觉这种状况是无可奈何的、自然而然的，你无法取消它、干涉它，因为它乃是困境的反映。《慈禧全传》中的人物，如西太后、恭亲王、文祥、曾国藩、李鸿章等，固然并不可敬可爱，但其人为政处事亦各有各的道理，他们是色彩并不相同的"演员"，但又可说其本色、体验无不具有角色意识，正好处在历史所规定的或正常或尴尬或荒诞的"戏剧情境"里。简单地捧和骂，都不是那么回事。高阳几次借人物之口说一句江南谚语："看人挑担不觉沉。"话本身也挺有分量。作叙事史的人并不挑担子，可"看人挑担亦觉沉"，是否别见史眼史识，也值得人们往深里去琢磨呢？

细看，对晚清史的阐释，高阳不大"从众"，与我们长年耳濡目染信之不移的看法未尽合拍。比如关于"义和团"、关于晚清的"教案",就事情本末细想想,就觉得至少不似"爱国、卖国"的公式一套那么简单。又比如戊戌年的维新和政变,《胭脂井》开头便从"袁世凯向荣禄告密"写起,有的情节关目细写,而全过程比较疏略,特别对康有为、梁启超着墨甚少,似乎对新政持含蓄的保留态度。同时对晚清此一大政潮的复杂性有所暗示,暗示个中阴谋自有玄机,真相难以大白天下。高阳的聪明之处往往在于并不写尽,只是从西太后、荣禄、袁世凯、刚毅、光绪帝、谭嗣同等每个人的角度,勾勒其动机和行为,这里面有明暗曲直、阴差阳错,让人想到历史那只"看不见的手",无情的权力斗争如何不以人的意志为转移。我后来在高阳的一篇短文(《慈禧太后与伊藤博文》)中,看到他对"戊戌阴谋"的考证研究,发人所未发,直揭此事波澜系刚毅等"后党"为夺权所引发、设计,而康有为,则被指为起栽赃诱饵作用的"奸细"。其立说大胆,而用心不粗,一时弄不清是高阳的笔深不可测还是历史事象惨雾重重了。

且把假说、测想搁到一旁,只说"平情度势"与"设身处地",从《慈禧外传》写到《瀛台落日》,风风雨雨大清朝,"一大台戏演下来",没有这两条,角色压不住台,调度自然也压不住台。这是可以度人的金针吧。因此,善代人言使高阳笔下的人物因为色彩不单调而有血肉,写官场黑幕、权力角逐、社会百态,在"过"与"不及"之间,在直露浮泛与隔靴搔痒之间,也是火候。

有意味的叙事史，也许并不需要更多思想的装点，"作意开花是谢时"，而意味却更含蓄在历史生活自在状态的呈现中。那时的人生活在那时的世界中，悲欢离合、争斗与彷徨、耻辱与梦想，然后历史又翻到一页，仍然是光明与黑暗交织着，他们不知道所为何来，所为何往，正如我们也无法测度未来。这种历史画面其实又是沉重的。"海风起天末，君子意如何？"谁又能说清悲剧的意味？

如果说"中国在十九世纪的经历成了一出完全的悲剧，成了一次确是巨大的、史无前例的崩溃和衰落过程。这场悲剧是如此缓慢、无情而又彻底，因而它就愈加痛苦。旧秩序为自卫而战，它缓慢地退却，但始终处于劣势；灾难接踵而至，一次比一次厉害，直到中国对外国人的妄自尊大、北京皇帝的中央集权、占统治地位的儒家正统观念以及由士大夫所组成的统治上层等事物，一个接一个被破坏或被摧毁为止"（《剑桥中国晚清史·导言》）。如果多少想形象地知道这场悲剧怎么演来的，《慈禧全传》还值得看看。看看这类"不是历史的历史"，不为无益。

人在尘世中，虽不无"山中岁月、海上心情"，毕竟难得彻悟。高阳先生学问文章，是可入文苑传的，文笔史识皆称练达。但是治史者"观山"，人亦难免在"山"中，此所以其人也不能自解矛盾心情。有人说，高阳抽丝剥茧寻绎穷究去洞察历史推移过程，是为了追踪自己那"一肚皮不合时宜"的牢骚有何来历以及如何确当；同时他又不甘拘牵于正统史官"立足本朝"的诠释牢笼，于是便借小说而大事"重塑历史"。但这两方面会出现矛盾——既然世事皆有其来历（掌故），而这来历又提供了世事发展、存在之正当性，则牢骚又何必有之？对此，高阳两杯酒落肚，也只能说："那就不能谈了嘛！"

好像是小世界与大世界、此世界与彼世界的矛盾，所以终究还是免不了此亦一是非，彼亦一是非。记得是某西哲说过，粗读哲学的人是无神论者，深读哲学的人，则是有神论者了。那么，历史的叩询者、对话者，沧海茫茫，一湾暂驻，又何能免知与不知的矛盾！

斯人已去，白云悠悠。台湾周弃子先生曾有四首诗评高阳，言其风格大旨，语颇扼要，就抄在下面作结。

> 载记文章托稗官，　爬梳史乘扶丛残；
> 一千八百余万字，　小道居然极巨观。

> 拄腹撑肠万卷书，　要从博涉惩空疏；
> 天人性命冬烘语，　持较雕虫倘不如。

> 世论悠悠薄九流，　谁知野获费冥搜；
> 江湖杂学谈何易？　惨绿消磨到白头。

倾囊都识酒人狂， 煮字犹堪抵稻粱，
还似屯田柳三变， 家家井水说高阳。

一九九二年十一月，北京小街